누가 죄인인가

누가 죄인인가

김용민 지음

2023년 4월 25일
초판 1쇄 발행

펴낸이	한철희
펴낸곳	돌베개
등록	1979년 8월 25일 제406-2003-000018호
주소	(10881) 경기도 파주시 회동길 77-20 (문발동)
전화	(031) 955-5020
팩스	(031) 955-5050
홈페이지	www.dolbegae.co.kr
전자우편	book@dolbegae.co.kr
블로그	blog.naver.com/imdol79
페이스북	/dolbegae
인스타그램	@Dolbegae79

편집	이경아
표지디자인	김민해
본문디자인	이은정·이연경
마케팅	심찬식·고운성·김영수·한광재
제작·관리	윤국중·이수민·한누리
인쇄·제본	영신사

ISBN   979-11-92836-11-9 (03800)

죄인과 인가

서울시 공무원 간첩 조작 사건의 기록

김용민 지음

돌베개

10년의 숙제였다. 나는 서울시 공무원 간첩조작 사건을 변호하면서 반드시 이 사건을 기록해야겠다고 생각했다. 그 오래된 숙제를 이제 마친다. 바쁘다는 핑계로 차일피일 미뤘지만, 더 이상 숙제를 미룰 수는 없었다. 이대로 시간이 흘러 버리면, 나는 당시의 기억을 온전하게 보존할 수 없을 것이다. 게다가 법이 허용하는 최대치를 넘겨 검찰과 국정원을 활용하는 검찰총장 출신 대통령과 그 주변인들의 민낯을 세상에 알려야 할 의무감이 들었다. 많은 사람들이 이 사건을 유우성 간첩 '증거조작 사건'으로 기억하고 증거를 조작했다는 정도는 기억하는데, 10년이 지나다 보니 이제는 누가 무슨 짓을 했는지 잊은 듯하다. 그렇게 불법은 시간과 함께 희석되고 있다. 그러다 보면 불법은 단순 실수로 옅어지고 마지막엔 진영 논리만 남을 것이다. 게다가 새로운 세대는 이 사건을 전혀 모른 채 검찰과 국정원이 정의롭게 법을 집행하는 기관이라고 생각할 가능성이 높다. 그래서 나는 지금이라도 나의 기억을 정리해 세상 사람들에게 무슨 일이 있었는지 알려야겠다고 생각했다.

"빠바바 밤" 베토벤 교향곡 5번 〈운명〉의 시작은 마치 운명이 문을 두드리는 소리 같다. 유우성 사건은 평온하던 내 삶에 베토벤의 〈운명〉처럼 강렬하게 문을 두드렸다. 평범한 변호사에서 시국 사건 전문 변호사가 되었고, 10년의 세월이 흐르는 동안 정치에 입문했다. 게다가 검찰 개혁이라는 대한민국 특유의 개혁을 이루기 위해 국회에서 온 힘을 집중하고 있다. 다행히 2022년 4월 대한민국 국회는 제대로 검찰을 개혁할 기회가 있었다. 나는 2020년 제21대 국회가 개원하고부터 지속적으로 검찰 개혁을 준비해 온 터라 늦었지만 그때라도 반드시 완수해야 한다고 생각하고 최선을 다했다. 과도하게 집중된 검찰의 권한을 분산시켜 검찰 본연의 모습인 기소 기관으로 만드는 것이 검찰 개혁이다. 어찌 보면 간단한 과정인데 70여 년간 이어 온 기득권을 분산시키는 일은 참으로 어려웠다. 결국 윤석열 대통령 당선자 그리고 '국민의힘' 당의 몽니로 개혁을 완수하지 못했다. 이제는 강력한 검찰 정부가 탄생해 새로 법을 통과시키기도 쉽지 않은 상황이 되었다. 하지만 나는 이대로 주저앉을 수 없다고 생각했다. 검찰 독재로 나아가는 무도한 정권에게 가장 큰 위협은 진실의 기록이다.

정의를 바로 세우는 길은 진실의 영토에서 출발한다. 그래서 나는 이 사건을 기록한다.

기록된 진실은 누군가에게 영감을 준다. 솔제니친은 『수용소군도』를 통해 스탈린의 폭압으로 잔혹한 수용소에서 보낸 11년의 시간을 폭로했고, 엘리 위젤은 『나이트』를 통해 홀로코스트의 참상을 고발했다. 이들은 기록을 통해 권력의 폭력을 폭로하고, 권력자의 탐욕을 고발했다. 나는 그들의 폭로와 고발에서 영감을 얻었다. 물론 나의 투박한 글솜씨로는 유우성 사건과 비슷한 사건을 다뤘던 에밀 졸라의 『나는 고발한다』의 발뒤꿈치도 따라갈 수 없을 것이다. 그러나 내가 경험하고 기록하는 진실의 무게는 에밀 졸라가 프랑스 사회에 고발한 드레퓌스 사건보다 결코 가볍지 않다. 나는 그것이 진실의 힘이라 믿는다. 이 무거운 진실을 온전히 기록하지 못하는 것은 오로지 나의 부족함 때문이다. 그러나 내가 기록할 의무를 이행함으로써 누군가에게 작은 영감의 불씨라도 준다면 그것으로 나는 무한한 기쁨과 보람을 느낀다.

과거를 기록하고 기억하는 것에 대해 불필요한 갈등을 조장한다고 말하는 사람들이 있다. 특히 세상이 바뀐 뒤 가해자가 그런 논리를 편다. 일본과 친일파가 그렇게 말하고, 권력의 편에 섰던 사람들이 그렇게 말한다. 솔제니친은 『수용소군도』에서 그런 자들이 이런 속담을 인용한다고 한다. "과거를 기억하는 자는 한쪽 눈이 빠져 버린다." 그러나 이 속담은 이렇게 끝을 맺는다. "과거를 잊은 자는 양쪽 눈을 다 잃는다." 가해자들의 책임 회피는 인류 보편적 현상인가 보다. 나는 양쪽 눈을 다 잃지 않기 위해 과거를 기록하고 책임을 묻고자 한다.

정의로움은 가르치지 않아도 알 수 있다. 정의를 판단하는 기준은 그저 본능처럼 사람에게 내재되어 있고 보편적이다. 다만 막강한 힘으로 정의를 결정하는 권력자가 존재할 경우 정의가 왜곡되거나 편향될 수 있다. 지금 대한민국은 검찰이 그 역할을 자처하고 있고, 검사 출신 대통령이 그 정점에 서 있다. 나는 그들이 말하는 정의가 보편적 기준에 맞지 않고 그들만을 위한 것이라는 사실을 밝혀내고자 한다. 하나의 사건을 깊이 들여다보면 볼 수 있다. 우리에게 정의의 저울이 본능처럼 내재되어 있기 때문이다. 그래서 나는 기록한다. 이 책이 지금의 권력자가 말하는 가짜 정의의 심장을 찌르는 벼린 칼이 되길 희망한다.

국회 밖에서는 잘 몰랐던 국회 담장 안의 생활은 정말 다양하고, 마음먹기에 따라서는 숨 쉴 틈도 없이 바쁘다. 시간을 쪼개고 쪼개어 글을 쓰기 시작했고 대략 6개월이 걸려 완성했다. 사건 기록을 처음부터 다시 검토하고, 판결문을 분석했으며 관련 기사를 찾아 기억의 오류를 점검했고 틈틈이 기록해 둔 글들을 모아 책을 쓰기 시작했다. 사건을 정리하다 보니 변호했던 그때의 열정과 긴장감 그리고 통쾌한 승리감이 생생하게 느껴졌다. 그리고 이 사건은 아직 끝나지 않았다.

마지막으로 바쁜 시간 쪼개어 책을 쓴다고 가정에 더 소홀해진 나를 이해해 준 가족에게 감사한 마음을 전한다.

2023년 4월

김용민

차례

긴 터널의 끝에서

"변호사님, 제발 불쌍한 제 동생 좀 구해 주십시오."

이제 막 재판을 시작하는 구속 피고인이 편지를 보내왔다. '서울시 공무원 간첩조작 사건'(이하 '유우성 사건')의 피해자 유우성이 간첩죄로 재판을 받을 때였다. 유우성은 하루 아침에 한국에서 이룬 모든 것을 잃었다. 촉망받던 탈북자 출신 서울시 공무원에서 갑자기 간첩이라는 무시무시한 사람이 되어 버렸다. 이 끔찍한 악몽은 여동생의 입에서 시작되었다. 누구보다 여동생이 원망스러울 텐데 여동생을 구해 달라고 한다. 왜? 나는 유우성의 여동생을 만나고서야 그 이유를 알 수 있었다. 유우성과 그의 여동생은 대한민국이 저지른 잔인한 범죄의 피해자들이었다. 그 무렵 그들은 자신도 모르게 어두운 긴 터널의 시작점에 서 있었다. 그로부터 10년이 지난 지금 유우성은 간신히 터널을 빠져나왔지만 아직 끝나지 않

15

았다. 책임자가 제대로 처벌받지 않았고, 국가가 피해자에게 사과하지 않았으며, 제도 개선도 더디다. 나는 국가가 국민을 어두운 터널로 몰아넣는 일을 막고자 한다. 국가의 범죄를 끊기 위해 나는 사건의 진실을 기록하고, 해법을 찾기 위한 노력을 우리 사회에 제안하려 한다. 그리고 그 길은 '누가, 왜, 무엇을 잘못했는가?'라는 질문에서부터 시작된다.

'조서(調書)를 꾸민다'는 말이 있다. 수사기관에서 조사를 받고 나온 사람들이 흔히 하는 말이다. 수사기관에 조사를 받으러 가면 검사나 수사관이 질문을 하고 피조사자가 대답을 한다. 그들의 문답을 기재한 서류가 '조서'이다. 이 서류를 작성하고 왔다는 말을 우리는 흔히 조서를 '꾸미고' 왔다고 한다. 꾸민다는 말의 사전적 의미 중에는 '글 따위를 지어서 만들다'라는 의미도 있지만, 이 말의 첫 번째 의미는 '거짓이나 없는 것을 사실인 것처럼 지어내다'이다. 나는 변호사 생활을 하면서 수사기관, 특히 검찰을 매우 신뢰했다. 그래서 그들이 작성하는 진술조서는 조사받는 사람이 한 말의 취지를 최대한 살려서 기재해 준다고 믿었다. 아니 믿고 싶었을 수도 있다. 물론 내가 검찰시보로 누군가를 수사할 때도 그렇게 했다. 그래서 조서를 꾸민다는 말을 들을 때마다 그게 아니라고 정정해 주곤 했다. 그럼에도 불구하고 왜 여전히 대다수의 국민들은 조서를 꾸민다고 할까? 일제강점기 친일 경찰 혹은 독재 시대 수사관의 고문으로 허위자백을 하면서 생긴 말일 것이라고 추측해 보았다. 그러나 나는 '유우성 사건'을 변호하면서 조서를 꾸민다는 말보다 더 정확한 표현은 없다고 생각했다. 그들은 조서를 꾸몄다.

대한민국에서 조서를 꾸밀 수 있는 곳은 수사기관의 정점에 있는 검찰과 경찰, 국정원과 같은 1차 수사기관이다. 조서를 꾸미는 기관은 특징이 있다. 권한이 집중되고 외부의 검증과 통제를 제대로 받지 않는다.

그렇다면, 막강한 힘을 가진 검찰은 공명정대한가? 선뜻 그렇다고 답할 사람은 많지 않을 것이다. 질문을 바꿔 보자. 검찰이 수사하고 기소하는 사건에 담당 검사의 사적 이해관계가 반영되었을 경우 이를 확인할 방법이 있을까? 예를 들어 가해자가 검사의 친구이거나 가해자의 변호사가 검사의 선배인 경우, 의심스럽지만 검사가 사적 이해관계가 없다고 하면 피해자는 자신의 주장을 관철시킬 수 없다. 한편, 수사 검사가 어느 순간 피해자의 무죄를 알아도 그동안 자신이 한 수사 때문에 기소를 강행한다면 이를 검증할 수 있을까? 그런 사건은 당연히 법원에서 무죄 선고를 받을 것이라고 믿는 사람도 있을 것이다. 하지만 검사가 무죄의 증거는 숨기고 유죄의 증거만 제출한다면? 아마도 무죄를 입증하는 과정은 매우 험난할 것이다. 게다가 '모든 피고인은 거짓말을 한다'라는 비공식 법언(法諺)이 존재한다. 법원은 기본적으로 피고인의 말을 믿지 않는다. 그래서 검사의 기소 권한은 더 막강해

시작하며

진다. 이런 문제에 대해 나는 검사 개인의 양심을 신뢰한다고 답하고 싶지만, 안타깝게도 대한민국의 현실에서 검찰은 그런 모습을 보여 준 적이 거의 없다.

공정성을 의심받는 검찰은 그 존재가치를 상실한다. 공명정대야말로 검찰권 행사의 정당성의 근거이고, 반드시 지켜야 할 가치이다. 그러나 우리는 수많은 사건을 겪으며 검찰이 공정성을 내팽개쳤음을 알고 있다. 강기훈 유서대필 사건, 김학의 사건, 장자연 사건, 채널A 검언유착 사건, 도이치모터스 주가조작 사건, 검사 술접대 사건, 대장동 50억클럽 사건에서 공정한 검찰의 모습은 찾아볼 수 없었다. 오히려, 구조적 불공정이 뿌리 깊게 자리 잡고 있음을 보여 주었다. 검사 개인의 문제가 아닌 것이다.

과도한 권한 집중과 외부 감시 부재는 검사의 불공정한 판단 가능성을 높이고, 검사가 잘못해도 처벌받지 않고 징계도 받지 않는 상황을 만들었다. 풍랑이 일지 않는 물은 겉으론 평온해 보여도 결국 썩는다. 그들은 늘 '검사동일체원칙'을 이야기하지만, 정작 욕망 있는 검사들은 제각각 정권에 줄을 대기 바쁘다. 견제하고 감시해야 할 대상 속에서 자신의 자리를 찾는다. 급기야 검찰우월주의, 검찰주의자들의 합심으로 검찰 정권을 탄생시켰다. 권력의 시녀로 평가받던 검찰이 어느 순간 권력의 핵심으로 부상했다. 이는 다른 이유가 아니다. 바로 권한의 집중 때문이다. 수사권과 기소권을 모두 가진 그들은 무소불위의 칼잡이이고, 군사독재 시절의 군부보다 더 강력해졌다.

그렇다면, 국정원은 어떤가? 대공(對共)수사의 전문 집단인 국정원이 국민의 신뢰를 잃은 역사는 매우 길다. 1961년, 국정원의 전신인 중앙정보부가 설립된 이후 간첩 조작 사건은 끊이지 않았고, 수많은 피해자를 낳았으며, 과거사 진상규명으로 지금도 그 진실이 밝혀지고 있다. 1967년 동백림 사건을 기억하는 분들이 있을 것이다. 동백림(東伯林)은 분단 독일 시절 동베를린을 한자식으로 표현한 말이다. 해외에 거주하는 예술인, 유학생 등이 동베를린을 거점으로 북한에 다녀오거나 교류하는 간첩 행위를 했다고 파악한 중앙정보부가 독일, 프랑스 등에 직접 가서 혐의자들을 납치해 온 사건이다. 당시 독일 등은 자기 나라의 주권을 침해했다고 항의했고, 이는 심각한 외교 마찰을 초래했다. 그리고 납치된 혐의자들은 고문을 받고 허위자백을 했다. 노무현 정부에서 국정원의 과거사 진상조사를 통해 이러한 사실들이 확인되었다. 다만 피해자들이 대부분 해외에 거주하고 있어 재심청구를 하지 않아 법원의 무죄판결까지 받지는 못했다. 최근 동백림 사건의 피해자인 작곡가 고 윤이상 선생의 유족이 재심을 청구해 법원의 판단을 기다리고 있다. 진실을 확인받기 위해 60여 년의 시간이 흐르고 있다.

유독 국가보안법 사건에서 국정원의 조작 사건이 많았다.

시작하며

그 이유는 국가보안법과 국정원의 특수성을 보면 알 수 있다.

제21조(상금) ①이 법의 죄를 범한 자를 수사기관 또는 정보기관에 통보하거나 체포한 자에게는 대통령령이 정하는 바에 따라 상금을 지급한다. ②이 법의 죄를 범한 자를 인지하여 체포한 수사기관 또는 정보기관에 종사하는 자에 대하여도 제1항과 같다.

국가보안법 제21조는 '상금'에 관한 내용인데, 국가보안법위반죄를 저지른 사람을 체포한 수사기관이나 정보기관에 종사하는 사람에게 포상금을 지급한다고 규정하고 있다. 사후에 무죄를 받아도 포상금은 유지된다. 물론 포상금이 다는 아니겠지만, 이러한 법 제도 때문에 조작을 해서라도 체포하고 기소하게 만들고 싶은 유혹이 생긴다. 나아가 권한이 집중된 기관의 권한남용을 통제하지 못하는 점과 하나의 커다란 불법을 구성원들이 분업함으로써 불법이라는 인식과 죄책감을 낮춘다는 것도 중요한 이유이다.

국정원은 정보기관이다. 주요 선진국 대부분은 정보기관이 수사를 할 수 없다. 그런데 대한민국 국정원은 과거 중앙정보부, 안기부를 거치며 수많은 인권침해를 해 온 기관임에도 불구하고 수사권을 가지고 있었다. 정보기관이 수사를 하면 정보 수집과 수사의 경계가 허물어지고, 수집한 정보의 사용권까지 가지게 되어 권한남용과 인권침해를 막을 수 없다. 특히 정보기관은 비밀주의와 비공개가 원칙이고, 수사기관은 법정에 공개하는 것이 원칙이다. 그러다 보니 비밀주의와 공개재판 사이에 충돌이 발생한다.

이러한 검찰과 국정원에 의한 인권침해의 대표적인 사건이 '유우성 사건'이다. 이 사건을 계기로 문재인 정부 들어 제21대 국회에서 국정원법을 개정해 대공수사권을 폐지했다. 그러나 이 사건에 공동 책임 혹은 수사지휘권과 기소권이 있어 법적으로는 더 많은 책임을 져야 할 검찰은 전혀 달라지지 않았다. 수사와 기소를 분리하라는 국민의 당연한 요구를 검찰은 여전히 무시하고 있다.

형사재판으로 죄지은 사람에게 형을 선고하는 것은 피해자의 용서를 넘어 사회 공동체로부터 용서를 받는 과정이다. 즉 어떤 피고인이 10년형을 선고받아 복역한다면 이를 통해 사회적 용서를 얻어 가는 것이다. 그러므로 좋은 재판은 죄지은 사람이 충분히 사회적 용서를 얻을 수 있게 만드는 재판이다. 결코 부족해도 안 되고 지나쳐도 안 된다. 이는 수사기관과 공소기관도 마찬가지이다. 사회적 용서를 얻을 수 없는 수사와 기소, 재판을 하는 경우 혹은 잘못이 없는 사람에게 죄를 뒤집어씌우는 경우라면, 조작하고 왜곡한 그자가 법적·사회적·역사적 책임을 져야 한다. 사건을 조작하고 자신의 이익을 위해 없는 사실을 진술하게 하는 것은 운 좋으면 잠시 법적인 책임을 지지 않을 수는 있겠지만 결코 사회적 용서를 얻을 수는 없을 것이다.

"누가 죄인인가?"

안중근 의사의 영웅적 서사를 담은 뮤지컬 〈영웅〉에 등장하는 노래의 제목이다. 안중근 의사는 "내가 이토를 죽인 것은 의병 중장의 자격으로 한 것이지 결코 자객으로서 한 것이 아니다"라고 당당하게 주장했다. 그러면서 이토 히로부미의 열다섯 가지 죄목을 나열하고 누가 죄인인지를 되물었다. 가해자와 피해자가 힘에 의해 뒤바뀐 모순을 지적하며 역사 앞에 당당함을 천명했다. 우리가 역사를 직시하고 당당하게 말하고 행동해야 함을 안중근 의사는 당신의 실천으로 가르치고 있다. 그러나 안타깝게도 힘에 의해 가해자와 피해자가 바뀌는 모순은 이후로도 다른 방식으로 지속되고 있다. 힘을 가진 자는 손쉽게 가해자와 피해자를 바꾼다. 유우성 사건에서도 가해자와 피해자가 완전히 뒤바뀌었다. 검찰과 국정원은 무고한 유우성을 간첩으로 만들어 버렸고, 간첩이 아닌 줄 알면서도 한 줌 권력을 행사하면서 수사와 기소를 단행했다. 범죄자들이 죄 없는 시민을 수사했다. 당대 법정에서도 유무죄의 평가를 받았지만, 역사는 이를 분명하게 기록해야 한다. 누가 진짜 죄인인가?

159명의 희생자가 나온 2022년 10월 29일의 이태원 참사, 304명의 희생자가 나온 2014년 4월 16일의 세월호 참사에는 공통점이 있다. 책임 있는 자들이 책임지지 않고, 오히려 진실을 은폐한다. 진실은 자주 추악한 모습으로 우리 앞에 등장하기도 하고, 또 이를 발견하는 길은 참으로 고되다. 그렇지만 드러난 진실이 세상을 바꾸는 촉매제가 될 수도 있다.

국가와 언론은 유우성 사건을 '증거 조작' 사건이라고 축소했지만 나는 사건을 담당한 변호인으로서 평범한 시민을 간첩으로 둔갑시킨 '간첩 조작' 사건임을 분명히 밝히고자 한다. 이 책은 내가 변호인의 입장에서 겪은 유우성 사건을 중심으로 기록하고, 뒤에 수사와 재판을 통해 밝혀진 내용들을 정리하는 순서로 구성했다. 가능한 한 시간의 흐름을 따라 기술하되, 사건 중심으로 기술하기도 했다. 독자들은 이 책에서 법을 악용하고 왜곡하는 '법기술자'들, 법으로 무고한 시민을 괴롭히는 '법괴물'들 그리고 결코 처벌받지 않는 특권계층을 만날 것이다. 두 눈 부릅뜨고 진실을 마주하고 무엇을 바꿔야할지 함께 고민해 주시기를 바란다.

1장

사건의 시작

그 사건

세월호 참사 하루 전날인 2014년 4월 15일, 박근혜 대통령과 남재준 국정원장은 대국민 사과를 했다. 그들은 한 탈북자(유우성)를 간첩으로 만들기 위해 국정원이 중국 공문서를 위조한 사실을 시인했다. 그러나 정작 피해자인 유우성에게는 사과하지 않았다. 이 사건으로 대한민국 법치주의는 근간부터 흔들리고, 국제사회에서 대한민국은 큰 망신을 당했다. 국가기관의 신뢰도는 바닥에 떨어지고, 동백림 사건 이후 다시 외교 문제로 비화되기까지 한 사건이었다. 한국판 '드레퓌스 사건'으로 불리기도 했다.

2012년 12월, 제18대 대선에서 박근혜 대통령이 당선되었다. 그러나 선거 과정에서 국정원 댓글부대를 동원한 의혹이 폭로되었고, 정권 초기부터 부정선거 의혹에 휩싸였다. 박근혜 정부와 국정원으로서는 정국 반전의 묘책이 절실하게 필요했다.

2013년 1월 21일, 『동아일보』는 「북(北)탈출 주민 서울정착 지원업무 '탈북 공무원' 간첩혐의 구속」이라는 단독 기사를 냈다.

> 탈북자 지원 업무를 담당하는 현직 서울시 공무원이 간첩 혐의로 구속됐다. 탈북자 출신 공무원이 간첩 혐의로 구속된 것은 이번이 처음이다.
>
> 특히 서울에 거주하는 탈북자 명단과 이들의 구체적인 동향이 통째로 북한에 넘겨진 정황도 포착돼 정부의 탈북자 관리에 비상이 걸렸다.
>
> 국가정보원은 북한 국가안전보위부 지령에 따라 자신이 관리하는 탈북자 명단과 한국 정착 상황, 생활환경 등 관련 정보를 북한에 넘긴 혐의(국가보안법상 목적수행, 특수잠입·탈출, 회합·통신) 등으로 서울시청 복지정책과 생활보장팀 주무관 유 모 씨(33)를 구속해 수사 중인 것으로 20일 확인됐다.
>
> — 2013. 1. 21. 『동아일보』 기사 중에서

이 기사에서 기자는 탈북자 1만여 명의 정보를 통째로

북에 넘긴 정황이 확인되었다고 보도했다. 1만여 명이면 거의 당시 탈북자 전체의 명단을 넘긴 수준이라 탈북자 사회에 큰 혼란을 가져왔고, 서울시청에 간첩이 침투했다는 사실에 시민들도 경악했다. 특히 당시 서울시장이 박원순이라는 점과 연결 짓는 사람들이 많았고, 실제로 보수단체에서는 서울시청에 찾아가 박원순 시장에게 항의와 시위를 했다. 그러나 한 달 뒤 검찰은 1만여 명에서 약 75명으로 명단의 수를 대폭 축소해 기소했다. 당연히 이 기사는 국정원이 언론에 흘린 것이었다. 우연히 『동아일보』의 한 선임기자와 통화하며 왜 허위 보도를 했느냐고 묻자 국정원이 주는 대로 보도한 것이라고 시인했다. 여론 전환이 필요했던 수사기관과 단독 기사를 쓰고 싶은 언론사의 이해관계가 딱 맞아떨어진 거래였고, 이런 형태의 거래는 지금도 계속 되고 있다. 어찌 되었든 국면 전환용으로는 훌륭한 카드였다.

간첩 조작의 피해자 유우성은 국정원과 통일부로부터 탈북자로 인정받아 대한민국에 정착해 살고 있던 중 서울시 계약직 공무원으로 임용되었다. 그 후 여동생이 오빠를 따라 한국으로 들어왔는데, 국정원 조사 과정에서 고문, 폭행, 협박, 회유 등으로 자신과 오빠가 간첩이라는 허위자백을 했고, 이로 인해 서울시 공무원 유우성이 간첩으로 구속되었다.

국정원과 검찰은 유우성을 간첩으로 수사하고 기소했다. 이후 변호인들의 노력 끝에 여동생이 국정원에서 풀려났고,

기자회견을 통해 국정원의 고문으로 허위자백했음을 폭로했다. 그 결과 유우성은 1심에서 무죄를 선고받았다. 자존심을 구긴 검찰과 국정원은 항소심에서 중국 공문서를 위조해 법원에 제출하는 범죄를 저질렀고, 중국에서 이를 문제 제기해 세상에 알려지게 되었다. 결국 유우성은 2심과 3심 모두 무죄를 선고받았다.

증거 조작에 연루된 국정원 직원들은 처벌을 받았지만, 관련 검사는 아무도 처벌받지 않았다. 오히려 검찰은 보복 기소를 감행했다. 이미 기소유예(불기소처분의 유형)를 한 사건을 다시 수사해 기소함으로써 자신들의 자존심을 상하게 한 유우성에게 보복했다.

간첩을 모면한 유우성은 다시 재판을 받았고, 1심 국민참여재판에서 배심원들의 다수가 보복 기소를 인정했지만 세 명의 판사가 보복 기소가 아니라고 판단해 유죄를 선고했다. 그러나 항소심에서는 보복 기소를 인정하는 판결이 내려졌다. 그 이후 대법원에서도 보복 기소를 인정했다. 대한민국에서 최초로 검찰의 보복 기소(공소권 남용)를 인정한 역사적인 판결일 뿐만 아니라 주요 선진국에서도 사례를 찾아보기 힘든 검찰권 남용 사건으로 이 사건은 일단락되었다. 이 사건은 국정원의 인권침해로 시작해 국정원과 검찰이 협업한 간첩 조작을 거쳐 검찰의 위법한 권한남용으로 끝났다. 책임의 무게 중심이 국정원에서 검찰로 선명하게 이동했다.

정황상 간첩이 되었다

검찰과 국정원은 유우성이 증거가 부족해서 그렇지 간첩이 맞는다는 주장을 지금도 굽히지 않고 있다. 그 이유를 물으면 정황상 간첩이라고 한다. 하지만 그 정황들은 모두 법원에서 인정되지 않았다. 그런데도 계속 우긴다.

유우성은 1980년 함경북도 회령에서 태어났다. 유우성의 아버지는 재북(在北) 화교이고, 어머니 역시 재북 화교지만 북한 국적을 취득한 북한 국민이었다. 유우성의 외할아버지가 중국인인데 북한의 개국 공신으로 인정받아 북한 국적을 취득했고 유우성의 어머니도 자연스럽게 북한 국적을 취득했다. 이에 따라 유우성도 어린 시절 북한 국적을 취득한 것으로 알고 있고, 실제로 회령에 있는 북한 국민이 다니는 학교를 다니다가 함경북도 청진에 있는 중국인이 다니는 고등중학교로 전학했다. 우리로 치면 이중국적인 상태로 지내다 중국 국적을 선택한 것으로 보이는데, 정작 유우성 본인은 부모님이 하라는 대로 한 것이라 경위를 잘 모른다. 어찌되었든 유우성은 성인이 되면서 재북 화교 신분으로 살았다. 유우성은 경성의학전문학교를 졸업하고 준의사가 되어 회령에 있는 제1인민병원에서 근무하다가 북한의 의료 사정 등에 실망해 남한행을 결심하고 탈북해 2004년 4월 25일에 한국으로 들어왔다. 그러나 유우성의 기대와 달리 한국에서의 정착은 매우 어려웠다. 건설현장 일용직 노동부터 시작해 복권방 종업원, 보따리상 등 닥치는 대로 일하며 어렵게 살다가 연세대학교 중 문학과에 진학했다. 연세대학교를 졸업한 이후, 북한 이탈 주민 의 특별임용 근거가 법적으로 마련됨으로써, 2011년 6월 9일 탈북자인 유우성도 계약직으로 서울시 공무원이 되었다. 오 세훈 서울시장 때의 일이다.[*]

비극은 이때부터 시작되었다. 국정원은 유우성이 재북 화 교라는 것을 이미 알고 있었다. 사실 유우성은 2006년 5월 23일경 어머니의 장례를 치르기 위해 북한에 다녀왔다. 바로 전날인 5월 22일, 남한의 유우성과 북한의 어머니가 휴대전 화로 몰래 통화를 하다 어머니가 북한 당국에 발각되는 바람 에 심장마비로 돌아가셨다. 한국인에게 남한 탈북자와 북한 가족이 통화하는 것은 그 자체가 정상적이지 않고, 게다가 장 례식을 치르기 위해 북한에 다녀왔다는 것도 이상하게 보일 수 있다. 그러나 북한 국경 지대에서는 중국 휴대전화로 통화 가 가능하기 때문에 통화하는 것은 어려운 일이 아니다. 북한 당국도 이 때문에 전파탐지기 등을 동원해 수시로 단속을 하 는데, 불행하게도 어머니가 적발된 것이다. 또한 유우성은 화

---

[*] 서울시가 발표한 채용 계획에는 관련 근거로, 북한이탈주민의 보호 및 정착 지원에 관한 법률 제18조, 외국인 및 북한이탈주민 공무원 임용확대 지침(행 정안전부 예규 제282호), 북한이탈주민 공공기관 임용 확대 방안 방침(행정 과-101825, '11.3.22)을 제시하고 있다.

북한이탈주민 지방계약직 공무원 채용계획

북한이탈주민의 공직유입으로 건실한 정착지원 기반을 마련하고 사회 통합에 기여하고자 시간제계약직으로 특별채용하여 복지업무 추진에 만전을 기하고자 함.

I 채용개요

■ 관련근거

○ 북한이탈주민의 보호 및 정착지원에 관한 법률 제18조

○ 외국인 및 북한이탈주민 공무원 임용확대 지침(행정안전부 예규 제282호)

○ 북한이탈주민 공공기관 임용 확대 방안 방침(행정과-101825, '11.3.22)

■ 채용직종 및 직무-

채용직급	채용인원	직무(담당) 분야	근무부서
시간제 계약직 마급	1명	○ 기초생활수급자(북한이탈주민 포함) 통계관리 지원 ○ 저소득층(북한이탈주민 포함) 고충상담 지원 ○ 저소득층(북한이탈주민 포함) 통합사례관리 지원	복지정책과

< 타기관 사례 >
· 노원구(1명) : 북한이탈주민 실태조사, 고충상담 및 의견수렴, 민간단체 연계 등
· 경기도(12명) : 북한이탈주민 들불상담센터 상담원, 북한이탈주민 정착지원 업무수행

■ 채용기간 : 1년 (업무성과에 따라 총 5년 범위내 계약연장 가능)

■ 보수(연봉액) : 12,957천원 (연봉외 제수당은 지방공무원수당 규정에 따라

2011년, 서울시가 발표한 '북한이탈주민 지방계약직 공무원 채용계획'
(자료제공: 김용민)

교 출신이라 중국에 국적이 남아 있었기 때문에 중국에 있
는 친척을 통해 북한 통행증을 발급받아 북한에 다녀오는 것
은 적법한 절차를 밟은 것이었다. 분단국가에 살고 있는 한국
인에게 북한에 가는 것은 비현실적인 일이지만, 중국인은 외
국 여행 가듯 쉽게 다녀올 수 있는 곳이 북한이다. 어머니의
장례를 치르러 북한에 다녀온 것이 탈북 이후 북한에 들어간
처음이자 마지막이었고, 유우성의 남은 가족인 아버지와 여
동생도 2011년에 중국으로 모두 이사를 나온 터라, 그 뒤로
북한에 들어갈 이유가 없었다. 유우성은 밀입북으로 2010년
경 조사를 받았으나 처벌받지는 않았다.

　　하지만 유우성은 어느 날 간첩이 되었다. 유일한 직접증
거는 여동생의 진술뿐이었는데 고문으로 만들어졌다. 관련
증거 대부분도 수사 방향에 따라 허위로 만들어졌다. 유우성
은 이때부터 정황상 간첩이 되었고, '서울시 공무원 간첩조작
사건'은 그 정황까지 만들어 낸 간첩 조작 사건이었다. 물론
아직 이 평가에 동의하지 못하는 사람도 있을 것이다. 그러나
사건의 내면을 들여다보면 국가기관이 한 사람을 어떻게 간
첩으로 만들었는지 명백히 보일 것이고, 분명한 간첩 조작 사
건임을 동의하게 될 것이다. 이런 일이 유우성에게만 일어난,
지독히 운수 사나운 일일까? 아니다. 그들은 바뀌지 않았기
에, 누구나 피해자가 될 수 있다. 그래서 더 두렵다.

내 인생을 통째로 바꾼
유우성 사건

유우성을 만나기 전까지 나는 내 인생이 지금처럼 바뀔 것이라고는 상상조차 못 했다. 나는 금융 전문 변호사로 평탄한 삶을 살다가 어느 날 갑자기 시국 사건 전문 변호사가 되었고, 이후로 자연스럽게 검찰 개혁을 외치는 사람이 되었으며, 입법을 통해 검찰을 개혁하기 위해 2020년 4월 국회의원이 되었다.

7년 차 변호사이자 개업 초년의 변호사 시절에 나는 이 사건을 만났다. 변호사로서 내 주요 경력은 증권회사 사내 변호사, 로펌 고용 변호사, 국선 전담 변호사였다. 개업을 결심하고 2012년 법무법인에서 파트너 변호사로 업무를 시작했다. 나는 증권회사에서 맺은 인맥 등으로 금융 자문 사건을 수임하고, M&A 자문 및 소송 경력을 바탕으로 고수익의 안정적인 미래를 개척해 나가고 있었다. 한편 기업 자문을 하면서 부족하다고 느꼈던 특허, 저작권 및 기술 등에 대한 전문 지식을 익히고자 카이스트 지식재산대학원에 입학했다. 물론 변호사로 혼자만 잘 먹고 잘살자는 주의는 아니었기에 월급 받고 사는 동안 하기 힘들었던 공익 활동도 하기로 결심했다.

2012년 개업을 하면서 '민주사회를 위한 변호사모임'(이하 '민변')에 가입했고, '천주교인권위원회'에도 가입했다. 민변에 가입한 후 통일위원회 소속으로 활동했다. 그런데 막상 통일위원회에 가입하려고 하니 친한 변호사가 거긴 국가보안법 사건만 하는 위원회라 공안 사건 전문을 원하지 않는 한 조심해야 한다고 농담처럼 조언해 주었다. 사실 나는 국가보안법 사건 변호보다 북한 법과 한국 법의 비교, 통일 이후의 법제에 대한 연구와 토론을 하고 싶어 통일위원회에 가입하기로 했고, 국가보안법 사건 변호는 가능한 한 피할 수 있으면 피해야겠다는 소심한 다짐을 했다. 하지만 운명의 장난인지 처음 맡은 사건이 유우성 사건이었고, 이 사건은 내 인생을 통째로 바꿔 버렸다.

서울시 공무원 유우성은 2013년 1월 10일, 간첩 혐의로 국정원에 긴급체포되어 체포구속 통지 없이 수사를 받았다. 유우성이 체포된 후 8일이 지나도록 국정원은 가족이나 보호자에게 유우성의 체포 소식을 통지하지 않았고, 유우성을 돕던 김권순 신부가 수소문 끝에 유우성이 국정원에 체포되어 수사를 받고 있다는 사실을 알게 되었다. 1월 18일, 김권순 신부는 천주교인권위원회 김덕진 사무국장에게 연락해 도움을 요청했고, 천주교인권위원회는 민변에 변론을 요청했다. 민변의 장경욱 변호사가 국정원에서 접견을 시작했고, 그 이후 공동 변호인단이 구성되어 교대로 유우성을 접견하고 수사에 참여했다.

나는 2012년 민변에 가입한 뒤 통일위원회 송년회에서 장경욱 변호사와 처음 인사를 나누었다. 장경욱 변호사는 새해 벽두부터 갑자기 사건을 같이하자고 연락을 해 왔는데, 앞뒤 다 자르고 대뜸 간첩 조작 사건의 변호인단을 구성하려고 한다고 했다. 왜 조작 사건인지는 설명이 없었다. 장 변호사는 수많은 조작 사건을 다루면서 비슷한 패턴을 바로 발견했던 듯하다. 그러나 자초지종을 듣지 못한 나는 잠시 고민할 수밖에 없었다. 하지만 통일위원회 소속인 이상 한번은 공안 사건 변호를 해야겠다는 마음으로 눈 질끈 감고 합류하겠다고 답했다. 평탄한 인생이 바뀌는 순간이었다.

물론 민변에서 진행하는 공익 사건이기 때문에 무료 변론이었다. 오히려 시간과 비용을 내 가면서 변론해야 하는 사건이었다. 그렇지만 선배, 동료 변호사들이 함께한다는 든든함과 제대로 밝혀 보겠다는 각오를 다지며 사건에 임했다.

초기 공동 변호인단은 천낙붕·장경욱·양승봉·김용민·설창일·김진형·김남국·이광철 변호사로 구성했고, 민변에서 실무를 담당하는 장연희 간사가 합류했다. 한편 유우성의 국내 보호자 및 신뢰 관계인으로 김권순 신부, 구윤회 목사가 초기에 회의를 함께하며 사건의 진상과 변호 방향 등을 상의했다.

유우성을 처음 만난 날

내가 유우성을 처음 만난 곳은 국정원 조사동 변호인 접견실이었다. 나와 장경욱 변호사가 접견을 갔다. 국정원 정문에서 신분증과 휴대전화를 맡기고 국정원이 준비한 차를 타고 이동했다. 차 안은 짙은 커튼을 쳐 외부를 전혀 볼 수 없었다. 마치 눈가리개를 하고 가는 느낌이었다. 어디로 가는지 알 수 없는 상태로 10여 분을 이동했다. 굽은 길을 돌아 오르막과 내리막을 지나갔다. 도착해서 내린 곳은 숲속의 한복판처럼 고요했고, 조사동 한 채만 덩그러니 있었다. 나는 그곳에서 유우성을 처음 만났다.

당시 유우성은 긴장하여 밥도 제대로 먹지 못하고, 잔뜩 겁에 질린 상태였다. 유우성이 조사를 받던 조사실에는 조사용 책상과 감시 카메라 그리고 간이침대가 놓여 있었다. 간이침대는 유우성의 건강 상태를 확인하기 위한 것이라고 설명했지만, 과거 고문 사건에서 등장하던 침대와 다를 바 없어 당장 치우라고 항의했다.

국가보안법 사건의 경우 사건 초기에 피의자들이 낙심하고 허위자백을 하는 경우가 많기 때문에 변호인 접견은 한시가 급하다. 유우성은 2013년 1월 14일 4회 조사 때부터 변호인 조력을 희망한다고 국정원에 말했다. 다행히 유우성은 허위자백을 하지 않고 변호인단을 만날 때까지 버티고 있었다.

나와 장경욱 변호사가 접견을 마치고 가자 국정원 직원들은 유우성에게 장경욱 변호사를 두고 "하필 저런 변호사를 선임했느냐, 징역 3년 나올 거 5년, 7년 나오게 하는 변호사다"라고 말하며 이간질을 했다고 한다. 이미 국가보안법 사건을 많이 다뤘던 장경욱 변호사는 국정원 입장에서 위험인물이었다. 다행히 나에 대한 정보는 전혀 없는 듯했다.

이후 변호사들이 교대로 유우성을 접견하고 이를 보고 서로 정리해 공유했다. 한편 변호사들이 다녀가면 국정원 직원들은 유우성에게 변호사와 무슨 얘기를 했느냐고 묻는다고 했다. 비밀이 보장되어야 할 변호인 접견을 침해한 것이다. 분노한 변호인단이 다시 한 번 그런 식으로 묻는다면 정식으로 문제 제기를 하겠다고 국정원 직원들에게 경고했다.

첫 접견 당시 유우성은 나에게 여동생이 미친 것 같다고 했다. 자신이 화교라는 것 때문에 약점이 잡혀서 이러는 것 같다고도 했다. 하지만 여동생이 허위로 오빠를 간첩으로 몰고 간다고? 나는 유우성의 말을 반신반의하며 돌아왔다. 이러한 심정은 천낙붕, 장경욱 변호사를 제외하고는 다른 공동 변호인들도 비슷했다. 변호인들이 유우성을 접견하고 조사에도 적극 참여하자 국정원은 더 이상 수사를 진행하지 않고 유우성에게 자필 진술서를 쓰라고만 요구하며 사실상 수사를 마무리했다.

사실 국정원은 1월 10일 유우성을 체포한 뒤로 변호인 조력 없이 8일 동안 충분히 수사했다. 물론 유우성이 국정원의 압력과 회유에 넘어가지 않아 자백을 받아 내지는 못했지만 여동생의 진술을 이미 확보한 상태였으므로 유우성에 대한 추가 수사에 큰 의미를 두지 않았던 것 같다. 참고로 여동생은 간첩 사건에서 공범이기 때문에 공범의 자백이 있는 경우 유우성의 자백이 없더라도 유죄가 쉽게 인정될 수 있다. 그리고 국정원은 법원을 속이기 위해 돈을 써 가며 다른 탈북자의 증언을 원하는 대로 확보해 두었고, 중국에 있는 증거를 북한에 있는 증거인 것처럼 속여 제출했다. 그래서 유우성의 자백이 없더라도 손쉽게 간첩을 만들어 낸 것이다.

사건은 검찰로 넘어갔다. 유우성은 변호인 참여하에 조사를 받았다. 유우성은 여동생과의 대질을 요구했지만 검사는 대질 요구를 받아 주지 않았다. 그래서 유우성은 끝까지 진술거부권을 행사했다. 유우성은 국정원 조사 당시에도 여동생과의 대질을 끊임없이 요구했으나 거절당했다. 검찰과 국정원의 수사 결과에 따르면 유우성과 여동생은 공범이다. 공범 간의 진술이 다르고 피의자가 대질조사를 강력하게 요구하면 보통의 경우 대질조사를 한다. 그러나 이 사건에서는 수사기관이 철저하게 대질조사를 불허했고, 유우성과 여동생이 만나거나 접촉할 수 있는 일체의 수단도 차단했다. 그러면서 여동생에게 편지를 쓰게 해 유우성에게 일방적으로 전달하고 그 편지를 법원에 증거로 제출했다. 여동생이 오빠에게 빨리 반성하고 용서를 구하라는 내용의 편지만 써서 계속 법원에 제출해 정말로 유우성이 간첩인 것처럼 만들었다. 일방적이고, 치졸한 방법이었다. 나는 여동생을 직접 만나 답답한 상황을 풀고 싶었지만, 국정원의 방해로 만날 수 없었다.

구속기소

검찰도 결국 유우성의 자백을 받아 내지 못했다. 그럼에도 불구하고 2013년 2월 26일, 유우성을 간첩죄로 구속기소했다. 간첩죄는 여동생의 진술이 유일한 증거였다. 한편 1만여 명의 탈북자 명단을 유출했다는 언론 보도와 달리 약 75명의 명단 유출로 기소를 했으니 초기 여론전에 비해 수사 결과가 초라하기 짝이 없었다. 유우성의 수사를 담당한 검사는 서울중앙지방검찰청 공안1부 이시원 검사와 한정화 검사였다. 대부분의 수사는 이시원 검사가 했고, 이시원 검사가 잠시 파견을 나간 사이에 한정화 검사가 수사 마무리와 기소를 했다. 재판 과정에서는 한정화 검사 대신 이문성 검사가 합류했다.

유우성은 체포된 날로부터 48일째 되는 날에 구속기소 되었다. 일반 사건은 최대 30일까지, 국가보안법 사건은 최대 50일까지 구속이 가능하다. 유우성은 48일을 버티며 끝까지 자신의 무죄를 주장했다. 참으로 대단한 일이고, 이 지점이 내가 유우성을 신뢰하는 중요한 계기가 되었다.

검찰의 기소는 수사의 마무리를 의미한다. 즉, 더 이상 검찰을 상대로 무죄를 다툴 것이 아니라 이제부터는 법원을 상대로 호소해야 한다. 이제 법정에서 제대로 싸울 일만 남았다. 유우성의 변호인단은 변론 방향과 증거 수집 방법을 논의하고 역할을 분담했다. 유우성은 수사를 받는 동안 여러 혐의에 대해 질문을 받았으나 최종적으로 어떤 혐의로 재판을 받는지는 검사의 공소장에 의해 결정된다. 불고불리(不告不理)의 원칙상 법원은 검사가 기소한 범위 내에서만 판단할 수 있다. 예를 들어, 열 가지 혐의로 수사를 받았더라도 검사가 한 가지 혐의만 기소하면 법원은 그 한 가지 혐의만 재판할 수 있다. 나는 검사가 기소를 한 이후 공소장에 대한 피고인의 입장부터 정리했다. 유우성은 당연히 모든 범죄를 부인했다. 나는 알리바이를 입증할 수 있는지, 증인들은 누구를 부를 것인지, 우리의 주장을 입증할 증거나 증인을 확보할 수 있는지 등을 변호인들과 함께 상의하고 결정했다. 천낙봉 변호사는 변호인단 단장으로 전체 지휘를 맡고, 장경욱 변호사는 국정원, 검찰 등과의 다툼 및 위법한 수사, 재판에 대한 문제 제기를 맡고, 양승봉 변호사는 유우성 접견과 참고인 면담 등으로 사실관계 정리, 의견서 작성을 맡고, 기록 복사 등 실무 지원도 맡았다. 나는 언론 담당 및 의견서 작성과 증거 수집, 변론 방향 연구, 최후변론을 담당했고, 김진형 변호사도 의견서 작성과 증인신문을 담당하기로 했다.

무죄의 증거, 유죄의 증거

검찰의 공소장

검찰이 유우성을 어떤 혐의로 기소했는지는 공소장에 잘 기재되어 있다. 다만 공소장은 검찰이 수사 결과를 일방적으로 기재한 것이기 때문에 무죄를 다투는 사람의 의견이 반영되지 않는다. 그래서 공소장을 받아 본 사람들은 억울함과 분노에 부들부들 치를 떤다. 특히 국가보안법 위반 사건은 반국가단체니, 북한이니, 적화통일이니 하는 무시무시한 단어들이 수시로 등장한다.

공소장에 기재된 간첩 행위는 유우성이 어머니 장례식 이후 네 차례 밀입북했다는 것이고, 세 차례 탈북자 정보를 북한에 넘겼다는 것이다. 특히 유우성이 어머니 장례식 이후인 2006년 5월 말경 가족이 걱정되어 두만강을 건너 다시 북한에 들어갔다가 북한 보위부에 단속되었고 폭행과 고문을 당한 뒤 간첩이 되었다고 했다. 공소장에 기재된 '간첩' 유우성은 무슨 일을 했는가.

1) 2006. 6. 22.자 국가보안법 위반(특수 잠입·탈출)

유우성은 2006년 5월 23일 어머니 장례식을 위해 밀입북한 이후 다시 두만강을 도강하는 방법으로 밀입북하였다가 북한 회령시 보위부에 체포되어 조사를 받고 북한 회령시 보위부 공작원으로 인입되었다. 그리고 보위부의 지령을 받고 2006년 6월 22일 남한에 잠입하였다.

2) 2006. 8. 23.자 국가보안법 위반(편의 제공)

유우성은 회령시 보위부에서 노트북을 사 달라는 연락을 받고 인터넷으로 중고 도시바 14인치 노트북을 구입하여 포장한 후 2006년 8월 23일경 중국으로 우체국 국제특급우편(EMS)을 보내 외당숙에게 우송하고 이를 보위부에 전달하게 하였다.

3) 2007. 8. 중순경 국가보안법 위반(잠입·탈출)

유우성은 2007년 8월 중순경 두만강을 도강하여 북한으로 밀입북하였다.

41

4) 2011. 2.경 국가보안법 위반(간첩) 및 국가보안법 위반
(회합·통신 등)

유우성은 연세대학교 중문과에 편입한 이후 여러 동
아리, 단체에 가입하여 탈북자 정보를 수집하고 이를
보위부 반탐부 부장에게 보고하였다.[*] 위 반탐부 부
장은 유우성의 여동생에게 두만강을 도강하여 오빠
가 보내는 자료를 받아 오라고 지시하였고, 유우성은
2011년 2월경 두만강을 도강하여 연길 소재 PC방에
온 여동생에게 QQ메신저를 이용하여 탈북자 약 50여
명의 명단을 전달하였고 여동생이 이를 usb에 저장하
여 다시 두만강을 도강해 보위부 반탐부 부장에게 전
달하였다.

5) 2011. 5.경 국가보안법 위반(간첩) 및 국가보안법 위반
(회합·통신 등)

유우성은 지속적으로 탈북자 정보를 수집하였고,
2011년 5월경 수집한 탈북자 70~90여 명의 정보를 여
동생에게 QQ메신저를 이용하여 전달하였다. (이때 여
동생은 두만강을 도강하지 않고 여권으로 중국을 왕

■　반탐부는 북한 비밀 경찰인 보위부 소속으로, 대남 정보공작, 해외 정보원 활동
　　및 간첩 색출 등을 하는 부서이다.

래하였다.〕

6) 2011. 7. 초순경 국가보안법 위반(특수 잠입·탈출) 및 국가보안법 위반(회합·통신 등)

유우성은 여동생이 남한 침투 지시를 받아 이를 상의하고 여동생과 아버지의 중국 이사를 돕기 위해 2011년 7월 초순경 두만강을 도강하여 북한에 밀입북하고, 회령시 보위부 반탐부 부장을 만나 그동안의 성과에 대해 보고하였다.

7) 2012. 1. 22.자 국가보안법 위반(특수 잠입·탈출), 국가보안법 위반(회합·통신 등) 및 국가보안법 위반(편의 제공)

유우성은 2012년 1월 22일부터 1월 24일까지 두만강을 도강하여 아버지가 있는 회령 집에 가 설을 보냈고, 회령에서 반탐부 부장을 만나 표창을 받았으며, 반탐부 부장에게 카메라 등을 선물로 제공하고 두만강을 도강해 중국으로 갔다.

8) 2012. 7.경 국가보안법 위반(간첩) 및 국가보안법 위반(회합·통신 등)

유우성은 탈북자 단체 등에서 꾸준히 탈북자 정보를 수집하였고, 2011년 6월경 서울시에 복지정책과 계약

43

직 공무원으로 채용되어 탈북자 정보에 쉽게 접근할 수 있게 되었다. 유우성은 2012년 7월경 수집한 탈북자 50~60여 명[■]의 정보를 연길에 있는 여동생에게 윈도우 라이브 메신저로 보냈고 여동생이 usb에 저장한 뒤 두만강을 도강하여 이를 보위부에 전달하였다.

9) 2012. 10. 25.자 국가보안법 위반(회합·통신 등), 2012. 10. 30.자 국가보안법 위반(특수 잠입·탈출) 및 국가보안법 위반(편의 제공)

유우성은 2012년 10월 25일 한국 침투 지령을 받은 여동생을 중국 연길에서 만났고, 함께 한국에 들어올 여동생에게 항공권을 사 주었으며[편의 제공], 지령을 받고 한국에 입국하였다. [즉 여동생도 간첩이 되었기 때문에 여동생을 만나고 항공권을 사 준 것이 국가보안법 위반이라는 것이다.][▲]

나는 공소사실에서 중대한 모순점을 발견했다. 여동생 유가려가 중국과 북한을 오가는 과정이 오락가락했다. 유우

■   유우성이 넘긴 탈북자 명단을 합하면 75명을 훌쩍 넘어 120명 이상이 되는 것처럼 공소사실에 기재했으나 실제 증거 기록으로 제시한 것은 중복된 사람들이 많아 결국 75명이었다.

▲   검찰의 공소장은 분량이 매우 많아 구성요건 중심으로 압축했다. 공소장 내용 중 ( )로 표시한 부분은 필자가 보충 설명한 것이다.

성의 간첩 혐의는 탈북자 정보가 담긴 파일을 유가려에게 메신저로 보내고 유가려가 파일을 usb에 담아 북한 반탐부 부장에게 전달했다는 것이다. 남한에 있는 유우성이 북한에 있는 유가려에게 파일을 바로 보낼 수 없으니 유가려가 중국에 있는 PC방에서 받아 갔다는 설정이었는데, 유가려가 중국으로 이동하는 방식이 이상했다. 공소장에는 유가려가 총 세 번 중국으로 넘어가는데 그중 두 번은 두만강을 몰래 도강했고, 한 번은 여권을 가지고 이동했다고 적었다. 유가려는 화교이기 때문에 북한에 살고 있어도 원하면 중국 여권을 가지고 언제든 중국으로 쉽게 갈 수 있다. 그런데 목숨 걸고 밤에 두만강을 도강해 중국으로 간다는 설정이 말이 안 되었다. 특히 북한에서 간첩으로 포섭해 지령을 내린 사람이라면 더더욱 쉽게 갈 수 있는 여권으로 이동하게 했어야지 밤에 도강하다 걸리면 총상을 입을 수도 있고, 외교적 문제까지 발생할 수 있다. 실제 유가려의 출입 기록에는 2011년 5월경 중국으로 다녀온 기록이 있었기 때문에 검찰은 이때만 여권으로 중국에 가서 탈북자 명단을 받아 왔다고 기소한 것이다. 만약 그 기록이 없었다면 세 번 모두 도강이라고 주장했을 것이다. 이 시나리오에는 급조한 티가 역력했다.

적법을 가장한 불법

이젠 법정에서 제대로 싸울 일만 남았다고 생각한 변호인단에게 검사가 기습 공격을 했다. 바로 유가려에 대한 증거보전 신청이었다. 증거보전은 재판 기일에 증거조사를 하기 어려운 사정이 있을 때 긴급하게 재판에 앞서 증거조사를 하는 제도이다. 예를 들어 증인이 출국 예정이거나 병환으로 사망할 수 있는 경우, cctv처럼 보관 기간이 지나면 자동 삭제되는 증거인 경우처럼 시간이 지나면 증거를 확보하기 어려워 본재판까지 기다릴 여유가 없을 때 증거보전 절차를 통해 미리 증거를 확보하는 것이다. 실제 세월호 참사 직후 변호인단으로 참여했던 나는 증거보전 절차를 활용해 vts자료 등을 확보할 수 있었다. 증거보전 절차 자체는 누구에게 유리하거나 불리하다고 볼 수는 없는데, 일반적으로 강제수사권까지 가지고 있는 검찰이 증거보전을 시급하게 청구하는 경우는 거의 없다. 그런데 이 사건에서 이시원 검사는 유가려의 진술을 미리 확보해야 한다며 증거보전을 신청했다. 공소장에 적힌 아홉 가지 혐의 중 2번 노트북 선물 부분을 제외한 여덟 가지 혐의는 유가려의 진술이 유일한 직접증거이다. 그러니 검찰은 유가려가 회유와 협박의 진상을 깨닫기 전에 신속하게 처리하려 한 듯하다.

법정에서 이시원 검사는 유가려가 심리적으로 불안정하

여 진술을 번복할 염려가 있고, 외국으로 추방될 가능성이 있어 미리 진술을 확보해야 한다고 주장했다. 그러나 증거보전을 규정한 형사소송법 제184조 법조문을 아무리 읽어도 진술 번복 가능성은 증거보전의 신청 사유에 해당하지 않는다. 진술 번복 가능성, 즉 말을 바꿀 가능성이 있다는 주장은 검사가 허위자백을 받아 두고 심리 상태를 억지로 누르고 있다는 것을 자인하는 셈이다. 특히 유가려가 계속 수사기관의 영향력 아래에 있었기 때문에 진술 번복 가능성이라는 이유가 매우 수상했다. 한편, 강제 출국 가능성도 거짓말이다. 이시원 검사는 증거보전 신청서에 강제 출국 가능성이 있다고 했다가 막상 증인신문이 진행되자 유가려를 추방시키지 않고 국내에 체류할 수 있는 방안을 검토하겠다고 말을 바꿨다. 유가려를 안심시키기 위해 한 말이다. 결국 진술 번복 가능성은 애초에 증거보전 사유가 아니고, 추방 가능성은 검사가 없다고 말했기 때문에 증거보전 사유가 없었던 것이다.

한편, 이시원 검사는 증거보전 재판이 필요한 이유로 "종래 국가보안법 위반 사건 재판에서 피고인과 변호인이 수사기관의 각종 수사 활동과 처분에 대하여 근거가 희박한 은폐, 조작 의혹을 제기하여 온 전례에 비추어 유가려의 출국에 대비하여 검사가 (조치를 취해야 한다)"는 주장을 했다. 여기에서 멈추지 않고 이시원 검사는 의견서를 사전에 제출해 변호인의 증거 복사와 열람을 제한해 달라고도 요청했다. 국정원에서 조사받은 탈북자들의 신분이 노출될 우려가 있고 신변 안전에 문제를 야기할 수 있으며 유우성에게 변명할 기회를 줄 수 있으니 증거 기록을 보여 주지 말고 재판을 하자는 주장을 한 것이다. 실제로 나는 2월 28일에 증거 기록 복사 신청을 하고 법원에서 연락이 오면 복사를 하러 가려고 기다리고 있었는데, 갑자기 3월 4일에 증거보전 재판이 열림으로써 증거 기록 없이 증인신문을 해야 하는 매우 황당하고 이례적인 상황을 만나야 했다.■

검찰은 수사를 하면서 증거 기록을 다 검토하고 기소했기 때문에 누구보다 사건을 잘 알고 있지만, 피고인이나 변호사는 증거 기록을 복사해서 보기 전까지는 어떤 증거가 있는지, 누가 무슨 말을 했는지 전혀 모르는 상태이다. 유우성 사건은 이미 수사를 마쳤고, 유가려는 국정원에 구금되어 신병을 확보하고 있었기에 검사가 증거보전을 청구할 긴급함은 없었다. 하지만 이시원 검사는 증거보전 제도를 악용해 유우성의 방어권과 변호인의 변론권을 침해했다.

변호인단에게 닥친 또 다른 문제는 간첩 사건을 담당하

■ 검찰은 유가려의 진술조서만 복사를 해 주었는데, 이미 공소장에 기재된 내용을 반복하는 진술이었다. 오히려 유가려의 진술을 검증할 수 있는 나머지 증거를 주지 않아 유가려 진술을 반박하거나 사건을 입체적으로 파악할 수도 확인할 수도 없었다. 사실상 증인신문을 방해한 것이다. 나는 수많은 재판을 해 보았지만 검사가 이렇게 증거를 복사해 주지 않아 기록 없이 증인신문을 한 사건은 이번이 처음이었다.

는 서울중앙지방법원 형사 제21부가 아니라 수원지방법원 안산지원 김한성 판사 앞에서 유가려가 증언을 해야 한다는 것이었다. 김한성 판사는 사건에 대해 전혀 알지 못하기도 하고 간첩 사건의 유무죄를 판단할 권한도 없는 판사였다. 비유하자면, 담임선생님이 버젓이 있는데 갑자기 처음 보는 선생님에게 가서 생활기록부를 작성해 오라는 격이다. 법정에서의 증언은 수사기관에서 한 진술보다 훨씬 강력한 증거이다. 그래서 무죄를 다투는 피고인의 입장에서는 증인신문이 가장 중요한 절차이다. 유우성 사건에서는 유일한 직접증거인 유가려의 증언을 듣는데, 변호사들에게 준비 기회도 주지 않고, 사건과 무관한 판사 앞에서 진행한다는 것 자체가 증거보전으로 재판을 사실상 끝내겠다는 것과 다름없는 것이었다.

　형사소송법상 직접주의라는 것이 있는데, 판사가 증거를 직접 검토하라는 것이다. 따라서 유우성 사건의 경우 서울중앙지방법원 형사 제21부 판사들이 유가려 증언을 직접 들어야 한다. 증언을 직접 듣는 것과 나중에 이를 기재한 조서를 보는 것은 엄청난 차이가 있다. 증인의 표정과 말투, 답변 태도에서 거짓말을 하는지 아닌지를 판단할 수 있는데, 조서를 보면 이런 것이 다 생략된다. 영화 속 대사를 배우의 연기를 통해 듣는 것과 그냥 대본을 읽는 것만큼 혹은 그 이상의 큰 차이가 있다. 유가려가 오빠의 질문에 한참 동안 울면서 답변을 못 하다가 마지못해 답변을 하면 현장에서는 거짓말인지

　　　　　　　　　　　　2장 무죄의 증거, 유죄의 증거

판단이 가능한데, 조서로 보면 그 정황이 모두 생략되고 답변만 남는다. 이런 절차를 합법으로 가장해 모두 뛰어넘고 가려는 것이 검사 이시원의 목적이었다.

나는 이시원 검사의 말도 안 되는 이런 주장과 행태에 대해 조목조목 따졌고, 안산지원 김한성 판사에게 본안 사건을 담당하는 서울중앙지방법원에서 유가려가 증언을 하게 해 달라고 강력하게 요청했다. 그러나 전혀 받아들여지지 않았다. 그렇다면 재판을 연기라도 해서 준비할 시간을 달라고 했다. 검사의 의도대로 변호인들이 기록도 제대로 복사하지 못했고, 주말과 휴일이 끼어 있어 유우성을 충분히 접견하지도 못한 상태였기 때문에 기일을 연기해 달라고 요청한 것이다. 그러나 김한성 판사는 이마저도 거부하고 증인신문을 강행했다. 결국 장경욱 변호사가 법정 녹음을 신청했다. 증언을 강행할 경우 녹음 파일이라도 확보해 서울중앙지방법원의 본재판에서 틀어 볼 생각이었다.

처음부터 불리한 싸움이었다. 겉으로는 적법해 보이나 실질적으로는 피고인의 방어권을 침해하는 위헌적 처사이고, 공정한 재판을 의도적으로 방해하는 불법이었다. 그런데 인권 보호의 최후의 보루라는 법원이 여기에 동조했다는 것이 쉽게 이해가 가지 않았다. 나는 이렇게 첫 재판을 분노와 무력감으로 시작했다.

증거보전 재판

결국 수원지방법원 안산지원 김한성 판사는 유가려에 대한 증인신문을 강행했다. 부당한 재판은 강도보다 흉악하다고 하는데, 이날 증거보전 재판은 유우성의 권리를 강제로 빼앗아 간 재판이었다. 유가려는 검사와 국정원에서 연습한 시나리오대로 증언했다. 검사가 물어보는 모든 말에 "예"라고 답변하는 방식으로 간첩 사실을 자백하기 시작했다. 검사의 신문을 듣는 내내 유우성은 억울함에 주먹을 꽉 쥐고 가슴을 쳤다. 나도 답답했다. 유가려가 진실을 말할까 두려운 검사는 유리구슬 다루듯 조심했고, 유우성과 나는 유가려의 허위진술에 답답함과 분노를 표했다. 그런 반면 김한성 판사는 유가려의 증언에 관심이 없었다. 법정에서 유일하게 무관심했고, 무료하게 퇴근 시간만 기다리는 직장인처럼 보였다.

유가려에 대한 증인신문은 오전 10시에 시작해서 밤 11시가 넘어 끝이 났는데 중간에 국정원 직원들이 불법적인 행동을 했다. 검사는 유가려가 겁을 먹으니 유우성과 유가려를 같은 공간에 둘 수 없다며 영상증언을 신청했고, 어이없게도 김한성 판사가 이를 받아들였다. 보통 영상증언은 성범죄 사건에서 활용되는데, 성범죄의 피해자가 가해자를 다시 마주하는 상황을 피하고 피해자를 보호하기 위한 방식이다. 그러나 이 사건에서는 여동생이 한국에 들어온 후 5개월간 독방에 갇혀 있었기 때문에 오빠를 만나고 싶어 했다. 하지만 여동생은 우물쭈물 검사와 국정원 직원의 눈치만 보고 있었다. 따라서 둘을 분리시켜 영상 중개 방식의 증언을 할 필요가 없었다. 증인신문을 하는 동안 영상증언실에 있던 유가려는 계속 주변의 눈치를 봤고, 목소리도 잘 들리지 않아 신문이 매우 어려웠다. 유가려는 답변을 하지 못하고 계속 울다가 영상 속의 누군가가 인형과 담요를 주자 이를 받고 안정을 취하는 모습을 보였다. 이때 변호사들은 유가려 옆에 누군가가 있다고 강력하게 항의했고 확인 결과 국정원 직원들이 옆에서 유가려의 증언을 감시하고 있었다. 검사가 처음부터 유가려를 영상증언해야 한다고 주장한 이유가 바로 이것이었다. 국정원의 전략에 검사가 적극 협조한 것인지, 검사가 먼저 나서서 법기술을 부린 것인지는 알 수 없었다. 결국 강력한 항의를 받고 국정원 직원들은 모두 증언실에서 나갔다. 정확히는 나갔다고 법원으로부터 들었을 뿐 실제로 확인은 불가능했다. 그러나 여전히 유가려는 울음 섞인 작은 소리로 답변을 해 의사전달이 쉽지 않았다. 그러자 유우성이 갑자기 자신이 영상증언실로 갈 테니 유가려를 법정에 불러서 신문해 달라고 요구했다. 결국 이 요구가 받아들여져 유가려가 법정에 나와 증언을 하게 되었고, 이전보다 훨씬 원활하게 진행할 수 있었다. 심리적으로 나락에 떨어져 있던 유우성이지만 증인신문에 온 신경을 다 썼고, 순간 기지를 발휘했던 것이다. 매우 적절한 임기응변이었다.

검사의 주신문이 끝나고 이제 유우성과 변호인의 본격적인 반격이 시작되었다. 기록도 제대로 복사해 주지 않는 이시원 검사의 방해에도 불구하고 유우성을 거의 매일 접견해 사건 파악을 가장 잘하고 있던 양승봉 변호사의 활약으로 증인신문을 진행했다. 양 변호사는 유우성에게 들은 사건의 진상을 유가려에게 침착하게 하나씩 되물었다. 한편 나는 증인신문을 할 때 증인에게 경험한 상황을 그대로 재연하듯 진술하게 만드는데, 그러다 보면 거짓말을 하는 사람이라면 반드시 실수를 하게 된다. 유가려에게도 그런 방식으로 질문을 이어 갔고, 결국 모순된 진술을 확보했다. 증거보전 재판에서 유가려는 오빠가 도강을 해 북한으로 왔는데, 옷이 다 젖어 있었다고 당시 상황을 구체적으로 증언했다. 하지만 이후 검사가 항소심에서 제출한 증거에는 유우성이 정식 출국 절차를 거쳐 북한으로 들어갔다가 간첩으로 포섭되었다고 주장했다. 결국 검찰 스스로 유가려의 이 증언을 부정하는 위조 증거를 제출한 셈이었다.

장경욱 변호사는 싸울 줄 아는 변호사다. 수많은 조작 사건을 변호해 왔기에 사건의 본질을 누구보다 빠르게 파악했다. 이시원 검사에게는 법정에서 "조작하려니 힘드시죠?"라고 바로 공격을 했다. 그런 장경욱 변호사가 유가려에게 반대신문을 하는 과정에서 무섭게 다그치자 유가려는 덜컥 겁

2장 무죄의 증거, 유죄의 증거

을 먹었다. 안 그래도 위축되어 있는데, 변호사가 무섭게 몰아치니 겁이 난 모양이다. 변호인들은 쉬는 시간에 모여서 회의를 했다. 장경욱 변호사가 질문을 하면 유가려가 무서워하면서 답변을 거의 못 하는 것 같으니 질문을 가능한 한 하지 않는 것으로 정리했다. 거기에 더해 앞줄에 앉아 답변을 지켜보는 것 자체로도 무서울 수 있으니 뒷줄로 물러나 있도록 했다. 장경욱 변호사는 웃으면서 뒤로 물러났지만 씁쓸한 표정을 감추지 못했다. 이후에 양승봉 변호사가 부드럽게 질문을 이어갔고, 나 역시 매우 친절한 태도로 질문했다. 그러자 유가려는 조금씩 답변을 하기 시작했다. 나는 뒷줄의 장경욱 변호사를 힐끔 보면서 미소를 나누었다.

유가려는 증언 내내 눈물을 흘렸는데, 거짓말을 할 때 특히 더 심하게 울거나 목소리가 작아졌다. 그리고 유우성이 도강을 해서 밀입북한 후 보위부 공작원이 되는 과정을 추궁당할 때에 말문이 막히자 혼잣말로 "거짓말"이라고 서너 차례 되뇌었다. 당시 유가려가 영상증언실에 있어 그 말이 변호인 귀에 들어오지 않아 놓쳤는데, 나중에 녹음 파일을 확인하니 선명하게 녹음되어 있었다. 유가려는 두려움에 떨고 있었지만 그래도 자기 나름대로 진실을 이야기하고 있었던 것이다. 한참 후에 유가려에게 왜 그 말을 했는지 물어봤는데 본인도 정신이 없어 잘 기억을 하지는 못하는 것 같았다. 그러나 사실이 아닌 것을 증언할 때의 괴로운 심정은 분명하게 기억하

54

고 있었다.

유가려는 검사의 주신문에서는 간첩 혐의 사실을 다 인정하는 답변을 했다. 오빠를 도와준다는 것으로 착각하고 답변했으니 당연한 것이었다. 그러나 변호인의 반대신문에서 허위가 밝혀지거나 수세에 몰렸다. 대표적으로 2011년에 유우성의 가족이 중국으로 모두 이사를 나왔는데 여전히 북한에 살고 있다고 거짓말한 것과 2012년 설에 중국 연길에서 함께 시간을 보내고 가족사진도 찍었던 사실 등에 대해서는 울면서 제대로 답변하지 못해 사실상 시인을 했다. 유우성은 가족사진에 있는 사람은 내가 아니면 유령이냐고 울면서 물었고, 유가려도 참았던 감정이 무너지는 듯했다. 국정원과 검찰은 유우성이 북한 회령에 집이 있다고 주장하며 유우성이 2012년 설에도 두만강을 도강해 북한 집에 다녀왔다고 했는데, 유우성의 질문에 유가려는 2011년 최○○ 언니에게 집을 팔았고, 북한 회령에 집이 없다고 시인했다. 아주 중요한 전제가 무너진 것이다. 그러자 이시원 검사는 증거보전 재판 이후 유가려를 다시 불러 북한 회령에 집이 있다는 허위진술을 강요하고, 회령 집을 그림으로 그리라고 해 이를 증거로 제출했다. 검사가 직접 사건 조작에 가담한 것이다.

실제로 유우성 사건의 실마리는 2012년 설 무렵의 행적에서부터 풀리기 시작했다. 유우성이 북한에 넘어갔다고 한 시기인 2012년 설 무렵에 중국 연길에서 찍은 가족사진이 증거로 나왔고, 휴대폰 사진 위치 정보도 중국 연길이었으며, 2011년에 중국으로 모두 이사 나와 북한에 집이 없다는 사실도 확인되면서 검찰의 공소사실이 무너졌다. 이때부터 변호인단은 무죄를 밝힐 수 있다는 자신감이 생겼고, 검찰의 나머지 공소사실도 무너지기 시작했다. 유우성과 변호인단에게 절대적으로 불리한 증거보전 재판이었지만, 역설적으로 유가려가 유우성에게 승리의 단초를 제공해 준 것이다. 이시원 검사가 증거보전으로 우리의 허를 찔렀지만 진실이 전진하는 것을 막지는 못했다.

여동생은 절대 만날 수 없다

증거보전 재판이 끝나고 유가려는 김한성 판사에게 오빠와 5분만 만나게 해 달라고 간청했다. 그러나 이시원 검사는 절대 안 된다며 반대했고, 변호인들은 인도적으로 허용해 주어야 한다고 맞섰다. 대한민국 정부는 허위자백을 받아 낸 것도 모자라 남매가 잠시 만나 안부를 묻는 시간조차 제대로 허용하지 않았다. 대신 유가려는 변호사가 자신을 찾아오면 만나겠다고 분명하게 답을 했다.

나는 마음이 아프고 답답했다. 유가려가 원망스럽기도 했지만 또 불쌍하기도 했다. 혼자서 얼마나 힘들까 걱정도 되었다. 유우성의 심정은 더했을 것이다. 유우성은 재판이 끝나고 서울구치소로 복귀해 쓰러졌고 응급처치를 받아야 했다. 한국에서 드디어 만난 여동생이건만, 이런 관계여야 한다는 게 누구보다 받아들이기 힘들었을 것이다.

사건 초기부터 유가려와의 대질조사를 강력하게 요청했으나 번번이 거절당했다. 나는 유가려를 직접 만나야 한다고 생각했다. 유가려가 국정원에서 회유나 협박을 당해 허위진술을 하고 있는지 확인할 필요가 있었고, 유가려의 진술에 의하면 자신도 간첩죄의 공범이라 변호인이 필요했기 때문이다. 변호인단 내부에서 유우성의 변호인이 유가려의 접견을 가는 것이 적절한지에 대한 토론이 있었다. 유가려는 오빠의 간첩 행위를 자백한 사람인데, 유우성의 변호인들이 유가려를 만나 회유했다고 국정원이나 보수 언론에서 반격할 수도 있다는 우려가 있었다. 하지만 그럼에도 불구하고 진실을 밝혀야 한다는 당위와 유가려도 신체가 구속된 상태에서 동일하게 간첩 혐의를 받고 있는 사람이므로 변호인의 도움이 꼭 필요하다는 반론이 있었다. 결국 만나러 가기로 결론을 내리고 변호인들은 순차적으로 접견을 갔다.

2013년 2월 6일, 나와 장경욱, 천낙붕 변호사가 유가려를 만나러 갔다. 그런데 문제가 있었다. 우리는 국정원이 관리하는 중앙합동신문센터의 위치나 현황에 대해 전혀 몰랐다. 그래서 백방으로 수소문을 했다. 국회의원에게 문의를 해도 알지 못하고, 어떤 국회의원은 국정원 본원을 합동신문센터로 잘못 알고 있었다. 그만큼 베일에 가려 있고 폐쇄적인 공간이다. 결국 수소문 끝에 종교 단체를 통해 어렵게 주소를 확인하고 무작정 찾아갔다.

첫 고비를 넘겼지만 변호인 접견을 신청하려면 또 하나의 난관이 남아 있었다. 접견신청서를 어디에 접수해야 하는가. 구치소에 수용된 사람을 만나러 갈 때는 구치소에 팩스로 접견신청서를 접수하는데, 중앙합동신문센터의 경우 국정원이 따로 안내를 하고 있지 않았다. 결국 우리는 국정원 간첩신고센터인 111에 전화를 해서 변호인 접견을 가겠다고 했다. 어렵게 이리저리 연결해 담당 수사관에게 팩스로 접견신청서를 보냈다. 간첩을 신고하라는 신고센터에 전화를 해서 간첩 혐의를 받고 있는 사람 변호를 하겠다고 했으니 나도 헛웃음을 지었지만 국정원 직원들도 황당할 것이라 생각했다. 어찌 되었든 나는 접견신청에 대한 답변을 앉아서 기다리지 않고 일단 중앙합동신문센터로 찾아갔다. 중앙합동신문센터에 도착할 때까지도 국정원 수사관은 아무런 연락을 주지 않았다. 다시 장경욱 변호사가 전화하여 접견 허용 여부에 대한 답변을 재촉하자 아직 결정 못 했다고 했다.

나는 중앙합동신문센터 정문 대기실에서 계속 기다리며 대책을 고민했는데, 권총을 찬 경비원들이 내 주변을 왔다 갔다 하면서 은근히 가라고 압박했다. 나는 그 경비원들에게도 변호인 접견을 하겠다고 요청했지만 그들은 외부 용역으로 근무하고 있기 때문에 자신들과 무관하다고 선을 그었다.

나와 장경욱, 천낙붕 변호사는 약 한 시간 정도를 기다렸는데 결국 국정원 수사관으로부터 유가려가 변호인 접견을 거부한다고 통보받았다. 나는 곧바로 항의했다. 변호인 접견은 피의자의 권리임과 동시에 변호사의 권리이기도 하고, 유가려가 변호인 접견의 의미를 모를 수 있으니 일단 만나겠다고 했다. 그러자 국정원 수사관은 변호인 접견 대상에 해당하는지도 의문이 있다는 답변만 하고 돌아가라고 했다. 결국 발길을 돌릴 수밖에 없었지만 다음 날 다른 변호사들이 다시 접견을 신청했다. 하지만 그들 역시 같은 이유로 거부당했다. 이에 대해 나와 장경욱, 천낙붕 변호사는 법원에 국정원의 접견 거부는 위법하니 취소해야 한다고 준항고를 신청했다.

한편 유가려가 증거보전 재판에서 변호인을 만나고 싶다고 했기 때문에 재판 바로 다음 날인 3월 5일, 장경욱·양승봉 변호사가 중앙합동신문센터로 접견을 갔다. 그러나 국정원은 유가려에게 변호인이 왔다는 것을 알려 주지도 않고 접견 대상이 아니라며 불허 처분했다. 3월 6일에는 나와 천낙붕, 장경욱 변호사가 함께 접견신청을 했지만 역시 불허했고, 3월 7일에도 마찬가지로 불허했다. 이 역시 준항고를 신청했고 법원은 국정원의 위법 행위를 확인해 주었다. 나와 변호인들이 청구한 국가배상에서도 법원은 국정원이 변호인 접견권을 침해

2장 무죄의 증거, 유죄의 증거

했다고 우리의 손을 들어 주었다. 물론, 유우성의 1심 재판이 무죄로 마무리된 뒤의 일이다. 나아가 한참 뒤인 2018년에 사건 당시 안보수사국장으로 근무하며 변호인 접견 불허를 결정한 권영철이 직권남용으로 기소되어 1심에서 징역 8월이라는 실형을 선고받았다. 결국 범죄자에게 책임까지 물었다.

하지만 가장 절실했던 시기인 증거보전 재판 이전과 이후 유가려를 만나려는 변호인단의 시도는 모두 실패했다. 유가려는 절대 만날 수 없는 사람이었다. 검찰과 국정원의 두려움의 크기만큼 유가려는 철저히 격리되었다.

변호인단,
중국으로 향하다

우리는 증거보전 재판에서 유가려의 진술이 번복되는 과정을 지켜보면서 이를 확인하기 위해 중국 현지 조사를 결정했다. 장경욱 변호사가 주요 범행지인 중국 연길을 방문해 조사를 하고 중국에 살고 있는 가족들을 만나 진실을 확인해 보자고 제안했고, 현장 조사를 결정했다.

2013년 3월 23일부터 25일까지 2박 3일의 일정으로 나는 천낙봉, 장경욱, 양승봉 변호사와 함께 증거 수집을 위해 중국 연길로 갔다. 나는 유우성 사건을 변호하면서 중국을 모두 네 차례 방문했는데, 이 첫 방문 때만 해도 한 번으로 끝날 것이라 생각하고 질문지와 방문 예정지 목록을 꼼꼼하게 만들고, 녹화용 카메라 등 장비를 단단히 챙겨 출발했다.

23일, 연길에 도착해 숙소로 잡은 성보호텔로 향했다. 변호인들에게 많은 도움을 준 호텔 사장을 만나 인사를 하고 사무실을 빌려 촬영 준비를 마쳤다. 점심에 만나기로 한 유우성의 아버지와 외삼촌, 외숙모가 도착하지 않아 먼저 점심 식사를 했다. 한참 후 가족들이 성보호텔에 도착해 서로 간단히 인사를 하고 바로 준비된 사무실에서 동영상을 촬영하며 면담을 진행했다. 가족의 진술을 증거로 제출할 계획이었고, 나중에 어떤 변수가 생길지 몰라 사전에 동의를 얻어 촬영을 했다.

유우성은 가족들이 의심할 수도 있으니 자신의 자필 편지를 가져가라고 했고, 우리는 가족들에게 유우성의 편지를 전달했다. 그리고 약 한 시간 반가량 면담했다. 면담 과정에서 가족들은 유가려의 진술이 대부분 거짓이고 유우성의 진술이 사실이라는 것을 확인해 주었다. 유우성의 아버지는 유가려를 욕하며 화를 냈다. 아버지는 유가려의 진술이 모두 거짓이며 미친 것 같다고까지 했다.

외삼촌인 조보국과 외숙모는 중국에서 의사로 생활하다 정년퇴직을 했으며, 유우성 어머니의 장례 당시 상황을 매우 상세하게 기억하고 있었다. 그들은 유우성이 어머니 장례를

2012년 1월 22일에 찍은 유우성의 가족사진. 사진 하단에 촬영 날짜가 선명하게 보인다. 검사의 주장대로라면, 유우성 가족은 이날 모두 북한에 있어야 한다. 그러나 이 사진은 중국 연길에 있는 연미사진관에서 찍은 것이다. (사진제공: 김용민)

치르기 위해 북한에 들어갔다가 함께 중국으로 돌아왔고 장춘을 거쳐 북경에 간 사실이 모두 맞는다고 했다. 그러니 유우성이 어머니 장례식 직후 다시 북한으로 도강했다는 공소사실은 거짓이라고 했다. 출발이 아주 순조로웠다.

우리는 곧바로 아버지가 살고 있는 집에 방문했다. 2011년 아버지와 유가려가 북한에서 중국으로 완전히 이사를 나와 정착해 살고 있는 집이다. 그 집 자체가 공소사실이 틀렸다는 증거였다. 집에서 2012년 1월 22일에 찍은 가족사진을 찾았고 이를 증거로 제출하기로 했다. 이 사진을 시작으로 검찰의 공소사실이 흔들리기 시작했고, 재판부도 변호인의 주장을 주의 깊게 듣기 시작했다. 유우성 아버지의 집에서 사건에 대한 질문을 계속 이어 가며 영상을 촬영했다.

어느 정도 촬영을 마치고, 유우성 가족들과 저녁 식사를 했다. 근처 식당으로 이동해 맛있는 음식들을 배불리 먹으면서 더 깊은 대화를 나누었고, 신뢰 관계가 더욱 형성되는 자리라고 생각했다. 아버지는 변호인들에게 직접 술을 따라 주며 연신 고맙다고 인사를 했고, 외삼촌도 변호인들에게 깊은 감사를 표했다. 우리는 다음 날 다시 성보호텔에서 가족들과 만나 부족한 질문을 마저 하기로 약속하고 헤어졌다. 숙소로 돌아오는 발걸음이 그렇게 가벼울 수가 없었다. 다음 날 무슨 일이 벌어질지도 모르고 말이다.

다음 날, 우리는 유우성 가족과 오전 10시에 호텔에서 만나기로 했으나 만나지 못했다. 갑자기 가족들이 연락도 되지 않았다. 그래서 걱정이 되어 어제 찾아갔던 아버지 집으로 두 번이나 찾아갔으나 아무도 없어 만나지 못했다. 우리는 유우성 가족이 국정원에 의해 납치되었거나 예상치 못한 어떤 위험에 빠져 있을 것이라 추측했다. 그리고 어쩌면 반대로 변호인을 믿지 못해 숨었을지도 모른다고 생각했다.

가족을 다시 만나기는 불가능하다고 판단한 우리는 유가려의 행적을 따라가는 조사를 했다. 수사기관에서 유가려가 한 진술이 사실인지 검증하기 위해 유가려가 다녔던 장소들을 모두 찾아갔다. 유가려가 usb를 샀다는 집 근처 가태2원 슈퍼를 찾아가 확인한 결과 연길에 동일한 이름의 가게가 단한 곳 존재했는데 집에서 매우 멀리 떨어진 연길의 한 재래시장에 있음을 확인했다. 가태2원 슈퍼의 간판이 기록의 사진과 달랐으나 가게의 출입문, 구조 등은 동일한 것으로 보여 들어가서 확인을 했다. 유가려의 진술이 거짓이라는 것을 확인한 순간이었다.

그리고 유우성 집 근처 진달래광장에 있는 연미사진관에서 2012년 1월 22일에 촬영한 유우성 가족사진을 확인했으나 필름 원본이 보관되어 있지는 않았다. 다만, 사진사는 가족사진을 자기네 사진관에서 찍은 게 맞는다고 하며 기억난다고 했고, 사진의 배경도 자기 사진관 배경이라고 하면서 동일한 배경으로 찍은 다른 사진들도 보여 주었다. 특히 사진에 기재된 날짜인 "2012. 1. 22."도 맞는다고 확인해 주었다. 유우성이 그날 북한에 가지 않았다는 중요한 사실이 확인되는 순간이었다.

유가려는 탈북자 명단을 받은 장소에 대해 자신이 근무했던 '동인당' 근처 PC방이라고 특정 장소를 지목했다. 그래서 유가려가 근무했다고 주장하는 동인당 근처 PC방을 먼저 방문했는데, QQ메신저와 윈도우 라이브 메신저가 설치되어 있지 않았고, 한글 파일(hwp)이 실행되지 않았다. 그 후 유가려가 지목한 특정 PC방도 방문했는데 동인당과 상당히 먼 거리에 있었으며, 이 PC방에는 QQ메신저가 설치되어 있지만 여전히 한글 파일(hwp)이 실행되지 않았다. 이로써 유가려가 유우성에게 메신저로 파일을 받았고 열어 봤는데 탈북자 정보가 정리되었다고 진술하고 그림까지 그려 준 것이 모두 거짓임을 확인한 것이다.

이후 유우성의 집에 다시 방문하여 유가려가 국정원 조사 당시 자신의 집이라고 알려 준 주소가 사실은 다른 집이었다는 것도 확인했다. 유가려는 국정원의 고문에 못 이겨 허위자백을 했으나 아버지가 살고 있는 집 주소만은 거짓으로 알려 준 것이었다. 유가려가 가족을 보호하고자 했다는 것을 알 수 있었다.

호텔로 돌아와 유우성의 지인과 통화했는데 2011년 7월 초에 유우성이 북한에 가지 않고 계속 자기와 함께 있다가 아버지, 유가려가 이사 오는 것을 마중 나갔다고 했다. 유가려는 2011년 중국으로 이사 온 사실을 인정하지 않고 있었는데, 이 역시 거짓임이 확인된 것이다. 그 외에도 유가려의 진술에 등장하거나 거짓말이라는 것을 알고 있을 만한 사람들을 만나거나 전화 통화를 했는데, 모든 사람이 국정원에서 한 유가려의 진술이 거짓임을 확인해 주었다. 우리는 확신이 생겼다. 우리와 통화한 사람들 중 일부는 국정원의 전화도 받았는데 사실대로 말했다고 언질해 주기도 했다. 그러나 수사 기록에 그들과 통화한 내용이 전혀 남아 있지 않았다.

한국으로 돌아오는 날, 우리는 다시 한 번 아버지를 만나기 위해 집에 방문했으나 만나지 못했고 장경욱 변호사가 당부의 편지를 적어 두고 왔다. 나중에 알게 되었지만, 당시 유우성의 가족들은 우리가 신분을 감춘 국정원 직원들일 수도 있다고 생각해 믿지 않았다고 한다. 특히 한국 변호사들은 돈을 많이 받아야 변호를 한다고 알고 있는데, 여러 명의 변호사들이 무료 변론을 한다고 하니, 믿을 수가 없었다고 했다.

일대 전환점,
유가려 인신구제청구 신청

나는 이 사건에서 가장 중요한 순간을 꼽는다면 바로 유가려에 대한 인신구제청구라고 생각한다. 이를 계기로 유가려가 자유의 몸이 되었고 진실을 폭로하기 시작했다. 공수가 바뀌고 사건의 흐름이 완전 뒤바뀌었다.

2013년 3월 6일, 나는 민변 국가보안법 연구 모임에서 중앙합동신문센터에 수용된 탈북자의 법적 지위에 대해 발제했다. 탈북자가 우리나라에 오면 가장 먼저 국정원이 관리하는 중앙합동신문센터에서 여러 조사를 받는다. 그리고 여러 지원 조치를 하는 보호결정 여부를 판단한다. 그 뒤 우리가 잘 알고 있는 하나원에 입소해 정착을 준비한다. 이 과정에서 탈북자의 법적 지위와 중앙합동신문센터에 수용된 사람의 법적 지위에 대해 유가려 사건을 중심으로 발제했다. 유가려는 행정조사를 위해 형식적으로는 임시 수용된 것이지만 나는 유가려에 대한 수사가 이미 진행되고 있기 때문에 관련 판례에 비추어 실제로는 불법 구금되어 있다고 판단했다. 한편, 유가려에 대한 변호인 접견교통권도 침해되고 있어 어떻게 대응할지를 검토했다.

나는 그 해결 방법으로 인신보호법상 구제청구를 제안했다. 생소한 제도일 수 있는데, 국가기관이나 정신병원 등에 수용된 사람이 자신의 수용이 잘못되었으니 법원에 구제해 달라는 청구를 하는 제도이다. 연구 모임에 참석했던 변호인단을 포함한 민변 변호사들은 유가려에 대해 이 제도의 실효성이 있는지 토론했다. 모두에게 낯선 제도이고 실제 청구를 해 본 변호사가 없어 고민을 했다. 유가려가 불법 구금되었다는 상황 인식과 아이디어 자체에 대해서는 대부분 찬성하는 입장이었지만, 법상 유가려가 중앙합동신문센터에 최장 6개월 머물 수 있기 때문에 다음 달인 4월이면 강제 추방되지 않겠느냐고 예상하고 있어 시간이 촉박하다는 의견이 많았다. 그러나 아직까지 중앙합동신문센터에 있는 탈북자들에 대해 이러한 청구를 해 본 적이 없었다는 점과 실패하더라도 언론을 통해 문제 제기를 할 수 있고, 정말 운이 좋으면 인용될 수도 있지 않겠느냐는 발제자인 나의 강력한 주장에 따라 일단 진행해 보자고 토론을 마무리했다.

유우성 변호인단은 모여서 다시 논의했고 유가려에 대해 인신구제청구를 하기로 결정했다. 유가려가 국정원의 억압으로부터 벗어난다면 진실을 말할 가능성이 높다고 생각했다. 만약 인신구제청구가 받아들여지지 않더라도 소송을 통해 문제 제기를 하면 국정원이 유가려에 대해 위법한 행위를 하기 어려울 것이라 생각했다.

실무적인 논의를 이어 갔다. 소를 제기할 청구인(원고)은 오빠인 유우성이 하고, 청구인의 대리인은 다른 변호사들이 담당하는 것이 좋겠다고 판단해 천주교인권위원회에 도움을 요청했다. 그런데 천주교인권위원회에서도 처음에는 민변의 고민과 동일하게 시일이 촉박하여 실익이 없을 것 같다는 의견을 보내왔다. 그러나 나와 장경욱 변호사가 문제 제기만으로도 큰 의미가 있으니 진행하자고 강력하게 요청했다. 결국 천주교인권위원회도 인신구제청구를 하기로 했다. 중앙합동신문센터의 불법 구금에 대해 소송 경험이 있는 황필규, 염형국 변호사가 사건을 진행하기로 했다. 그러나 모두 국정원을 상대로 인신구제청구는 처음 하는 소송이었다. 청구서 접수 이후 국정원의 답변서가 왔고, 재판 기일이 정해졌다.

2013년 4월 26일, 서울중앙지방법원에서 인신구제청구 재판이 열렸다. 유우성과 변호인단도 모두 출석했다. 나는 중국에서 가져온 2012년 1월 22일에 찍은 가족사진도 들고 갔다. 유가려에게 보여 주기 위해서였다. 한편 혹시 비공개재판으로 진행될 것을 우려해 우리는 변호인 선임계를 미리 준비해 갔다. 비공개재판이 진행되면 황필규, 염형국 변호사를 제외한 우리 변호인단은 방청객에 불과해 법정 밖으로 나가야 해서 변호인 선임계를 들고 간 것이다. 예상대로 비공개재판이 진행되었다. 나를 포함한 변호인단은 즉시 선임계를 제출하고 이제부터는 청구대리인으로서 재판에 참여했다. 유가려는 신문 과정에서 중앙합동신문센터에 있는 것이 자신의 의지이며 강제 구금이 아니라는 취지로 답변했다. 상황은 절망적으로 흐르고 있었다.

하지만 엄청난 반전이 있었다. 국정원은 법원으로부터 인신구제청구서를 송달받자 매우 당황하여 이틀 뒤 유가려에 대해 비보호 결정을 하면서 수용을 해제했고, 출입국관리소에 데려가 강제 출국 명령을 받아 왔다. 즉 더 이상 국정원에 수용하지 않는다는 처분을 한 것이다. 그리고 이를 법원에 뒤늦게 제출했다. 사정이 이렇다 보니 유가려가 그동안 자발적으로 있었는지 강제 구금이었는지가 중요한 것이 아니라 비보호 결정 이후 더 이상 중앙합동신문센터에 있을 법적인 근거와 명분이 사라진 것이다. 유가려는 1개월의 출국 기간 내에 출국하기만 하면 되는 것이고, 그동안은 국내에서 자유롭게 체류할 수 있었다. 그러다 보니 재판장도 유가려에게 중앙합동신문센터로 돌아가지 않아도 되며 지금부터는 자유롭게 생활할 수 있다고 설명해 주었다. 국정원 직원이나 국정원 측 변호사는 물론 유우성과 나도 매우 당황했다. 예상하지 못한 방식으로 일이 이렇게 쉽게 풀리는가 보다 했다. 결국 판사가 유가려에게 아무 곳에서나 자유롭게 있어도 된다고 설명하고 재판은 끝났다. 이제 유가려는 그냥 우리를 따라오기만 하면 된다. 우리는 모두 흥분했다.

그러나 곧 커다란 난관에 부딪쳤다. 바로 유가려의 자유 의지였다. 유가려는 결정을 하지 못했다. 자신이 중앙합동신 문센터로 돌아가지 않아도 된다는 사실을 이해는 했지만 만약 돌아가지 않으면 자신이나 오빠에게 어떤 불이익이 생길지 모른다는 불안감에 아무런 결정을 하지 못했다. 나를 포함한 변호인들은 국정원 직원들과 재판이 끝난 직후부터 한 시간 반가량 법정 및 법원 복도에서 유가려를 가운데 두고 대치했다. 우리는 유가려를 설득하기 위해 아버지와 통화를 하게 해 주었다. 6개월 만에 처음 통화한 것이다. 아버지는 변호인들을 따라가라고 했다. 그리고 다른 친척 및 지인들과도 통화를 하게 해 주었다. 모두 국정원에 돌아가지 말라고 했다. 그럼에도 불구하고 유가려는 망설였다. 다 왔다 생각했는데 유가려가 주저하니 모두 발만 동동 굴렀다. 국정원 직원들의 반격도 만만치 않았다. 함께 온 국정원 여직원들이 유가려를 여자 화장실로 데려간 것이다. 거기에서 큰삼촌이라 불리는 지휘관과 통화하게 했고 필사적으로 유가려를 설득했다. 불행하게도 유우성의 변호인단은 모두 남자라서, 여자 화장실 앞에서 발을 동동거리며 나오라고 소리만 칠 뿐이었다. 그러자 보다 못한 한 외신 여기자가 화장실에 들어가 중재를 했다. 우리는 급하게 민변의 장연희 간사를 불렀다. 정말 다급한 순간이었다. 만약 이대로 유가려가 중앙합동신문센터로 돌아간다면 그녀가 당할 고초도 예상되었지만 유우성이 입을 마음의 상처도 걱정되었고 변론에도 중요한 변수가 생기는 것이다. 장연희 간사가 급하게 법원으로 와서 여자 화장실에 들어가 유가려를 데리고 나왔다. 변호인단에 여성 변호사가 꼭 필요하다고 느낀 순간이었고 그날 밤 김유정 변호사가 혜성처럼 등장했다.

유가려는 하루만 변호인을 따라오고 다음 날 국정원에 돌아가겠다고 했다. 그러자 국정원 직원들이 그럴 수 없다고 맞섰다. 그래서 나는 국정원 직원들과 국정원 측 대리인인 정부 법무공단 변호사에게 유가려를 중앙합동신문센터에 데리고 갈 법적인 근거가 없다고 따졌다. 유가려가 희망한다고 갈 수 있는 곳이 아니기 때문이다. 나는 만약 유가려가 희망해서 갈 수 있는 곳이라면, 나도 중앙합동신문센터에 함께 가겠다고 주장했다. 상황이 이렇게 되자 국정원의 대리인으로 출석한 변호사가 국정원 직원들에게 유가려를 데려갈 법적 근거가 없으니 그녀가 원하는 대로 해 주라고 말했다.

마침내 우리는 유가려를 중앙합동신문센터와 국정원에

서 구출했다. 결과적으로 구출했을 뿐, 그 과정은 온통 우리의 예상과 달랐다. 그러나 인신구제청구를 했기에 가능한 일이었다. 국정원도 처음 접한 제도라 어찌할 바를 모르다가 유가려에 대한 비보호 결정이라는 큰 실수를 한 것이다. 이제 조작의 전모를 밝힐 필수 조건이 마련되었다.

기자회견과
대한민국 최고 정보기관의 민낯

유가려를 민변 사무실로 데려와 그동안의 사정을 천천히 들었다. 유가려는 처음엔 변호인단을 믿지 않다가 중국에서 알고 지내던 언니인 이화를 만나자 이야기를 시작했다. 유가려의 입에서는 엄청난 말들이 나왔다. 고문, 폭행, 협박, 회유……. 2013년 대한민국에서 어떻게 이런 일들이 있을 수 있는지 의아했다. 작은 체구에 잔뜩 겁에 질린 얼굴과 퉁퉁 부은 눈으로 유가려는 한참을 울었다. 간신히 기억을 더듬어 이야기를 하다가도 중간에 밖에서 소란스러운 소음이 들리면 국정원 직원들이 잡으러 온 것 아니냐며 놀라 움츠러들었다.

변호인단은 다음 날 바로 유가려의 긴급 기자회견을 하기로 결정했고, 유가려도 용기 내어 동의했다. 유가려가 국정원의 고문을 폭로해 사건의 흐름을 되돌리기로 결심한 직접적인 이유는 간첩죄의 법정형이었다. 유가려는 국정원 수사관들로부터 유우성이 짧게 형을 살고 나올 거라 듣고 일종의 악마와의 계약을 한 것인데 내가 국가보안법을 보여 주자 마지막 안전핀이 뽑힌 듯 크게 분노했다. 간첩죄의 법정형은 사형, 무기 또는 7년 이상의 징역형이라 아무리 선처받아도 3년 6월 이상의 실형이 선고된다. 나는 취재 요청서를 작성해 기자들에게 배포했다.

한편 유가려가 당장 머물 곳이 없고, 국정원이 언제 연행할지 모른다는 불안감이 있어 숙소를 수소문했다. 종교 시설 등도 고려했으나 갑작스러운 상황이 발생할 때 기민하게 대응하려면 변호사가 있어야 한다는 데 의견을 모았고, 마침 근처에 있던 이재정 변호사에게 도움을 청했다. 이재정 변호사는 사건 내용도 잘 모른 채 민변에 와서 유가려를 만나고 얘기를 듣더니 자신의 집으로 데려가겠다고 적극적으로 나섰다. 용감하고 고마운 행동이었다.

유가려는 오랜 구금과 국정원의 냉온탕 전술 때문에 날짜 감각 등이 많이 무뎌져 있었다. 실제로 유가려는 기자회견 직후 심리상담 등 치료를 받기 시작했다. 심리상담사는 유가려의 상태가 물이 가득 찬 컵과 같아 조금만 흔들려도 물이 쏟아질 정도로 위태롭다고 했다. 심리상담사는 안정을 취할 것을 적극적으로 권고했지만, 유가려는 그럴 시간적, 심리적 여유가 없었다.

73

4월 27일, 이날은 변호인단이 다시 중국으로 출장을 가기로 한 날이지만, 긴급 기자회견을 결정하고 모든 일정을 취소했다. 변호인단은 국정원이 민변 사무실을 도청하거나 감청할 가능성이 있다고 걱정하는 한편, 유가려가 제대로 민변에 올 수 있을지도 걱정되었다. 이날 아침, 유가려가 민변에 도착할 때까지 계속 마음을 졸였고, 다행히 유가려는 이재정 변호사와 함께 무사히 도착했다.

유가려는 기자회견장에서 조금도 주저하지 않고 국정원이 자행한 고문과 협박을 폭로했고, 오빠가 간첩이라고 한 자신의 말이 허위자백이었음을 당당하게 주장했다.

유가려의 기자회견을 두고 검찰과 국정원은 변호인들이 그녀를 감성적으로 자극하여 진술을 번복하게 했다고 주장했다. 기자회견 직후 국정원은 민변에 사과하지 않으면 고소와 손해배상 청구를 하겠다고 협박했고, 실제로 국정원 직원 이름으로 기자회견에 참석했던 나와 장경욱·양승봉 변호사를 명예훼손으로 형사고소하고, 6억 원의 손해배상 청구를 했다.

당시 나는 처음 고소를 당하고, 손해배상 소송의 피고가 되었다. 변호사 개업하고 대학원도 다니면서 평범한 변호사로 살려 했던 작은 소망이 산산이 부서지는 순간이었다. 가족들이 걱정할까 봐 집에는 얘기하지도 못했다. 패소하면 전 재산을 빼앗길 수 있기 때문이었다. 재판 준비를 하다 밤늦게 집에 들어가 잠든 아이들을 보면 미안한 한편 화가 났다. '나는

2013년 4월 27일, 민변 소속 변호사들이 서울 서초동 민변 사무실에서 유우성 사건의 증거를 국정원이 조작했다는 기자회견을 했다. 국정원은 이에 대해 "당시 회유나 협박을 통한 사건 조작이 있었다는 것은 허위사실"이라며 "여동생은 유 씨의 범죄 사실을 일관되고 구체적으로 진술했다"고 반박했다. 또 "유 씨 변호인들이 유 씨 여동생의 감성을 자극해 진술 번복을 교사했다"며 "방어권을 넘어서는 중대한 국기 문란 사안으로 볼 수도 있어 엄중한 법적 조치를 다하겠다"고 강조했다. (사진제공: 연합뉴스)

반드시 무죄를 밝히고 그 책임을 물을 것이다. 국정원은 상대를 잘못 만났다'라고 각오를 다졌다.

우려와는 달리 손해배상 사건은 아주 싱겁게 끝났다. 손해배상 사건에 원고로 참여했던 국정원 직원이 소송을 제기한 사실을 알지 못한다고 법정에서 증언하여 직원의 이름을 몰래 가져다 쓴 국정원의 위법한 행태를 확인하게 된 것이다. 국정원을 비롯한 국가기관은 비판과 감시의 대상이기 때문에 명예훼손의 피해자가 될 수 없다. 따라서 국정원이 직접 명예훼손 소송을 제기할 수 없어 직원 명의로 소송을 제기한 것인데 당사자가 이를 모르고 있었다. 나는 손해배상 청구 사건에서 전부 승소했는데, 판결 이유에서 원고(국정원 직원들)가 원고의 변호사에게 소송을 위임했는지 여부가 입증되지 않아서 소를 각하한다고 했고, 나아가 명예훼손도 성립하지 않는다고 밝혔다. 국정원이 국민의 세금을 가지고 이렇게 소송을 남발하고, 직원의 이름을 빌려 위법하게 소송을 하는 것에 대하여 적극적인 문제 제기가 필요하며, 국정원 예산에 대한 감시를 강화할 필요성을 느꼈다. 한편 형사고소는 공소시효가 지난 현재까지도 검찰로부터 이렇다 할 연락을 받은 것이 없다.

여기에서 그치지 않고 나는 역으로 국가배상을 청구했다. 국정원이 나와 동료 변호사들을 거짓말쟁이로 만든 것에 대해 허위사실적시 명예훼손으로 손해배상을 청구했고, 승소해 위자료로 300만 원씩 받았다. 위자료로 받은 돈으로 국가

폭력 피해자들을 돕는 단체에 일부 기부하고 일부는 맛있는 것을 사 먹었다.

　한편, 유가려를 찾아와 용기를 준 이화는 유우성의 친구이다. 국정원 입장에서는 눈엣가시 같은 존재였다. 기자회견 후 6일 뒤인 5월 3일에 국정원 남자 직원 세 명이 느닷없이 이화가 근무하는 대형 마트로 들이닥쳤다. 이화는 국정원 직원의 동행 요구에 불응하고 여자 화장실에 숨어 장경욱 변호사에게 긴급 구조 요청을 했다. 장경욱 변호사가 다급하게 찾아가 국정원 직원들을 혼내고 돌려보냈는데, 그 과정에서 걸쭉한 욕설이 난무했다. 국정원 직원은 이화를 보호하려는 장경욱 변호사에게 느닷없이 "씨발놈아"라고 욕을 했고, 이에 질세라 장경욱 변호사도 "이런 개새끼가, 국정원 직원이 나에게 욕을 하네"라고 응수했다. 국정원 직원이 놀라 도망가려고 하자 장경욱 변호사는 "니가 국정원이면 다야, 너 이름 뭐야, 협박이나 하고, 나쁜 짓만 골라서 하고 말야"라고 공개적으로 국정원 직원을 혼냈다. 국정원 직원들은 민간인을 상대로 면담을 요구하는 것의 불법성과 먼저 욕을 한 점, 이미 국정원에 악명 높은 장경욱 변호사와 대형 마트 한복판에서 욕 대결을 한 것에 대한 부담감과 두려움을 느끼고 물러났다. 장경욱 변호사의 도움으로 이날은 잘 마무리된 것 같지만 사실 이화 입장에서는 큰 충격이었다. 한동안 속이 울렁거려 밥도 제대로 못 먹었다고 한다. 이게 대한민국 최고 정보기관의 민

낮이고 현실이다.

욕설 대결을 벌인 그날 오후 늦게 서울출입국관리소 직원이 장경욱 변호사에게 전화해 유가려가 거주지 제한을 위반했다고 주장하며 현재 소재지 등을 알려 달라고 요구했다. 그러나 장경욱 변호사는 본인의 휴대폰 번호를 어떻게 알았는지, 국정원에서 알려 주었는지 등등을 물으며 개인정보보호법 위반 문제를 강력하게 항의했다. 국정원에서 연락처를 넘긴 것으로 추측되는데, 출입국관리소 직원은 깜짝 놀랐고 그 뒤로 직접 연락을 하지 않았다.

다음 날인 5월 4일, 국정원 직원 박성우가 장경욱 변호사에게 전화하여 유가려가 거주지 제한을 위반했고, 강제 퇴거될 수 있다며 이를 통지한다고 연락했다. 그러자 장경욱 변호사는 위와 같은 통지는 출입국관리소에서 하는 것이지 왜 국정원이 하느냐며 항의했다. 국정원 직원도 할 말이 없었다. 출입국관리소는 장경욱 변호사 개인정보를 취득한 경위를 설명하지 못했고, 국정원 직원은 권한 밖의 일을 처리하다 혼이 난 것이다. 대한민국 정부가 이렇게 한심하게 작동하고 있었다. 이래서 국정원 직원들이 장경욱 변호사에게 이를 갈고 있는 것 같았다.

한편, 유가려는 같은 날 중국 대사관에 신변 보호를 요청하는 영사 보호 신청을 팩스로 접수했다. 유가려는 중국 국적자이기 때문에 강제 출국일까지 한국에서의 신변을 보호해 달라는 요청을 한 것이다. 중국 대사관이 적극적으로 나서지는 않았지만 적어도 국정원 등에서 불법으로 강제력을 동원할 경우 외교적인 문제로 비화될 가능성도 있다는 점을 분명하게 하려고 한 것이다.

일련의 협박 과정을 지켜보면서 나를 포함한 변호인들은 교통사고를 조심하기 시작했다.

1심 무죄

국민참여재판 신청과 철회

드디어 본격적인 재판이 시작되었다. 유우성 사건에서 평범한 재판 절차는 하나도 없었다. 재판의 모든 과정이 이시원·이문성 검사와의 다툼이었고, 재판부에 이의신청을 하고 기각당하는 것의 반복이었다.

중국 출장까지 다녀온 변호인단은 재판 준비를 마치고 본격적인 법적 다툼을 준비했다. 나는 유우성과 상의해 국민참여재판을 신청했다. 국가보안법 사건을 국민의 눈높이에서 판단 받아 보고 싶었고, 여동생의 자백은 다른 증거들로 충분히 그 신빙성을 무너뜨릴 수 있다고 생각했다.

하지만 이시원 검사는 국민참여재판을 반대했다. 반대 논리가 기가 막혔다.

본건은 배심원, 예비 배심원, 배심원 후보자 또는 그 친족의 생명·신체·재산에 대한 침해 또는 침해의 우려가 있어서 출석의 어려움이 있거나 배심원으로서의 직무를 공정하게 수행하지 못할 염려가 있다고 인정되는 경우에 해당합니다.

즉, 이시원 검사의 주장은, 유우성이 간첩이기 때문에 배심원으로 나온 사람들이 암살당할 수 있다고 겁을 주는 것이었다. 유우성이 간첩이 아님을 누구보다 잘 아는 사람이 법원과 배심원에게 협박을 하는 상황이다.

재판부는 이에 대해 바로 결정하지 않았고, 쟁점을 정리하고 증인이 몇 명인지 등을 확인해서 물리적으로 국민참여재판이 가능한지를 판단하고 나서 결정하겠다고 했다.

하지만 변호인단은 국민참여재판 신청을 곧 철회했다. 이는 검사의 반대 때문이 아니었다. 바로 유가려가 인신구제청구로 자유의 몸이 되었고, 그녀가 진실을 말하기 시작했기 때문이다. 이제 재판에서 유가려에 대한 집중적인 증인신문이 필요했다. 국민참여재판은 직장, 학교 등을 다녀야 하는 배심원의 사정상 일주일을 넘기기 어려운데, 유가려의 증인신문만 해도 일주일을 넘길 가능성이 높아졌다. 변호인단은 이런 점을 고려해 아쉽지만 국민참여재판 신청을 철회했다.

유가려 증인 신청

변호인단이 재판에서 할 가장 중요한 일은 명확했다. 유가려가 법정에서 직접 증언하게 만드는 것이다. 이미 결정적인 증거가 되어 버린 증거보전 재판에서의 증언이 있는 상황에서 이를 뒤집으려면 동일한 증거능력과 신빙성을 갖춘 법정 증언이 필요했다. 따라서 유가려를 법정에서 증언하게 만드는 것, 이것이 변호인단의 지상 과제였다. 일반적인 사건이라면 너무나 당연하게 증언할 수 있는 상태였지만, 지금 변호인단이 상대하는 집단은 대한민국 최고 권력기관인 국정원과 검찰이다. 유우성의 친구인 이화의 직장에 찾아가 소란을 피울 정도로 무법한 집단이기 때문에 유가려에 대해서도 어떤 위법한 조치를 취할지 알 수 없었다. 그래서 유가려가 법정에서 안전하게 증언할 수 있도록 전략을 짰다. 정보를 노출하지 않기 위해 증인 신청을 최대한 늦게 하고, 유가려는 가장 안전해 보이는 장경욱 변호사의 집에 머물도록 했다. 한편 혹시나 강제출국 등 증언을 할 수 없는 상황이 발생할 것을 대비하기 위해 유가려의 진술을 미리 촬영했고, 변호인이 회유했다는 검찰의 주장에도 대응하기 위해 진술 과정을 녹음 및 촬영해 두었다.

유가려에 대한 증인 신청서는 공판준비기일 직전인 일요일(5월 5일) 밤 10시 30분경 야간 접수했다. 미리 신청서를 제출하면 검찰과 국정원이 정보를 알고 방해할 염려가 있었기 때문이다.

5월 6일, 공판준비기일을 진행했다. 재판을 시작하기에 앞서 이범균 재판장은 변호인의 기자회견에 대해 지적했다. 재판부에 사전 통보나 양해 없이 변호인이 기자회견 및 성명서를 발표하여 여론을 형성하는 것은 재판에 부당한 영향을 주려는 행동으로 판단된다고 하였다. 그리고 향후 이런 일이 반복된다면 상응하는 조치를 취할 것이라며 재발 방지를 강하게 당부했다. 이에 대하여 장경욱 변호사는 변호인단이 일련의 조치를 취할 수밖에 없는 사정을 상세하게 설명하였다. 국가권력과 맞서 싸우는 사건의 경우 언론에 노출될수록 안전이 확보될 가능성이 높다. 이때까지만 해도 재판부는 사건의 실체보다는 변호사가 사건을 언론에 노출하는 것에 대한 부담감이 컸던 듯하다. 그러나 사건의 실체를 알아 갈수록 재판부의 태도도 바뀌어 갔다.

나는 유가려를 다시 증인신문해야 한다고 재판부에 강력하게 요청했다. 증거보전 재판에서 다른 판사가 증언을 들었기 때문에 직접주의 원칙 위반을 지적했고, 유가려가 자유의 몸이 되자마자 허위자백을 인정했기 때문에 당연히 새로 증인신문을 해야 한다고 했다. 이에 대해 이시원 검사와 공판에 합류한 이문성 검사는 유가려에 대한 증인신문이 부적절하다고 반박했다. 검사들은 증거보전 재판에서 한 증언은 유효한데, 변호사가 유가려를 숨기고 있고 회유나 허위진술 사주를 할 가능성이 있어 증인신문을 하지 말자는 주장이었다. 자신들이 그렇게 했으니, 변호사도 그렇게 할 거라 생각한 것일까. 검사가 스스로 자신의 잘못을 자백하는 듯했다. 당연히 증인신문을 할 것이라는 예상을 빗나가게 하는 긴박한 순간들이었다. 유가려 증인 신청에 대하여 재판부는 즉시 결정을 못 하고 잠시 휴정을 하자고 했다. 그리고 한참을 고심 끝에 유가려에 대한 증인 신청을 인용하여 증인 채택했다. 가슴을 쓸어내린 순간이었다. 뭐 하나 쉽게 가지 않는 사건이었다.

별도의 증인신문 기일을 지정하는 것과 관련해 나는 유가려의 체류 자격이 매우 불안정하고 언제 추방될지 모르기 때문에 그날 오후에 바로 진행하기를 강력하게 요청했지만 받아들여지지 않았다. 그래서 나는 재판부에 유가려가 증언을 마칠 때까지 추방되지 않을 대책이 필요하다고 요청했고, 재판부는 이시원 검사를 통해 출입국관리소에 연락해 유가려가 거소지를 변경하고 신고하면 강제 퇴거 명령을 하지 않겠다는 답변을 들었다. 안전장치가 마련되었다. 그런 뒤 재판부는 검사의 반대신문 준비를 할 시간을 보장하기 위해 별도로 증인신문 기일을 지정하기로 했다. 한편 검사와 재판부는 변호인에게 유가려가 중국 대사관에 영사 보호 신청을 한 상태이므로 검사의 반대신문 전에 중국으로 갈 수 있으니 영사보호 신청을 철회해 달라고 요청했고, 그렇게 하기로 했다.

대신 나는 빠른 시일 내에 증인신문 기일을 정해 달라고 요청했다. 재판부는 가장 빠른 기일인 5월 9일(목요일) 오후 2시와 5월 13일(월요일) 오전, 오후 모두를 유가려 증인신문 기일로 지정했다. 이시원 검사는 자신이 영월지청장으로 가 있기 때문에 목요일은 어렵다고 했으나 내가 공판검사를 변경하면 된다고 응대하여 결국 목요일(9일)에 진행하기로 했다. 이시원 검사는 어떻게든 시간을 끌려 했고, 나는 그사이에 무슨 변수가 발생할지 몰라 가능한 한 빨리 증인신문을 하려 했다.

막상 유가려에 대한 증인 신청이 받아들여지자 검찰도 증인 신청을 하겠다고 나섰다. 부적절하다고 할 땐 언제고 말이다. 그런데 증인신문을 하기로 결정한 상황에서 검사가 증인 신청을 하는 것은 어떤 의미가 있을까? 증인 신청을 한 쪽에서 먼저 주신문을 하기 때문이다.[*] 이시원 검사는 검찰도 증인 신청을 했기 때문에 자기들이 먼저 질문을 하겠다고 요구했다. 그래서 검사가 먼저 주신문을 하고 변호인이 주신문에 대한 반대신문 후 변호인들의 주신문을 하는 것으로 절차를 정리했다. 유가려가 진실을 폭로하기 시작했기 때문에 나는 증인신문의 순서보다 증인신문을 진행하는 것이 더 중요

■ 주신문은 질문의 범위에 제한이 없으나 반대신문은 주신문에서 물은 것에 대해 다투는 질문을 하는 것이라 질문 범위에 제한이 있다. 주신문에서 묻지 않은 것을 반대신문으로 물을 수 없는 것이 원칙이다. 따라서 검사들은 증인 신청을 함으로써 질문의 범위 제한을 받지 않으려고 한 것이다.

3장 1심 무죄

하다 생각했고, 한편으로 유가려가 이시원 검사의 질문에 답변하면서 자신감을 회복할 기회를 갖는 것도 필요하다고 생각했다.

5월 6일 공판준비기일을 마치기에 앞서 나는 재판부에 이시원 검사를 통해 국정원 직원이 주요 참고인의 직장에 찾아오는 등의 부적절한 행위를 하지 않도록 지휘해 달라고 요청하였고, 따로 보고받은 사실이 없다는 이시원 검사의 답변을 이끌어 내 국정원이 기소된 사건에 대하여 검사의 수사지휘 없이 독자적인 수사를 하면서 재판을 방해한 사실을 확인하였다. 그리고 출입국관리소의 답변에도 불안함이 남은 나는 재판부에 증인 소환장을 발부해 달라고 요청하여 발부받았다. 유가려의 여권이 압수된 상태이기 때문에 증인 소환장은 유가려의 임시 여권인 셈이다.

2013년 5월 9일 첫 증인신문 당일, 변호인단은 유가려의 강제 출국 조치나 교통사고 등 생각지 못한 변수로 증언도 못하는 상황이 발생할 것을 우려해 법원까지의 이동 동선을 고민했다. 우선 변호인 차량이 먼저 이동하고, 유가려는 택시를 불러 법원으로 따로 이동하는 방식을 취했으며 믿을 수 있는 기자가 동행하도록 했다. 미행이 붙거나 돌발 상황이 발생했을 때 유가려가 어디에 있는지 헷갈리게 만들려는 의도도 있었고, 또 기자가 있는 자리에서 불법 연행이나 강제 출국 조치를 위한 실력 행사를 하기 어려울 거라는 판단이었다. 법원

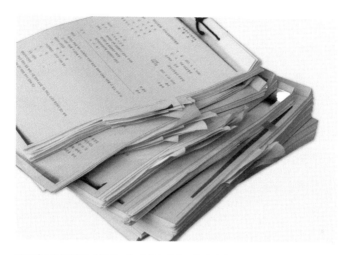

2013년 5월 9일부터 시작된 1심 재판의 공판조서. 유가려는 총 7회 재판에 출석해 511 페이지에 달하는 증언 기록을 남겼다. (자료제공: 김용민)

으로 가는 길은 긴장의 연속이었지만 무사히 도착했다. 그러나 법정으로 들어가는 복도에 유가려가 무서워하던 국정원 수사관들이 나와서 어슬렁거리며 유가려를 관찰했다. 아마도 겁을 주기 위해서였을 것이다. 나는 즉시 항의하고 휴대폰으로 그들을 동영상 촬영했으나 꿈쩍도 하지 않았다. 유가려는 심리적으로 불안해졌고, 그에 따라 나도 유우성도 긴장했다.

유가려가 증인으로 출석해 증언을 하는 일은 매우 힘든 과정이었다. 폭행의 기억과 허위자백 과정, 자살 시도, 자신이 회유에 넘어가는 바람에 오빠가 구속되었다는 자책감 등이 지속적으로 유가려를 괴롭혔다. 심리 상태가 불안했고, 건강도 좋지 않았다. 증언을 준비하는 과정에서도 긴 호흡으로 설명하지 못하고 자주 쉬고 진술하기를 반복했다. 증언 도중에 호흡곤란이나 구토 증세 등으로 중단하기를 여러 번 반복했다. 그래서 법정 증언도 한두 번에 끝내지 못하고 일곱 번을 출석해 증언했다. 물론 증언의 양도 방대하다. 국정원 직원들과 대질신문한 것을 제외하고 유가려 단독 증언만 정리한 조서가 511페이지에 달했다. 유가려는 국정원과 검찰 수사 과정의 문제점을 증언했고, 오빠가 간첩이 아니라고 명확하게 말했다.

한편 재판부는 검사의 요청에 따라 '국가의 안녕질서를 위하여' 비공개재판으로 결정했다. 이해하기 어려운 결정이라 바로 이의를 제기했으나 재판부는 받아들이지 않았다. 검찰과 국정원은 대공수사 기법 등의 노출 우려를 주장했으나 실제로는 유가려에게 자행한 고문 방식 및 조작 과정과 조작 기법 노출이 우려되었을 것이다. 한편 비공개재판이기는 하나 유가려에 대한 의료 지원을 위해 민변 장연희 간사가 방청석에 있도록 하는 것은 허용했다. 대신 법정 밖에서 위협을 가하던 국정원 직원들은 법정에 들어오지 못했다.

검사와 싸우는 증인

재판은 온통 이시원, 이문성 검사와의 다툼의 연속이었다. 모

든 절차에서 지긋지긋하게 싸웠다. 그러나 그중 백미는 유가
려와 이시원 검사의 대결이었다.

2013년 5월 9일 오후 2시, 유가려에 대한 첫 증인신문이
시작되었다. 이시원 검사가 유가려에게 질문을 시작했다. 유
가려는 수사 과정에서 심리적으로 크게 위축되어 있었고, 이
시원 검사가 국정원 직원들보다 높은 사람일 거라 생각해 겁
을 먹고 있었다. 그렇지만 유가려는 진실에 눈을 떴고, 맞서
싸울 대상이 누군지 깨닫고 있었다. 그리고 누구보다 당당하
게 인간의 존엄성을 유지하며 답변했고, 때로는 이시원 검사
를 몰아붙였다. 유가려가 자신의 알을 깨고 나왔다.

이시원 검사는 첫 질문부터 한심했다.

"증인은 한국 가수 중에서 백지영을 좋아한다고 했지요?"

"배우 중에서 박시후를 좋아한다고 했지요?"

그동안 이시원 검사가 했던 거짓말들로 치를 떠는 유가
려에게 고작 이런 질문을 던져 친밀감을 회복하려 들다니, 한
심하기 그지없었다.

한편, 실제로 수사 과정에서 저런 질문들이 오갔다면 조
서에 기재되어야 하는데 기재되어 있지 않았다. 검찰 수사 역
시 조서에 기재되지 않은 채 많은 얘기가 오갔고 회유와 협박
의 과정이 있었을 것이라 추측할 수 있는 대목이었다.

이시원 검사가 다시 물었다.

"왜 지금은 검사에 대해서 적대적인 태도를 가지게 됐지

답 예.

문 그리고 조사가 끝날 무렵 증인을 데리고 갈 때에만 다시 검사실로 왔지요.

답 예.

문 증인은 여러 차례 검사실에서 본 검사 그리고 여성 검찰 수사관과 함께 사무실에서 점심이나 저녁식사를 하였지요.

답 예.

문 그때에도 국정원 수사관들은 함께 하지 않았지요.

답 예.

문 국정원 수사관들이 멀리 가 있어서 조사가 끝났는데도 수사관들이 오기까지 30분 정도 기다린 일도 있지요.

답 기다린 적은 있지만 멀리 가 있었는지는 모르겠습니다.

문 증인은 본 검사실에서 가수 백지영의 노래를 듣거나, 증인이 좋아한다는 배우들을 수사관이 인터넷에서 찾아 보여주며 "북한에서 인기 있느냐"는 등의 주제로 이야기를 나누기도 하였지요.

답 예.

문 증인은 본 검사에게 "오빠가 몇 년 정도 교화소에 가야 됩니까"고 묻고 "선처를 부탁한다"는 이야기를 한 적이 있지요.

답 그렇게 얘기했지만 우리 가족을 도와주고 여기에서 살게 해주겠다, 집도 주겠다고 했으니까 그렇게 얘기를 한 것입니다. 내가 오빠를 뛰러러 간첩 만들겠습니까.

문 그에 대해서 검사로부터 "그것에 대해서는 확실히 답변해 줄 수 없다, 오빠의 태도에 달려있는 부분도 있으니 함께 노력해보자"는 답변을 들은 적이 있지요.

답 예.

2013년 5월 9일 공판조서 중 검사 이시원과 증인 유가려의 문답 부분. 유가려에게 오빠 유우성의 답변 태도에 따라 한국에서 살 수 있게 해 주고, 집도 주겠다고 한 것은 일개 검사의 권한을 넘어선 심각한 사안이다.
(자료제공: 김용민)

요?"

그러자 유가려가 답한다.

"나한테 왜 거짓말했습니까? 전부 왜 거짓말했습니까? 2013년 3월 4일 오빠 재판(증거보전 재판) 끝난 다음에 법정에서 검찰에 오라고 해서 갔는데, 진술을 쭉 하면서 오빠와 맞지 않는 부분이 너무 많으니까 저에게 '이런 부분은 사실인가'라고 물어봐서 내가 다 답변을 하지 않았습니까. 그래서 오빠와 맞지 않는 말, 맞지 않는 부분을 얘기하면서 사실대로 얘기하지 않았습니까. 검찰청 가서 물어보기에 제가 '오빠는 설에 온 사실이 없고, 집 문제도 우리가 최○○ 언니에게 팔고 2011년 7월 9일에 다 넘어왔다, 그 후에 북한에 들어간 적도 없고, usb를 전달한 적도 없고, 간첩 이런 것도 없다'고 다 사실대로 얘기했습니다. 그런 말에도 불구하고 이시원 검사는 '네가 이렇게 말하게 되면 너희를* 도와줄 수 없다, 이렇게 말하면 안 된다'고 얘기했습니다."

유가려가 이시원 검사에게 증거보전 재판 직후 자신의 자백이 모두 허위자백임을 밝혔는데 이시원 검사가 이를 막았다는 충격적인 증언이었다. 이시원 검사도 사건 조작 공범임이 밝혀지는 순간이었다. 그렇지만 이시원 검사는 흔들리

■　유가려는 "우리를" 도와줄 수 없다고 증언했으나 그 의미는 검사가 유우성과 유가려를 도와줄 수 없다는 의미이므로 여기에서는 "너희를"로 수정했다.

지 않았다. 정말 신기할 정도로 뻔뻔했다. 유가려는 이시원 검사의 잘못에 쐐기를 박았다.

"내가 3월 4일(증거보전 재판) 이후에 (검찰청에) 들어가서 다 거짓말이라고 하지 않았습니까. 다 알면서 진술을 만들지 않았습니까."

한편 유가려는 법정에서 이 상황을 더 자세히 설명했다. 처음에 이시원 검사는 사실대로 말하라고 계속 얘기를 했으나 유가려가 무서워서 허위자백을 유지하자 마지막에는 국정원에 알리지 않을 테니 사실대로 말하라고 했다. 그래서 유가려가 허위자백임을 말한 것이다. 그때 옆에서 같이 듣던 강지연 수사관이 놀란 얼굴로 밖으로 나갔다가 들어왔고, 이시원 검사도 매우 놀란 표정을 지었다. 그러나 이내 표정을 바꾸며 그렇게 진술하면 도와줄 수 없다고 회유했다.

이시원 검사의 사건 조작 개입은 법정에서 또 폭로되었다. 이시원 검사가 물었다.

"증인은 본 검사에게 '오빠가 몇 년 정도 교화소에 가야 됩니까'라고 묻고 '선처를 부탁한다'는 이야기를 한 적이 있지요?"

유가려가 답했다.

"그렇게 얘기했지만 우리 가족을 도와주고 여기에서 살게 해 주겠다, 집도 주겠다고 했으니까 그렇게 얘기를 한 것입니다. 내가 오빠를 뭐 하러 간첩 만들겠습니까?"

그러자 이시원 검사가 다시 물었다.

"그에 대해서 검사로부터 '그것에 대해서는 확실히 답변해 줄 수 없다. 오빠의 태도에 달려 있는 부분도 있으니 함께 노력해 보자'는 답변을 들은 적이 있지요?"

유가려는 맞는다고 답했다.

이 문답도 심각하다. 수사권과 기소권을 가진 일개 검사가 무슨 권한으로 유우성과 유가려가 한국에서 살 수 있게 하고 집도 주겠다고 말했는가. 유우성의 태도에 달려 있다는 말은 유가려에게 유우성을 설득하라는 말을 에둘러 한 것이다. 상식적인 검사라면 유우성이 자백을 해야 선처를 받을 수 있다는 정도까지의 조언만 가능하다. 한국에 살 수 있는지, 집을 줄 수 있는지에 대해서 검사가 오빠의 태도에 달려 있다고 답하는 것은 국정원과 함께 사건을 조작하는 검사여야만 가능하다. 더군다나 이런 문답이 오갔다면 그 역시 조서에 남아 있어야 하는데 이시원 검사는 조서에 이 내용을 남기지 않았다. 유가려의 폭로는 거침없이 이어졌다.

"이시원 검사는 처음 진술할 때부터 거짓 진술한 것을 다 알고 있으면서 내 진술을 받지 않았습니까. 내가 진술할 때, 정확한 날짜는 모르겠는데, 처음인데, 조사할 때, '국정원에서 기초를 다 만들어 주고 본바탕을 만들어 주니까, 그런 취지로 말하면서, 그렇게 만들어 주니까 우리가 이렇게 하는 거지 아니면 못하지' 그런 얘기를 한 적이 있지 않습니까. 생각납니까?"라고 오히려 검사에게 질문을 했다.

93

증인이 질문할 권한이 있는 검사에게 진실을 자백하라고 되물었다. 유가려의 이 질문에 이시원 검사가 당황하며 답변했다. "증인의 질문에 답변해야 하는 의무는 없지만, 나는 그런 얘기를 한 적이 없습니다." 증인신문 도중에 검사가 증인의 질문에 답변하는 아주 이례적인 일이 발생한 것이다. 이제는 유가려가 검사를 추궁했다.

"왜 없습니까. 했지 않습니까?"

이시원 검사는 답하지 못하고 회피하며 다음 질문을 이어가기에 바빴다. 유가려의 눈에는 눈물과 함께 자존감을 회복하는 강렬한 빛이 서려 있었다. 여리고 답답하기만 했던 유가려가 그처럼 커 보인 적이 없었다. 유우성도 유가려의 당당함을 보고 조금이나마 남아 있던 서운함이 다 사라졌을 것이다.

대머리 수사관과 아줌마 수사관, 그리고 큰삼촌

유우성은 여동생 유가려의 허위자백으로 간첩이 되었다. 하지만 멀쩡한 여동생이 왜 허위자백을 했을까? 허위자백의 작동 구조를 잘 모르면 이해가 되지 않을 것이다. 만약 자신이 수사를 받는다면 절대 허위자백은 하지 않을 것이라 생각할 수도 있다. 그러나 피의자의 유일한 탈출구가 허위자백이라면? 오히려 합리적인 사람일수록 허위자백을 받아들이는 경우가 많다.

일단 수사기관에서 수사를 받는 사람에게는 두 가지의 선택지가 있다. 자백을 하거나, 부인하는 것이다. 부인을 하는 경우 수사기관이 자기 말을 믿어 주는 것 같으면 그대로 밀고 나갈 수 있겠지만, 수사기관이 절대로 설득되지 않고 다른 공범은 이미 자백했다고 한다면 낙심할 것이다. 게다가 구속되어 있는 상태이고 언제 풀려날지 알 수 없는 상황이라면 더 절망할 것이다.

특히 유가려처럼 한국에 처음 들어온 사람은 우리 법에 구속 기간 제한이 있다는 것도 모르고, 자신이 국정원에서 수사를 받는 것인지 조사를 받는 것인지도 모르며, 도대체 언제 그 지옥 같은 곳에서 벗어나게 될지도 모른다. 경우에 따라서는 아무도 모르게 죽을 수도 있다는 두려움과 직면한다.■ 그때 수사관의 달콤한 유혹이 들어온다. 자백을 하면 최대한 가볍게 처벌받게 해 주겠다, 네가 원하는 무언가를 들어주겠다. 유가려의 경우, 오빠와 한국에 살게 해 주겠다는 약속이고, 보통의 경우는 가족이나 지인에 대한 수사를 하지 않겠다거나 회사가 망하는 것을 막아 주겠다는 등 혐의자가 가

■　실제로 유가려가 입소하기 1년 전인 2011년 12월 13일 중앙합동신문센터에서 30대 탈북자가 사망한 사건이 발생했다. 국정원은 자살로 발표했으나 부검 결과가 나오기도 전에 화장하려 했다는 의혹 등 여러 의문점이 제기되고 있다.

장 두려워하는 지점을 공략한다. 그렇게 되면 합리적인 사람이라면 다퉈서 이길 수 없고, 오히려 더 큰 처벌을 받게 되며, 가족이나 지인에 대한 수사로 풍비박산이 날 수 있는 선택지보다는 내가 조금 불이익을 받고 끝내는 방식으로 선택을 하게 된다. 그때까지 수사기관은 충분히 자신들의 힘을 보여 주고, 공범자의 자백이 있다는 등의 거짓말을 지속하면서 심리적으로 굴복시킨다. 결국 똑똑한 사람에게 허위자백을 받는 것이 이상하지 않고 경우에 따라서는 더 쉬울 수도 있다.

한편 범죄를 저지르지 않은 사람이 허위자백을 하는 경우 중요한 특징이 있다. 범행 자체를 잘 모른다는 것이다. 무엇을 자백해야 할지 모른다. 그래서 수사기관이 알려주는 대로 진술을 한다. 그러다 보면 객관적인 사실과 맞지 않는 내용이 등장하거나 진술 자체에 모순이 생긴다. 그리고 허위자백을 하는 사람은 진술과 객관적인 사실 사이의 빈 공간을 채울 거짓말을 쉽게 만들어 내지 못해 엉뚱한 얘기를 하게 된다. 이런 특징들이 유가려의 허위자백에는 수도 없이 등장한다.

유가려는 법정에서 유우성이 수사기관에 의해 만들어진 간첩임을 상세하게 증언했다. 하지만 이를 밝히는 과정은 매우 힘들었다. 여동생의 기억이 뒤엉켜 있었고, 이를 끌어내는 일이 매우 고통스러웠다. 자신이 당한 고문과 상처를 다시 되뇌는 일은 가혹한 일이었지만, 여동생은 오빠를 위해 최선을 다했다. 간첩을 만들어 낸 중심에는 국정원의 대머리 수사관과 아줌마 수사관이 있었다.

유가려가 3개월간 국정원에서 수사를 받으며 허위자백을 한 과정은 크게 3단계로 나눌 수 있다. 첫째, 화교임을 인정하는 단계, 둘째, 유우성의 밀입북을 인정하는 단계, 셋째, 간첩 행위를 인정하는 단계이다. 이 모든 단계에서 유가려는 폭행과 협박, 폭언을 당했고, 시공간에 대한 감각 상실과 같은 다양한 기법의 고문을 당했다. 문제는 유가려가 이러한 조사 과정을 일목요연하게 기억해 내는 것이 매우 어려웠다는 점이다. 달력조차 없어 날짜 감각이 없었고, 유사한 폭행과 협박과 회유를 반복적으로 당해 기억이 혼재되어 있었으며, 허위자백에 대한 죄책감과 오빠를 구해야 한다는 책임감으로 심리적인 불안 상태가 지속되고 있었다. 유가려는 국정원에서 당한 일들을 다시 기억해서 증언하는 것을 상당히 힘들어하면서 2013년 5월 20일 재판에서 자신의 심경을 토로했다.

"제가 그때부터 며칠 동안 마음이 많이 안 좋습니다. 매일매일 약 먹으며 버티고 있고 간이 나쁘다고 지금 진단받았습니다. 그런 상황에서 6개월 동안 감금당해 있으면서 별난별난 조사받고 별나게 유도 진술해서 나온 진술도 많았고, 제가 협조해서 만들어져 나온 진술도 있었습니다. 11월, 12월은 제가 진짜 힘들게 조사받으면서 기본 거짓 진술이 이루어졌는데 그때 진술서나 자료 나온 것이 없습니다. 그래서 그때 일을 하나하나 생각해서 어떻게 해서 내가 허위자백하게 되었는지 끄집어내 생각하면서 그때 있던 일과 공포를 생각하니까 너무 많이 힘듭니다. 하도 거짓 진술을 반복하고 반복하고, 어떤 진술은 다섯 번 여섯 번 반복 진술을 하다 보니까 제가 하나하나 생각하는 게 정말 힘들고 시간이 좀 걸립니다. 그래서 충분히 시간을 주시면 하나하나 사실을 다 밝히겠습니다. 지금도 사실을 밝히고 있지만, 부탁드립니다."

이 말을 마치고 휴정했다가 다시 재판을 열었는데, 유가려는 건강상 도저히 진술하기 어려워 다음 기일에 증언하는 것으로 마무리했다. 모두 안타까운 눈으로 유가려를 보았다. 유가려는 국정원에 불법 구금되었고 외부와 차단된 상태에서 홀로 강압적인 조사를 받았고 허위자백을 했다. 그랬던 유가려가 자유의 몸이 되어 법정에서 진실을 폭로하기 시작했다. 유가려가 법정에서 한 진짜 자백으로 그녀에게 무슨 일이 있었는지 재구성해 보았다.

― 허위자백의 과정 1 : 화교임을 인정하는 단계

유가려는 탈북자 '유광옥'으로 입국했고 북한 이탈 주민으로 보호 신청을 했다. 유가려는 이미 오빠가 탈북자로 인정받아 공무원으로 임용까지 되었기 때문에 자신이 화교라는 사실을 들키면 오빠의 탈북자 인정 자체가 무효가 될 수 있다고 생각했다. 이것이 한국에 들어온 유가려가 가장 두려워하는 약점이었다. 특히 자신은 추방당하면 그만이지만 오빠마저 추방당하면 한국에서 정착하기 위해 힘들게 견딘 그 시간들이 물거품이 될 거라고 생각해 걱정이 매우 컸다. 국정원은 이 점을 매우 교묘하고 악랄하게 파고들었다.

유가려는 2012년 10월 30일, 중국에서 제주도로 입국했고, 그날 중앙합동신문센터에 입소했다. 그리고 11월 4일, 자신이 화교임을 실토했다. 유가려는 2012년 11월 1일부터 2013년 1월 말까지 3개월 동안 중앙합동신문센터에 있는 조사실을 옮겨 다니며 계속 조사를 받았다. 심할 경우 거의 잠을 재우지 않고 조사했는데, 새벽 6시 반에 기상을 시켰고, 새벽 한두 시까지 조사를 받는 날도 많았다. 이때 유가려를 조사한 사람이 대머리 수사관과 아줌마 수사관이었다. 중앙합동신문센터에 있는 국정원 직원들은 자신의 이름을 알려 주지 않는다. 그래서 유가려는 특징으로 국정원 직원들을 불렀다. 나중에 이름을 알게 되었는데, 대머리 수사관은 유병화, 아줌마 수사관은 박영남이다. 편의상 유가려의 기억대로 부르겠다. 결코 비하의 언어가 아님을 밝혀 둔다.

유가려가 기억하는 두 수사관의 특징은 이러했다. "대머리 수사관은 키가 작고 안경을 쓰고 이마가 넓고 앞머리가 벗겨졌으며 나이는 40대 후반쯤 되고 딸이 둘 있다고 저에게 직접 말하였습니다. 그리고 아줌마 수사관은 50대 후반이고 곱상하게 생겼고 눈이 쌍꺼풀이 지고 (울먹이며) 우리 엄마와 비슷하게 생겼는데 남편이 없고 아들 둘이 있다고 하였습니다." 약 3개월간의 폭압적인 수사가 마무리된 후 유가려는 아줌마 수사관이 엄마를 닮았다는 이유로 그녀를 의지하게 되었다. 자신을 괴롭힌 사람에게 의지를 해야 하는 상황이 모순적이면서도 잔인하다.

아줌마 수사관과 대머리 수사관은 조사를 시작하면서 처음에는 탈북 동기 등 일반적인 질문들을 했다. 이때까지만 해도 매우 평온한 조사였다. 그러다가 이삼 일 뒤부터는 유가려에게 화교를 인정하라고 다그치기 시작했다. 화들짝 놀란 유가려가 화교임을 부인하자 갑자기 아줌마 수사관이 서류 뭉치를 들고 유가려의 머리를 때렸다. 그러면서 회령에서 너를 본 사람이 많으니 인정하라고 다그쳤다. 유가려는 오빠까지 추방될까 봐 화교가 아니라고 강력하게 부인했다. 그러자 아줌마 수사관은 "쌍년이 질기다, 거짓말을 잘하네, 밥 먹듯이 하네, 싸가지 없는 년, 개 같은 년, 너 한번 혼나 볼래, 혼나 봐야 정신 차릴래"라고 욕설과 폭언을 무차별 난사했다. 대머리 수사관도 옆에서 거들었다. 유가려는 공포심에 휩싸였다. 수사관들은 유가려를 계속 세워 두었고, 벽에 기대지도 못하게 했다. 유가려가 울면서 고개를 숙이면 "고개 들어, 눈 맞춰"라고 강요했다. 그러다 대머리 수사관이 주먹으로 유가려의 머리를 때리기 시작했다. 아줌마 수사관은 욕을 하며 유가려의 뒷머리를 잡아 흔들고 벽에다 찧었다. 폭행이 시작되었다. 유가려가 화교임을 계속 인정하지 않자 아줌마 수사관은 뾰족구두를 신은 발로 유가려의 무릎 윗부분을 찼고, 대머리 수사관은 주먹으로 머리를 계속 쥐어박고 뺨을 때렸으며, 주먹이나 손으로 앞머리를 쳐서 머리가 벽에 부딪쳤다. 유가려는 구둣발로 맞은 다리가 아파서 감싸 안았고, 다음 날까지 제대로 걷지도 못했다. 수사관들은 유가려를 일으켜 세우고 다시 폭행을 이어 갔다. 유가려가 답변하지 않으면 곧바로 구둣발이 날아왔다. 유가려는 맞은 곳이 아파 벽을 짚고 일어났는데 수사관이 다시 "야, 너 똑바로 서, 고개 들어, 눈 마주쳐, 진술해"라고 다그치고 공포 분위기를 조성했다. 특히 아줌마 수사관은 "쌍년이 질기다, 예쁘게 생겨서 거짓말을 잘하는구나, 싸가지 없는 년" 등등 입에 담을 수 없는 욕설을 계속했다. 아줌마 수사관은 자신의 주먹이 벌겋게 될 때까지 유가려를 때렸다.

유가려는 오빠를 위해서 계속 버텼다. 아줌마 수사관이 "네가 진술을 안 하면 내 밥줄이 끊긴다, 네가 이기나 내가 이기나 해 보자, 우리 아들 둘을 누가 먹여 살리냐, 내가 너 때문에 옷을 벗어야겠냐, 너 죽고 나 죽자, 너같이 질긴 년은 처음 본다, 개망신 시키겠다"라고 했다. 유가려가 맞으면서도 계속 화교임을 부정하자 아줌마 수사관은 "정신 번쩍 들게 전기고문을 시키겠다, 전기고문을 해야 정신 번쩍 들겠나"라고 하면서 유가려를 조사실 밖으로 끌고 나가 전기고문을 한다는 방 앞으로 데려갔다. 유가려의 공포는 극에 달했고, 그

방 앞에서 들어가지 않으려고 발버둥을 쳤다. 수사관들은 문만 열었다 닫았고 들어가지는 않았다.

유가려가 화교임을 여전히 인정하지 않자 수사관들은 조사실로 다시 데려갔고 "망신을 주겠다"고 했다. 그런 뒤 종이에 "화교 유가리(유가려의 중국식 발음)"라고 쓴 다음 종이를 몸 앞뒤로 붙이고 뒷목을 잡아 끌고 조사실 밖으로 데리고 나갔다. 수사관들은 유가려를 엘리베이터로 끌고 갔고, 유가려는 타지 않으려고 버티다가 질질 끌려 들어갔다. 조사실은 4층에 있었는데 유가려는 조사받던 건물 밖으로 끌려가 한동안 서 있었다. 수사관들이 "그래도 말 안 할래?"라고 다그치며, 자기들도 힘들다고 했다. 그러면서 유가려의 멱살을 잡아끌고 조사가 끝난 탈북자들이 서너 명씩 합숙하는 건물 앞으로 갔다. 그곳에 유가려를 세워 놓고 아줌마 수사관이 건물로 올라가서 탈북자들을 데리고 나왔다. 유가려는 고개를 숙이고 울고 있었는데, 유가려 주변으로 탈북자들이 웅성거리며 지나가거나 모여들기 시작했다. 몇 명이 지나갔는지 모를 정도로 많은 사람들이었고, 그때 수사관들은 탈북자들에게 "탈북자로 가장해 들어온 나쁜 년이다, 얼굴 보세요, 구경하세요"라고 말했다. 탈북자 중 일부는 고개를 숙인 유가려에게 다가와 밑에서 얼굴을 쳐다보기도 했다. 한참을 망신당하게 하다가 건물 안으로 다시 데려갔는데, 북한에서 알고 지내던 탈북자 라○○을 만났다. 라○○이 유가려에게 다가와 "너

가리 아니냐?"라고 말했다. 수사관들은 라○○을 조사실로 데려가 확인서를 작성하게 했다. 확인서를 작성한 라○○은 유가려에게 거짓말하지 말라고 설득했다. 결국 유가려는 더 버티지 못하고 "화교 맞습니다"라고 인정했다.

당시가 저녁 식사 시간을 훌쩍 넘겼을 때인데 수사관들은 그제야 라면을 끓여 주었다. 유가려는 라면을 먹은 후 라○○이 가고 나서 오빠 걱정에 다시 화교가 아니라고 부정했다. 그러자 수사관들이 화가 나서 "뭐야, 아니야? 너 아직도 아니야? 일어나, 질기다"라고 하며 발로 차고 주먹으로 머리를 때렸고, 벽에 머리를 찧어 대는 등 무차별적인 폭행을 가했다. 결국 유가려는 맞는 것이 무섭고 힘들어 화교임을 인정했다. 유가려가 화교임을 인정하자 수사관들은 소형 녹음기로 녹음을 시작했다. 유가려가 울면서 말을 제대로 하지 못하면 정상적인 목소리로 진술할 때까지 반복해서 녹음했다. 녹음을 마치고 나서 수사관들은 유가려에게 화교 신분을 인정하는 자필 진술서를 작성하게 해서 받았다. 그리고 그날 바로 유가려는 cctv가 있는 416호 독방으로 옮겼다. 유가려는 오빠가 걱정되어 펑펑 울다가 이불도 덮지 않은 상태로 잠이 들었다.

― **허위자백의 과정 2 : 밀입북을 인정하는 단계**

유가려는 화교를 인정한 이후 조사를 받는 내내 416호 독방에 갇혀 지냈다. 방 안에 cctv가 설치되어 유가려의 일거수

일투족을 감시했다. 심지어 화장실도 cctv에 노출되어 있었다. 화장실 벽이 투명 유리로 되어 있고 아랫부분만 반투명이어서 화장실 변기에 앉으면 머리가 카메라에 보이는 구조였다. 샤워를 할 때도 카메라를 피해 쪼그리고 변기 뒤에 숨어서 해야 했다. 20대 여성에게 성적 수치심을 유발하는 구조였다. 방문은 외부에서 열어 줘야 나갈 수 있었다. 물을 마시고 싶으면 문을 열어 줘야 물을 가지러 갈 수 있고, 빨리 이동하지 않으면 "416호 유가려 빨리 들어가"라는 방송까지 할 정도로 통제했다. 한편 달력이 제공되지 않아 날짜를 알 수 없었다. 이것은 시간과 공간의 감각을 둔하게 하는 현대적 고문 기법 중 하나이다. 가장 절망적인 상황은 언제 조사가 끝나는지, 언제 감옥보다 심한 그 방에서 나갈 수 있는지 전혀 모른 채 조사를 받는다는 점이었다. 감옥도 이보다는 나을 것이다. 감옥에서는 적어도 구속 기간이나 선고 형량이라는 게 있고 cctv로 실시간 감시를 하지는 않는다. 죄인보다 못한 처우를 받으면서도 외부에 전혀 알려지지 않고, 편지도 주고받을 수 없어 인권침해를 호소할 수도 없는 상태로 방치된 채 조사를 받았다. 유가려는 인간의 존엄성조차 유지하기 힘들었다. 관타나모 수용소보다 더한 인권침해가 21세기 대한민국에서 버젓이 행해졌다.

유가려는 화교를 인정했기 때문에 자포자기 상태로 한국에서 추방될 일만 남았다고 생각하고 있었다. 앞으로 어떤 무시무시한 일들이 벌어질지 몰랐다. 그런데 국정원 수사관들은 유가려를 다시 불러 조사하기 시작했다. 그들은 유우성이 어머니 장례식 이후에도 북한에 더 들어갔다고 유도하기 시작했다. 유가려에게는 자필 진술서를 계속 작성하게 했다. 자필 진술서는 자발적으로 작성한다는 형식을 띠지만 실제는 반강제적으로 작성하게 하고 반복해서 작성하게 하면서 사소한 오류를 지적해 거짓말을 한다고 추궁하는 방식을 취하는 위법한 조사 방법이다. 유가려는 당연히 유우성이 어머니 장례식 이후 북한에 간 사실이 없기 때문에 사실대로 진술서를 작성하고 그렇게 답변도 했다. 그러자 폭언과 폭행이 다시 시작되었다. 대머리 수사관이 험악하게 인상을 쓰며 "야, 너 제대로 안 해, 사실대로 말 안 해, 네 오빠 밀입북 몇 번 갔다던데"라고 추궁했다. 그러면서 목격자가 있으니 다 밝혀지면 가만두지 않겠다고 협박했다. 그러다가 유우성의 출입국 기록이라는 것을 보여 주면서 유우성이 북한에 왔다 갔다 하지 않았냐고 묻기도 했다. 유가려가 부인하자 대머리 수사관은 눈을 부릅뜨며 유가려를 일으켜 세웠다. 그리고 머리를 주먹으로 치고 물병으로 때리면서 "사실로 드러나면 넌 죽어, 가만 안 둘 거야"라고 협박했다. 유가려는 특히 대머리 수사관이 욕을 많이 하고 반복해서 질문하며 때려서 더 무서웠는데, 벌벌 떠는 유가려의 다리를 걸어차고 앉았다 일어서기를 반복하게 했다. 유우성의 밀입북에 대한 조사는 이런 방식으로 여러 날에 걸쳐 이루어졌고, 유가려는 조사실만 들어가면 너무 무서워서 몸이 저절로 떨렸다.

한편 수사관들은 원하는 답변이 안 나오면 계속 때리면서 저녁 늦게까지 조사를 이어 갔는데, 오빠를 본 사람이 많다고 거짓말을 하기도 했다. 그러다가 대머리 수사관이 태도를 바꿔 "내가 네 오빠를 잘 안다, 전화 통화도 했다, 가끔씩 만난다, 오빠가 외국 갔다 와서도 나하고 만났다, 오빠와 친하다, 오빠가 고생을 그동안 많이 했다, 공부도 잘한다"라고 말을 해 유가려는 진짜 친한 사이인가 반신반의했다. 물론 대머리 수사관의 말은 거짓이다. 유우성과 일면식도 없는 사람이다. 대머리 수사관은 이렇게 거짓말을 하면서 유우성이 징역 가고 추방당해야 한다고 했다. 유가려 입장에서는 가장 두려운 미래였다. 그 말을 들은 유가려는 그 자리에서 무릎을 꿇고 울면서 애원했다. "나는 추방당해도 괜찮지만 오빠는 추방 안 가고 교화소 안 가게 도와주세요." 유가려는 혼신을 다해 애원했지만 이는 국정원에 자신의 약점을 노출한 순간이었고, 유가려가 계속 끌려가기 시작한 계기가 되었다. 대머리 수사관은 유가려가 애원하자 "오빠를 잘 알고 있다, 사실대로 말하면 오빠를 도와준다"라고 했다. 그러면서 유우성의 통행 기록을 보여 주었고, 유우성도 여러 번 다녀온 것을 인정했다고 거짓말을 했다. 유가려가 믿기지 않아 "진짜 우리 오빠가 다 인정했나? 오빠가 왜 인정했지? 다 인정했나?"라고 몇 번이나 반복해서 물었다. 대머리 수사관은 "오빠가 인정했다, 오빠가 인정 안 하는 것을 내가 얘기하겠나"라면서 화를 냈다. 그러나 당시 유우성에 대한 수사는 시작조차 하지 않았기 때문에 명백한 거짓말이었다.

유가려가 반신반의하자 대머리 수사관은 칠판에 "2006. 6, 2007. 8, 2008"을 써 놓고 그림을 그려 가며 유우성이 세 번 북한에 다녀왔을 가능성이 높다고 설명했다. 진술을 만들기 시작한 것이다. 수사관들은 직접적으로 먼저 말하지 않고 말을 빙빙 돌려 가면서 유가려가 말을 하도록 유도했다. 다만 자신들이 원하는 대답이 나올 때까지 계속 질문을 반복하면서 암시했다. 그러면서 유우성을 도와주겠다고 했다. 물론 유가려가 제대로 답변을 하지 않으면 때리고 잠도 잘 재우지 않는 등 가혹 행위가 이어졌다. 유가려에게 제공된 정보는 유우성이 인정했다는 것과, 유가려가 부인하면 폭행과 협박을 계속할 것이며, 만약 자신도 인정을 하면 오빠와 친한 대머리 수사관이 오빠를 도와주겠다고 약속하고 있다는 것이었다. 너무 지치고 무서웠던 유가려는 결국 오빠가 밀입북했다고 허위자백을 했다.

유가려가 인정하자 대머리 수사관은 다시 칠판에 표를 그리며 밀입북에 대해 정리했고, 아줌마 수사관도 가세했다. 처음에는 13~14차례 정도 밀입북한 것으로 출발했다가 계속 줄어드는 방식으로 정리를 했다. 유가려 입장에서는 이런 방식이 오빠를 봐주는 것처럼 보였다. 최종적으로는 세 번 밀입 북한 것으로 정리되었고, 다만 2006년에는 장례식을 포함해 두 번 밀입북한 것으로 정리했다. 미리 그려 둔 공소사실로 다가가고 있었다.

유가려는 국정원 수사관에게 구타당하지 않은 날도 있었 느냐는 변호사의 질문에 이렇게 증언했다.

"거의 오빠의 밀입북과 간첩에 대해 조사받았는데, 큰삼 촌(수사관임) 오기 전까지는 맨날 얼렀다가 때렸다가 얼렀다 가 때렸다가 하고, 맛있는 것을 사 주기도 하고, 자기가 원하 는 진술이 안 나오면 또 때리고, 공포 주고, 위협하고, 그렇게 새벽까지 조사받고 카메라 있는 독방에 들어가서 밥 먹은 후 에는 다시 데려가서 조사받고, 또 밥 먹은 후에는 데려가서 조사받고, 잠도 제대로 안 재우고 자기가 원하는 대답 안 해 주면 또 공포 주고 위협 주고 때리고, 한쪽으로는 오빠 도와 주겠다고 하고, 조사를 받는 것이 너무나 힘들어서 이대로 자 다가 죽어 버리면 좋겠다고 계속 기도도 하였습니다. 여기에 서 언제 나갈지도 모르고 다시 또 조사는 시작되고, 조사 안 받겠다는 말은 무섭고 공포스러워서 할 수도 없고, 너무 힘들 어서 자살 시도까지 했는데 사람이 들어오는 바람에 할 수도 없었고, 죽자니 마음대로 죽지고 못하게 하고, 살자니 너무 괴롭고, 꿈에서 어머니 한 번 봤는데 어머니 너무 보고 싶어 서 '어머니 날 좀 제발 데려가 줘, 나 진짜 사는 게 힘듭니다,

살고 싶지 않습니다'라는 생각도 하였습니다."

유가려는 이 말을 하고 법정에서 한참을 울었다.

— 허위자백의 과정 3 : 간첩 행위를 인정하는 단계

국정원은 계획대로 수사의 수위를 높여 갔다. 이를 알 리 없는 유가려는 화교를 인정하는 단계에서부터 계속 끌려갔다. 국정원의 최종 목표는 밀입북한 유우성이 간첩 행위를 했다는 그림을 완성하는 것이었다.

유우성의 밀입북에 대해 유가려가 허위진술을 시작하자 아줌마 수사관이 느닷없이 "오빠가 정보를 수집해서 북한에 넘기지 않았는가"라고 물었고 유가려는 아니라고 강력하게 부인했다. 그러자 아줌마 수사관이 다른 사람들도 오빠가 정보를 수집해 전달한 것을 인정했다고 또 거짓말을 시작했다. 유가려가 "오빠는 그런 사람이 아니다"라고 말했으나 아줌마 수사관은 "네가 오빠 일을 어떻게 다 알 수 있느냐, 오빠가 너 모르게 왔다 갔다 하면서 정보를 수집해서 보냈을 가능성이 많다"라고 반복적으로 말하면서 다시 허위 답변을 유도하기 시작했다. 유가려는 너무 엄청난 이야기라 놀란 상태에서 절대 아니라고 했는데, 아줌마 수사관이 "아니라는 것을 네가 증명하라"고 궤변을 늘어놓았다. 언제 나갈지 모르는 구금 상태에서 수없이 많은 폭행과 협박을 당한 유가려는 그 말에 덜컥 겁이 났다. 하지만 유가려는 당연히 오빠가 보위부와 일을 하지 않았다고 계속 답변했다. 수사관들은 유가려의 말을 들으려고도 하지 않았고, 유우성이 정보를 보내 줬을 가능성이 있다고 질리도록 추궁했다. 이때부터 유가려는 가장 힘든 시기를 보냈다.

수사관들은 잠을 제대로 재우지도 않고 아침부터 다음 날 새벽까지 계속 똑같은 조사를 반복하면서 욕설과 폭행을 이어 갔다. 유가려는 수사관들의 무한 반복 질문과 폭행이 너무 괴로워 "차라리 제가 죽을게요"라고 몇 번이나 말했다. 대머리 수사관은 "젊은 아이가 벌써 죽겠다는 말을 하니", "나는 여태까지 그런 말을 해 본 적 없는데 젊은 아이가 벌써 그런 말을 하니, 그런 말 하지 마라"라고 했다. 수사관 때문에 괴로워 죽겠다고 말하는 피해자에게 가해자인 수사관들의 잔혹한 말장난이었다. 유가려는 탈진 상태였다. 너무 힘들어 무슨 말을 하는지 들리지도 않고 머리도 아프고 몸이 따라 주지 않았다. 유가려가 조사받다 탈진하자 어느 날 아줌마 수사관은 비타민 음료를 건넸다. 유가려는 음료를 조금 마신 뒤, 마시던 음료수 병으로 머리를 깨서 죽든지, 피를 보이든지 해서 오빠가 간첩이 아니라는 것을 증명해야겠다는 생각으로 머리를 가격하려 했다. 이를 눈치챈 아줌마 수사관이 재빨리 유가려의 팔을 잡으며, "이해한다, 얼마나 마음이 아프겠니, 얼마나 충격이겠니"라고 유우성이 간첩임을 전제로 위로했다.

사실 유가려는 처음에 수사관들이 도와준다면서 오빠의 간첩 행위를 물었을 때 '오빠가 한국 정부를 위해 밀입북하여 북한 정보를 빼 왔다는 것을 인정하라는 것인가?' 하고 반대로 착각했다고 한다. 하지만, 수사관들이 계속 오빠를 북한 간첩으로 몰아가는 것을 보며 '잘못 걸렸구나, 빠져나오기 힘들겠구나'라고 생각하게 되었다. 폭행을 이어 가던 수사관들은 유가려가 원하는 답을 하지 않으면 물건을 집어 던지기 시작했다. 물병이 보이면 물병을 던지고, 연필이 보이면 연필을 던지고, 서류가 보이면 서류를 던졌다. 수사관들은 유가려가 원하는 대답을 하면 카메라가 있는 방에서 부드럽게 조사했지만, 원하는 대답이 나오지 않으면 카메라가 없는 조사실로 끌고 가 욕을 하고 때렸다.

대머리 수사관과 아줌마 수사관은 유가려를 회유하면서 김현희를 아느냐고 물었다. 유가려가 모른다고 하자 김현희에 대해 얘기해 주었다. 김현희가 북한에서 오랫동안 교육받고 남한에 침투했으며, 비행기에 폭탄 장치를 해서 많은 사람들을 죽였는데, 자기 잘못을 반성하면서 '나는 오직 그렇게 교육받고 들어와서 사람들을 다 죽였습니다'라고 인정해 교화소에도 안 가고 잘 정착해서 살고 있다고 했다. 수사관들은 김현희 얘기를 여러 번 반복해서 했고, 또 황장엽에 대해서도 얘기했다고 한다. 황장엽은 김정일의 큰 간부인데 남한에 들어와서 잡힌 다음에 김현희처럼 반성해서 죗값을 따지지도 않고 교화소에도 안 갔으며 나라에서 준 별장에서 잘 먹고 잘 살고 있고 보호를 해 준다고 했다. 수사관들은 이 둘의 사례를 들면서 유가려를 회유했다. 당시 유가려는 자신이 화교임을 인정했기 때문에 유우성에게 좋지 않은 일이 발생했다고 생각했고, 유우성에게 도움이 된다면 뭐든 하겠다는 생각을 했다. 그런데 김현희, 황장엽은 처벌도 받지 않고 나라에서 집도 주었다고 하니 그 얘기에 솔깃했다. 간첩 혐의에 대한 추궁을 하던 도중 수사관들은 유우성 가족이 노동당에 입당한 사실을 물었다. 유가려는 화교가 어떻게 노동당에 입당하는지 방법을 모른다고 하자 수사관들이 그 과정을 자세히 설명해 주기도 했다. 그래서 나중에 유가려는 가족이 노동당에 입당했다는 허위진술도 하게 되었다.

수사관들의 회유에 반신반의하던 유가려가 결국 무너지는 일이 발생했다. 어느 날 저녁 식사를 마친 뒤 밤 10시경 아줌마 수사관이 갑자기 조사실로 유가려를 불렀다. 조사실에는 대머리 수사관과 아줌마 수사관 외에 처음 보는 60대 정도의 사내가 있었다. 늦은 시간에 불러낸 데다 처음 보는 사람이 유가려를 무섭게 쏘아보고 있어 지금까지와는 다른 공포를 느꼈다. 대머리 수사관이 다짜고짜 유가려에게 "야, 너 일어나"라고 하면서 일으켜 세웠고, "오빠가 간첩 행위를 했지?"라고 물어 유가려가 아니라고 하자 아줌마 수사관과 함께 유가려를 때리기 시작했다. 처음 보는 60대는 가만히 이 모습을 지켜보고 있었다. 대머리 수사관은 주먹으로 유가려의 머리를 때렸고, 아줌마 수사관은 제대로 얘기하라며 머리채를 잡고 흔들었다. 유가려가 아니라고 답변할 때마다 대머리 수사관은 "아니야? 고개 들고 똑바로 서" 하면서 계속 머리를 때렸다. 유가려가 제대로 서지 못하고 벽에 기대기라도 하면 곧바로 발길질이 날아왔다. 유가려가 계속 간첩 행위를 부인하자 "너희 둘 다 교화소에 보내겠다"고 협박했고 잠도 재우지 않겠다고 했다. 새벽까지 이어진 그들의 위협과 폭행에 결국 유가려는 인정하고 말았다. 그때가 새벽 2시가 넘었다. 조사를 마친 유가려는 혼자서 걸어 나가지 못해 아줌마 수사관의 부축을 받아야 했다.

이날 이후 본격적인 수사가 진행되었고 유우성이 보위부에 인입(포섭)되는 과정과 간첩 행위에 대해 구체적인 진술들이 만들어지기 시작했다. 수사관들은 허위진술을 유도하는 경우도 있고, 유가려가 알아서 거짓말을 보태기도 했다. 유우성이 보위부에 포섭되어 간첩이 되는 인입 과정에 대해서 유가려는 처음에 2007년이라고 진술했다가 수사관들이 2006년이 맞는다고 하면서 여태 유가려가 잘못 진술한 거라고 말을 해 2006년으로 변경하기도 했다.

한편 2013년 1월 3일부터 작성한 유가려의 자필 진술서가 법정에 증거로 신청되었는데, 유가려는 실제로 진술서를 쓴 날과 기재한 날짜가 다르다고도 했다. 수사관들이 날짜를 불러 주는 대로 기재했는데, 예를 들어 작성한 날이 1월 3일이지만 수사관들이 1월 6일로 쓰라고 하면 1월 6일로 쓰고, 앞당겨서 1월 2일로 쓰라고 하면 1월 2일로 썼다고 한다. 유가려는 간첩을 인정했지만 중간중간 다시 부인하기를 반복했는데, 그럴 때마다 수사관들은 간첩죄보다 진술번복죄가 더 크다고 위협했다. 당연히 우리나라에는 진술번복죄가 없지만, 우리 법을 모르는 유가려는 그대로 믿을 수밖에 없었다. 그래서 간첩죄를 인정해야 오빠가 더 안전하다고 생각했다.

한번은 유가려가 진술을 자주 번복해서 거짓말탐지기 조사를 했는데, 간첩 행위를 했다는 진술이 거짓말이라는 결과가 나왔다. 그러자 대머리 수사관과 아줌마 수사관이 화를 내며 진술번복죄가 더 크다고 또 협박을 했다. 목적지를 정하면 어떤 방해물이 등장해도 돌진하는 수사기관이었다. 또 한번은 유가려가 영상 녹화 조사실에서 간첩죄를 다시 부인하자 아줌마 수사관이 유가려의 수용복 뒷덜미를 잡아 흔들며 "너 같은 것은 이런 옷을 입을 자격이 없다"면서 옷을 잡아당겨 벗겨 버렸고 옷을 밟으면서 유가려를 폭행했다. 유가려는 간첩 행위를 한 적이 없기 때문에 무엇을 어떻게 진술해야 할지 몰랐다. 그래서 대머리 수사관이 먼저 뼈대를 잡고 설명을 해 주면 그에 맞춰 세부적인 진술을 지어내야 했다. 수사관들이 유도하는 대로 진술을 만들어 가다가 저항하기도 했지만 번번이 좌절되었다.

어느 날 유가려는 도저히 이렇게 살 수는 없다고 생각하며 자살을 시도했다. 유가려는 화장실 거울에 물 묻은 종이를 붙이고 샴푸 통으로 깨려고 했지만 깨지지 않았다. 그래서 다시 탁상시계를 화장실로 가지고 가 똑같이 물 묻은 종이를 붙이고 소리가 나지 않게 깼다. 그러나 깨고 보니 유리가 아니라 플라스틱이었다. 이거라도 사용해서 자살을 하려고 했지만 깨진 조각이 잘 빠지지 않았다. 시간만 지체하고 있는데 갑자기 전화가 왔다. 유가려는 들키지 않으려고 벌벌 떨며 전화를 받았다. 그리고 다시 화장실로 갔는데 아줌마 수사관이 조사실로 데려가기 위해 방으로 오는 바람에 결국 자살 시도는 실패했다. 유가려는 조사실에서도 내내 죽겠다는 생각만 했다. 화분이 눈에 들어와 깨서 자살하려고 눈을 부릅뜨고 쳐다보니 몸이 마구 떨렸다. 눈에는 눈물이 고이고, 두 주먹은 부들부들 떨렸다. 아줌마 수사관이 정신 차리라고 했지만 몸이 강직되면서 왈칵 울음이 쏟아졌다. 아줌마 수사관은 유가려를 품에 안으며 "왜 자꾸 머저리 같은 생각을 하니" 하며 달래 주었다. 병 주고 약 주는 꼴이었다.

유가려가 자살 시도를 한 다음 날, 조사 대신 심리 상담을 했다. 심리 상담 첫날에는 유가려의 독방에서 이런저런 질문을 하고 자살을 시도한 이유 등을 물었지만, 둘째 날에는 심리 상담이라기보다 오빠의 밀입북과 간첩 행위에 대해 돌려서 물었다. 결국 심리 상담이라는 명목으로 유가려를 속이고 또 수사를 한 것이다. 사람을 끝까지 속이고 괴롭히는 방식의 수사가 무슨 국가 기밀이란 말인가.

한편 대머리 수사관은 조사실에서 유우성의 출입국 기록을 보여 주며 오빠가 다 인정했으니 진술하라고 요구했다. 그러면서 '유우성 진술서'를 책상 위에 올려 두었다. 네모 칸이 쳐져 있고, 제목이 '유우성 진술서'라고 기재되어 있는 서류였으며, 내용의 일부도 곁눈질로 보게 했는데, 유우성이 2012년 1월에 설을 보내기 위해 도강해서 밀입북해 회령에 들어갔고, usb를 전달했다고 인정하는 내용이 기재되어 있었다. 물론 모두 거짓이었다. 하지만 유가려는 그걸 알 수가 없으니, 착각할 수밖에 없었다.

— **큰삼촌의 등장**

2012년 12월 초, 국정원에서 교차 수사팀이 파견되었고, 중순 무렵 서울에서 큰삼촌이라는 사람과 부하 직원으로 표현범, 유재현, 김영규, 김재경 그리고 도씨 성을 가진 남성 수사관이 왔다. 이때부터 공식적으로 국정원의 수사가 시작되었고, 수사를 담당하는 국정원 직원은 조서에 실명을 기재해야 하기 때문에 일부 수사관의 이름을 알 수 있었다. 유가려가 지옥처럼 보낸 지난 한 달 반은 이제부터 시작되는 큰삼촌의 수사 준비 과정이자 미리 자백을 만들어 둔 시간이었다. 한편 큰삼촌이 데려온 유재현과 김영규는 중국을 다녀온다고 했다. 그

둘은 증거를 수집하기 위해 중국에 간다고 했고, 큰삼촌은 "너네 가족 하나 살리려고 나랏돈을 억수로 쓴다, 나랏돈을 많이 썼다"고 말했다.

큰삼촌은 조사를 할 때마다 항상 자기들이 유가려 가족을 위해 노력하고 있다고 말하면서 유가려가 진술을 제대로 안 하면 감옥에 가게 된다고 위협했다. 그리고 오빠를 잘 알고 있다고 하며 오빠를 만나고 왔다고 거짓말을 했고, 진술을 잘하면 도와주겠다고 회유했다. 큰삼촌이 온 뒤로는 유가려에게 밥도 제시간에 주고 잠도 제대로 자도록 했다. 그동안의 조사는 수사가 아니라 정보기관의 조사였고 이제부터 수사가 시작되어 적법한 척을 한 것이다. 조사와 수사의 경계가 없다는 것이 이렇게 자의적이고 무섭다. 이런 사정을 모르는 유가려는 큰삼촌이 정말 도와주는 거라고 생각하게 되었다. 큰삼촌도 때로는 유가려를 일으켜 세우는 등의 위협을 가하기도 했지만 정식 수사를 시작해서인지 잘해 주는 것도 지속되었다. 특히 유재현 수사관에 대해서 유가려는 귀둥이 삼촌이라고 별명까지 붙일 정도로 친해지기도 했다. 하지만 뒤에 유재현의 행동을 알게 된 유가려는 큰 배신감을 느꼈다. 참고로 유재현은 2012년 대선 당시 '좌익효수'라는 아이디로 정치 공작 댓글을 단 인물이고 뒤에 재판을 받고 유죄가 선고되었다.

큰삼촌을 비롯한 수사관들은 유가려가 이미 심리적으로 굴복된 뒤에 중앙합동신문센터에 왔기 때문에 순조롭게 수사를 이어 나갔다. 탈북자 명단을 오빠에게 받았다는 진술을 만들어 내면서 유가려에게 명단 그림을 미리 보여 주고 형태와 양식을 외우게 했다. 이를 토대로 유가려가 직접 그리게 했다. 그렇게 그린 명단표가 진술조서에 첨부되었다. 명단을 전달하는 방법도 만들어 갔는데, 처음에는 연길에 있는 외당숙 국상걸의 집에서 컴퓨터로 출력하거나 팩스로 받아 서류를 전달하는 것으로 꾸몄다. 그러다가 갑자기 대머리 수사관이 서류가 아니라 usb로 전달받지 않았냐고 되물었고, 계속 그렇게 질문을 해서 유가려는 변경하라는 의미로 받아들였다. 결국 유가려는 탈북자 명단을 파일로 받아 usb에 저장해서 이를 전달한 것으로 진술을 변경했다.

진술서와 진술조서는 다르다. 본인이 직접 작성한 서류는 진술서이고, 남이 듣고 받아 적은 것을 진술조서라고 한다. 따라서 진술서는 본인의 생각이나 경험을 자유롭게 기재하지만, 유가려는 당연히 그렇지 못했다. 진술서를 작성할 때 먼저 문답을 하고 그것을 정리해서 대본을 만들어 출력해 주면 그것을 베끼는 방식이었다. 유가려의 진술서가 작성되면 이것을 다시 문답 형식의 대본으로 만들어 유가려에게 암기하도록 했고, 그 이후 영상 녹화를 하는 방식으로 수사했다.

이런 방식으로 조서가 만들어졌다는 것을 입증할 정황 증거가 법정에서 확인되었다. 유가려는 북한에서 나고 자랐고, 중국에서 살다가 왔기 때문에 한국식 인터넷 용어를 알

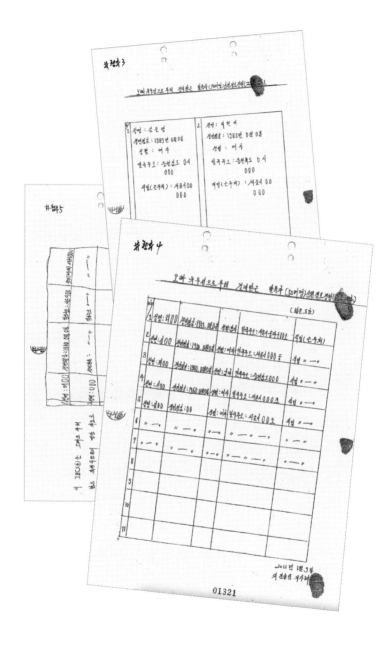

유가려가 수사기관에서 직접 작성한 탈북자 명단표. 거주지는 충청도인데 직장은 서울로 기재함으로써 내용 자체도 현실에 부합하지 않는다. (자료제공: 김용민)

기 어렵다. 그런데 유가려가 자필로 작성한 2013년 1월 4일자 진술서에는 '비번'이라는 용어가 등장한다. 비밀번호의 줄임 말인 비번을 유가려는 모른다. 유가려는 이렇게 증언했다. "처음에 조사받으면서 큰삼촌이 자꾸 비번에 대해서 물어보아서 저는 처음 듣는 말이어서 비번이 뭐냐고 물어보니까 비밀번호를 비번이라고 한다고 알려 주었습니다." 대본을 미리 받아 그대로 베껴 썼기 때문에 뭔지도 모르고 쓴 것이었다. 지금 보면 황당하고 우스운 일이지만 당시에 유가려는 오빠를 위한 길이라 믿고 아주 진지했다. 유가려는 북한에서 비번을 뭐라고 부르는지는 몰랐고, 중국에서 '미마'(密碼)라고 한다는 것 정도만 알고 있었다.

반탐부 부장 전화번호를 진술하는 과정도 국정원의 꼭두각시처럼 행동했다. 유가려는 오빠와 자신에게 간첩 지령을 내린 회령시 보위부 반탐부 부장과 통화를 했다고 허위 진술을 하면서 반탐부 부장의 전화번호를 진술했다. 그런데 이 역시 조작된 진술이었다. 유가려는 반탐부 부장이 누구인지도 모르고 통화한 사실도 없으니 전화번호는 더더욱 모르는데, 큰삼촌이 계속 유가려에게 반탐부 부장 전화번호를 적어 내라면서 책상을 차고 위협을 해 어쩔 수 없이 거짓으로 아무 전화번호나 적어 냈다. 그런데 그 전화번호를 조사해 보니 당연히 맞지 않자 결국 큰삼촌이 전화번호를 프린트해 와서 보여 주며 외우라고 했다. 거기에는 "반탐부 부장 전화번호

139-0443-70○○"이라고 적혀 있었다. 그런데 검찰 조사에서 유가려는 전화번호를 잘못 기억해 앞 번호를 139에서 138로 진술했다. 재판을 준비하는 과정에서 변호인단은 이를 검증하기 위해 전화를 했다. 138, 139로 시작하는 번호 둘 다 전화를 해 봤는데, 138로 시작하는 번호는 모르는 여성이 전화를 받았고, 139로 시작하는 번호는 중국인 젊은 남성이 받았다. 유가려가 반탐부 부장 이름이라고 진술한 '김철호' 이름을 대며 당신이 김철호냐고 물으니 당연히 아니라는 답변이 돌아왔다. 그 남성은 4년 전부터 자신이 이 번호를 쓰고 있다고 답했다. 국정원이야 조작하느라 바빴겠지만, 검사는 전화 한 통이면 확인 가능한 일인데도 전혀 검증하지 않았다. 검사도 조작에 가담한 것으로 판단해야 하는 이유이다. 이제 이렇게 잘 꾸며진 사건은 검찰로 넘어갔다.

국정원과 검찰은
공동정범이다

국정원은 사건의 처음부터 끝까지 관여하려고 한 것 같았고, 유가려가 법정에 증언을 하러 들어갈 때도 법원에 와서 공포 분위기를 조성했다. 유가려는 그 심경을 법정에서 증언했다.

"무섭고 공포스럽고 나를 다시 잡아갈까 봐, 내가 나와서 사실을 밝히는 것도 두렵습니다. 내가 집에 가면 국정원 직원들이 와서 숨어 있지 않은지 이불장이나 화장실에 들어가서 다 열어 봅니다. 밖에서 기척 소리가 나면 국정원 직원이 밧줄을 타고 창문으로 들어와서 잡아가는 것은 아닌지 걱정하며 집에 있는 것도 항상 무서웠습니다."

국정원 직원들은 수시로 법정 밖에 나타났고, 복도를 서성이며 여전히 공포심에 힘들어하는 유가려를 조용히 응시했다. 변호인단이 물러가라고 항의하고 동영상도 촬영해 봤지만 소용없었다. 국정원 직원임이 보안 사항이라더니 대놓고 법정에 나타났다.

국정원 수사를 마친 후 사건은 이시원 검사에게 넘어갔다. 유가려는 검찰 조사를 받으러 가기 전 항상 국정원 수사관들로부터 어떻게 조사를 받아야 하는지 교육을 받았다. 국정원 수사관들은 검찰에서 진술을 잘해야 오빠를 도울 수 있고, 한국에서 함께 살 수 있다고 지속적으로 회유했다. 유가려가 이시원 검사에게 처음 불려 간 날 큰삼촌은 검사에게 편지를 써서 가져가라고 했다. 유가려는 큰삼촌이 시키는 대로 유우성의 밀입북 사실을 인정하며 선처를 부탁하는 편지를 썼다. 유가려의 편지 쓰기는 여기에서 그치지 않고 큰삼촌이 시키는 대로 대머리 수사관과 아줌마 수사관 그리고 유우성에게도 썼다. 큰삼촌과 표현범 등 국정원 수사관들은 대한민국에서는 검사가 변호사 역할까지 하니까 특별히 변호사는 필요 없다고 거짓말을 했다. 유가려는 이미 국정원 조사를 다 받았는데 또 검사에게 조사를 받아야 하는지 물었고, 수사관들은 유가려의 진술에 따라 오빠의 형량을 낮출 수도 있는 사람이 검사이기 때문에 꼭 만나야 한다고 거짓말을 했다. 수사가 시작되자 유가려는 다시 국정원에서 시키는 대로 검사에게 진술했다. 물론 검찰 조사에서 국정원처럼 폭행을 당한 것은 아니지만 유가려는 조사가 끝나고 다시 국정원으로 돌아가는 것이 두려워서 시키는 대로 진술했다. 한편으로는 오빠를 위한 일이라 생각하고 잘 녹음된 테이프처럼 반복 진술했다. 결과적으로 검찰에서 기재한 유가려의 진술조서는 국정원에서 한 허위자백과 내용이 똑같았고, 법정에 증거로 제출되었다. 증거보전 재판 이후 유가려가 이시원 검사에게 허위자백을 했다고 시인했지만 이시원 검사는 묵살했다.

검찰 조사까지 받고 온 유가려는 더 이상 진술해야 하는 절차가 없을 거라 생각했다. 그런데 2013년 3월 4일, 수원지방법원 안산지원으로 출석해 증언을 하라는 통보를 받았다. 국정원 수사관들은 역시 유가려에게 거쳐야 할 절차라고 하면서 진술을 잘해야 오빠의 형량이 낮아지고 한국에서 살 수 있다고 했다. 유가려는 가기 싫었지만 어쩔 수 없이 나가야 한다고 들었고 대신 이번 한 번만 나가면 다시는 법정에 안 나간다는 얘기를 들었다. 국정원 수사관들이 처음으로 유가려에게 거짓말을 하지 않았다.

이시원 검사는 유우성 변호인단의 반대신문을 방해하기 위해 법을 악용해 증거보전을 신청했고, 본재판에서의 증언을 받을 생각이 없었다. 물론 진술을 번복할 우려 때문에 재차 증언을 못 하게 할 필요성도 있었다. 하지만 국정원 수사관들이 처음으로 거짓말을 하지 않았던 저 말이 결국은 다시 거짓말이 되었다. 유가려는 국정원의 손아귀에서 벗어나 진실을 알게 되었고, 용기를 내서 법정에 출석해 증언을 했기 때문이다.

유가려는 증거보전 절차에 대해 큰삼촌에게 설명을 들었고 지금 진술한 대로 진술하라고 지시를 받았다. 그리고 하루 전날인 3월 3일, 이시원 검사를 만나 구체적인 설명을 들었다. 당시 이시원 검사는 유가려와 유우성을 분리시켜 증언을 하게 신청해 두었고, 그 절차인 영상증언을 설명한 것이다. 증인신문에 앞서 검사가 증인을 다시 불러 연습을 시키고 유우성과 차단하기 위해 영상증언을 신청해 자세히 설명하는 공을 들이는 과정 전체가 사건 조작의 관점에서 보면 매우 적극적인 공범인 셈이다.

증거보전 재판 당일, 유가려가 영상증언실에 들어가니 증언석 앞에 두 대의 모니터가 있는데 한 대는 합판으로 막혀 있었다. 유가려가 이상하게 여기고 김재경 수사관에게 "왜 한쪽을 막았냐, 이쪽도 보겠다"고 하자 김재경은 보면 안 된다고 막았다. 막지 않은 화면에는 판사가 보였고, 막아 놓은 화면은 소리만 들렸는데 변호인석 쪽이었다고 한다. 검찰과 국정원은 영상증언실에서도 유가려가 오빠를 볼 수 없게 만들었다. 상식적으로 말이 되지 않는 상황이다. 게다가 법원까지 그 일에 동조했다. 설사 유가려의 자백이 사실이라고 하더라도 그럴수록 오빠와 동생이 대질신문을 하게 해서 누구의 말이 사실인지 가려야 하는데, 오빠를 볼 수조차 없게 화면을 가려 둔다는 것이 납득되지 않는다. 숨겨야 하는 자들의 행태이고, 범죄자가 범행을 숨기기 위한 조치라고밖에 보이지 않는다. 성범죄 사건도 아니고, 유가려는 오빠를 보고 싶어 했고, 만나고 싶다고 요청까지 했던 사람이라 이런 조치는 그 저의를 의심할 수밖에 없다. 이시원 검사의 화려한 법기술에 김한성 판사가 그대로 따라간 것이다.

유가려의 증언이 시작되었다. 영상증언실에는 국정원 직원인 박성미와 김재경이 계속 앉아 있었다. 다만 법정에서 보는 화면으로는 그들의 존재를 확인할 수 없었다. 그들은 이시원 검사의 질문이 이어지는 동안 계속 유가려 옆에 앉아 유가려의 진술이 바뀌지 않게 회유와 협박을 행사했다. 이런 진술을 임의성 없는 진술이라고 하고 증거능력을 배제해서 증거로 쓰지 못하게 하는 것이 우리 형사소송법인데, 실제 재판에서는 거의 인정되지 않는 것이 현실이다. 법원이 수사기관의 위법한 수사를 사실상 방조하는 것이다. 국정원 직원들은 변호인들이 항의를 할 때까지 계속 앉아 있었다. 유가려는 증

125

거보전 재판을 하기 전 이시원 검사에게 오빠를 한번 만나게 해 달라고 요청했고, 이시원 검사도 만나는 방향으로 해 주 겠다고 약속했다. 그러나 재판이 끝나고 변호인들이 둘을 만나게 해 주자고 하자 이시원 검사는 결사적으로 반대했다. 변호인단은 이시원 검사가 사전에 약속했다는 것은 모른 채 정말 비인간적인 검사라고 욕만 했는데, 알고 보니 약속까지 해서 유가려의 허위진술을 유지해 놓고 이를 지키지 않았던 것이다. 검사이기 이전에 한 인간으로서, 나는 그의 인간성마저 의심스러웠다.

유가려가 영상증언실에서 제대로 증언을 하지 못해 중간에 유우성이 영상증언실로 가고 유가려가 법정으로 나왔다. 그때부터 유가려는 화면으로나마 오빠의 얼굴을 볼 수 있었다. 유가려는 수의를 입은 오빠를 처음 보자 너무 가슴이 아팠고 거짓말하기가 무척 힘들었다고 했다. 한편 국정원 수사관들은 유가려에게 오빠가 죄를 다 인정했다고 허위 서류까지 보여 주면서 속였는데, 정작 재판에서 부인할 것이 예상되자 증거보전 재판 직전에 유가려에게 다짐을 시키면서 거짓말을 보탰다. 유우성이 죄를 다 인정하다가 변호사들을 만난 뒤부터 마음이 바뀌었다고 한 것이다. 유가려는 그래도 재판에서 오빠가 일부만 부인할 줄 알았는데 울면서 모든 혐의를 전면 부인하는 모습을 보며 무척 혼란스러웠다. 게다가 유가려는 오빠가 구속된 것도 그날 재판에서 처음 알았다. 점심시간에 유가려는 국정원 수사관들에게 물었다.

"우리 가족이 잘되는 일이라고 했는데, 우리 오빠가 머저리도 아닌데 똑똑한 사람인데, 왜 이해하지 못하고 저렇게 완강하게 나오는가?"

그러자 표현범 수사관이 답했다.

"오빠가 앞날을 생각하지 않고, 지금이 너무 두려워서 거짓말하고 있다. 꽃으로 검을 베어야 한다. 그럴수록 네가 잘해야 한다."

유가려는 나중에 진실을 알고 이때 상황에 치를 떨었다. 국정원 수사관들은 점심으로 갈비탕을 먹었으나 유가려는 먹지 못하고 울기만 했다. 그러자 그들은 큰삼촌과 통화를 시켰다. 큰삼촌은 유가려를 달래며 "마음 아픈 것 이해한다. 하지만 네가 잘해야 한다. 계속 진술을 잘하라"고 했다. 유가려는 저녁 식사 시간에도 아예 식사를 하지 못했고 차 안에서 울기만 했다. 유가려가 흔들리는 모습을 보이자 표현범 수사관이 유가려를 또 회유했다.

"지금은 일일이 말할 수 없지만, 재판이 다 끝나면 우리가 널 확실히 도와주고 있구나, 네가 다 알게 될 거다. 우리가 다 도와주는 것이니까 지금 진술하는 대로 하면 된다. 이 고비를 잘 넘겨야 한다. 오빠가 자꾸 울고 완강하게 나와도 네가 절대 마음이 흔들려서는 안 된다. 너까지 마음 흔들리면 가족이 몽땅 다 잘못된다."

하지만 국정원에 이런 권한이 있을 리 없다. 그저 속고 또 속을 뿐이었다. 유가려는 수사관들에게 왜 오빠가 씻지도 못한 사람처럼 초라한 행색으로 나왔냐고 물었다. 그러자 수사관들은 "네 마음을 아프게 하려고 변호인들이 시켜서 저렇게 만들어서 나온다. 왜냐하면 그런 걸 너한테 보여 주면 네 마음이 흔들릴 수 있으니까 그렇게 하는 것이다"라고 답했다. 구속된 피고인의 행색이 초라한 것은 당연한데도 태연하게 거짓말을 계속했으니, 얼마나 유가려를 만만하게 보았는지 알 수 있는 대목이다.

증거보전 재판을 하면서 유가려는 허위진술을 일부 번복했다. 특히 유우성이 중국에서 함께 찍은 사진을 보여 주자 흔들렸다. 변호인단은 여기에서 새로운 희망을 찾았으나 국정원 수사관들은 유가려에게 하마터면 오빠의 술책에 넘어갈 뻔했다고 평가했다.

유가려는 증거보전 재판이 끝난 다음 날인 2013년 3월 5일 하루 종일 울었고, 그다음 날 무렵 큰삼촌에 의해 조사실로 불려 내려갔다. 그 자리에는 표현범·유재현 수사관도 함께 있었는데, 유가려에게 "왜 허위진술을 했느냐"며 추궁했다. 유가려는 국정원 수사관들이 허위진술을 만들어 주고서 그렇게 적반하장으로 말을 해 너무 화가 나서 "삼촌들이 하는 일을 내가 하나하나 어떻게 아는가, 삼촌들이 나한테 하나라도 알려 주었는가, 내가 물어보면 뭐 하나 알려 주는 게 있는가, 내가 신인가, 내가 점쟁이인가, 내가 다 아는가, 나한테 아무것도 안 알려 주면서, 심지어 오빠 만나게 해 달라고 말했는데도 만나게 해 주지도 않고 아버지도 전화 통화해서 만나게 해 달라고 했는데 만나게도 안 해 주고"라고 따졌고, "이곳에서 여태까지 만들어진 진술 가운데 진짜가 몇 개이고 거짓 진술이 몇 개인가, 삼촌이 나보다 더 잘 알지 않는가"라고 대들었다. 그러나 대드는 것도 잠시일 뿐 유가려는 곧 다시 큰삼촌의 의도대로 허위진술을 하게 되었다. 특히 북한에서 이사 나왔다는 진술은 공소사실을 흔드는 매우 중요한 진술이기 때문에 이 부분을 수습하는 거짓말에 다시 엮여 들어갔고 검찰에 다시 불려 가 이시원 검사 앞에서 허위진술을 추가했다. 유가려는 이시원 검사의 요청에 따라 북한 회령에 집이 있다고 하며 회령 집의 도면을 그려 주었고 이시원 검사는 법원에 추가 증거로 제출했다. 이처럼 이시원 검사가 북한에서 이사 나왔다는 유가려의 증언을 다시 번복시킨 것은 사건의 진실을 숨기고 간첩을 조작하는 데 공범으로 활약했음을 보여 준다.

　유가려가 증거보전 재판 이후 계속 울고 아프다고 하자 수사관들은 외출을 시켜 주었다. 수사관들은 '박정희 동지'가 돌아가시기 전에 갔던 식당이라며 데려가 소갈비를 사 줬다. 수사관들은 유가려 덕분에 소갈비를 먹는다고 했고 그날 많은 돈을 썼다. 국민의 혈세가 사건을 조작하는 자들의 배를 불리는 데 쓰였다.

한편, 유우성의 지인 이화는 검찰에서 조사를 받을 때 2012년 설 무렵인 1월 23일과 24일의 알리바이에 대해 진술을 했으나 검사가 조서에 기재하지 않았다. 당시 한정화 검사가 조사를 했는데, 이화는 1월 23일에 유우성 가족과 이화 가족이 함께 노래방에 갔다고 진술했고, 24일에는 유우성과 함께 스탠드바(연길에서 유행하던 술집의 형태로 가수가 노래를 부르는 곳)에 갔다고 진술했다. 그러나 검사가 진술조서에 이를 기재하지 않았다고 법정에서 증언했다. 일부러 누락한 것이다. 한정화 검사는 이화가 유우성의 아버지 행적에 대해 자신의 가족과 함께 있었다는 진술을 했을 때 24시간 같이 있었던 게 아니니 중간에 북한에 다녀올 수도 있는 것 아니냐며 다그치기도 했다고 한다. 그럼에도 불구하고 조서에 이 내용을 기재하지 않은 것은 단순 실수가 아니라 진실을 은폐하고 조작에 가담하기 위한 의도적인 행동이었다. 이시원 검사 혼자가 아닌 검사동일체를 보여 주는 행동이었다.

4월 26일에 열린 인신구제청구 재판에 대해서도 유가려는 법정에서 당시 상황을 증언했다. 국정원 수사관들은 이 재판에 대해 유가려가 국정원에서 어떻게 생활하고 있는가를 판단하는 재판이라고 설명해 주었다. 유가려는 증거보전 재판 이후에 더 안 나간다고 했는데 또 재판을 가냐고 항의했다. 수사관들은 어차피 넘어야 할 고개이고 가야 할 절차라

무조건 해야 한다고 설득했다. 한편 재판이 시작되기 직전 유가려는 cctv가 있는 독방에서 cctv가 없는 독방으로 옮겼다. 그리고 낮에는 텔레비전을 시청할 수 있는 언덕의 별채를 마련해 주어 그곳에서 지냈고, 밤에 다시 돌아와 cctv가 없는 독방에서 잠을 잤다. 이들은 재판을 앞두고 유가려가 자유로운 곳에서 편하게 생활하고 있다고 위장하기 위해 그렇게 한 것이었다.

유가려는 인신구제청구 재판에 출석했을 때, 여전히 오빠를 도와준다고 생각하고 있었다. 그러다가 판사가 중앙합동신문센터로 돌아가지 않아도 된다고 하고 변호인들이 아버지와 전화 통화도 시켜 주면서 같이 가자고 하니 혼란스러웠다. 처음에는 결단을 못 하고 중앙합동신문센터로 돌아간다고 했다. 국정원이 도와준다고 했으니 끝까지 국정원 말을 들어야 한다고 생각했다. 설사 자신이 변호인들을 따라가 허위 진술을 폭로해 무죄를 받는다고 하더라도 개인인 오빠가 나라를 상대하는 것이라 국정원으로부터 또 위협을 당할 것이 두려웠다. 실제로 수사관들은 유가려에게 개인이 나라를 상대하는 것이기 때문에 오빠가 절대 이길 수 없다고 반복해서 얘기했다. 또한 큰삼촌과 표현범은 수시로 변호사들이 거짓말을 잘하고 결국에는 도와주지 않으면서 돈만 뽑아 먹는다고 폄하했다. 특히 표현범은 비유를 들어 설명했는데, 연필꽂이에 있는 연필을 들어 보이며 "우리들은 통째로 하얗고, 변호사들은 위쪽은 하얗게 보이지만 뽑아 보면 아래쪽에 새까만 것이 나오기 때문에 나쁜 사람들이다, 처음에는 좋아 보이지만 나중에는 나쁜 사람들이다, 우리들은 마지막까지 좋은 사람이고 하얀 사람들이다"라고 했다. 세상 참 편하게 보고 싶은 대로 보면서 사는 수사관들이다.

결국 유가려는 인신구제청구 재판 직후 아버지, 외삼촌 등과 통화하고, 한국에서 유일하게 알고 지내는 이화와도 통화하면서 마음을 바꾸었다.

이후로 유가려는 용기 있게 매우 잘 싸워 주었다. 물론 중간에 어려움도 많았고, 건강 상태가 좋지 않아 응급실에 가기도 했지만, 법정에서 힘든 기억을 되살리며 꾹 참고 증언했다. 어느 정도의 증언이 이어진 후 유가려는 오빠가 살던 집으로 거처를 옮겼다. 이제는 국정원도 어찌할 수 없을 것이라 판단했다.

드러난 사건의 실체

유가려의 증인신문을 시작으로 본격적인 재판이 시작되었다. 국정원 직원들에 대해 유가려를 고문했는지 등을 묻는 증인신문이 이어졌고, 유우성을 북한에서 봤다고 증언한 탈북자들에 대한 증인신문이 이어졌다. 한편 증인신문 전후에 검사가 제출한 증거들의 문제점을 지적하고, 변호인단이 중국에서 수집한 증거들을 제출해 판사들에게 설명했다. 국정원과 검찰이 제출한 증거는 법원을 속이기 위한 증거들로 넘쳐났고, 유우성에게 유리한 증거는 숨기기 급급했다. 이미 수사 과정에서부터 국정원과 검찰이 간첩 사건을 조작했음이 드러나기 시작했다. 유가려에게 허위자백을 받아 낸 것만으로도 조작한 사실이 드러났지만 그 외에도 조작의 증거나 정황은 매우 많았다. 검찰은 유가려의 초기 진술서들을 숨겨 오다 들켰고, 유우성의 통화 내역상 밀입북하지 않았다는 증거를 숨겼으며, 이화의 중요한 진술을 조서에서 누락시켰다. 한편 유가려의 허위진술이 객관적인 증거들과 모순된다는 점들을 애써 숨기거나 전혀 검증하지 않았다. 결국 시간이 갈수록 유우성에 대한 재판이 아니라 수사기관에 대한 재판으로 변해 갔다.

― 국정원 직원과 탈북자의 증인신문

국정원 직원은 큰삼촌, 대머리 수사관, 아줌마 수사관, 유재현 수사관을 증인신문했다. 국정원 직원들은 한결같이 자신들은 잘못이 없다고 강변했다. 특히 유가려를 폭행한 사실이 없고, 전기고문실도 없다고 답변했다. 그러나 유가려에게 망신 주기를 한 사실은 인정했고, 유가려가 자살 시도를 한 사실도 인정했다. 대머리 수사관은 유가려에게 반말을 했던 것까지는 인정했다. 한편 대머리 수사관과 아줌마 수사관은 유가려에게 폭행을 했는지에 대한 질문에 거의 똑같은 답변을 했다. 유가려에게 시켰던 것처럼 그들은 사전에 예상 질문을 뽑아 대본을 만들고 답변을 외워 온 듯했다. 유재현 수사관은 4월 27일에 있었던 유가려의 긴급 기자회견에 대해 나를 포함한 변호인단을 고발하고 6억 원이라는 손해배상을 청구했음에도 불구하고 소송제기를 알지 못한다고 증언했다. 이 증언으로 나는 승소했다. 변호인단의 입을 틀어막고 변호를 위축시키기 위해 국정원이 일종의 봉쇄 소송에 나선 것이다. 과거 시국 사건을 변호하던 변호사들이 구속되거나 처벌받는 일들이 있었는데, 시대가 그때보다는 좋아졌다. 하지만 경제적인 압박을 가하는 방식으로 진화했고, 나와 가족들에게는 더 실질적인 위협이었다.

한편, 국정원에서 탈북자들의 진술을 청취하는 방법은 매우 부적절하거나 위법의 소지가 있다. 탈북자의 정보를 관리하는 국정원 직원들이 탈북자를 찾아가 어떤 사건인지에 대해 앞뒤 설명도 없이 특정 진술을 유도해서 받아 내고, 그다음 날에는 미리 작성한 진술조서를 가지고 가서 서명을 받는 식이다. 진술조서의 경우 진술한 사람이 수정을 요구하면 바로 수정해야 하지만, 그런 요구를 하면 나중에 알아서 수정하겠다고 얼버무리고 허위로 진술조서를 완성한다. 수사기관이 아닌 직장이나 카페 등에서 만나 바로 수정하기는 어렵다고 변명하기도 한다. 그리고 가장 중요한 것은 진술을 받고 돈을 준다. 진술을 돈으로 사는 것이다. 시간을 내주었으니 돈을 줄 수도 있다고 생각할 수 있겠지만, 거꾸로 만약에 변호인이 증인을 만나 증언을 부탁하고 돈을 주면 어떻게 평가할지 생각해 봐야 한다.

이런 방식으로 받아 낸 탈북자 진술 중에서 북한에서 유우성을 봤다는 사람들을 직접 불러 법정에서 물어봤다. 탈북자 A는 6년 전인 2007년 여름에 우연히 유우성이 길에서 다른 사람들과 얘기하는 것을 봤는데 당시 유우성은 옷깃이 달린 붉은색 계열의 여름 점퍼를 입고 있었고 머리 모양도 북한 사람들과 달리 남한 스타일이었다고 아주 정확하게 기억했다. 평소 잘 알던 사람도 아니고 6년 전 길에서 우연히 본 사람을 그처럼 자세히 기억하는 게 의심스러웠다. 그래서 언제 찍었다고는 말하지 않고 그 당시 유우성의 사진을 보여 주었다. 그러자 탈북자 A는 이렇게 살찐 모습은 본 적이 없고 자신이 목격한 머리 모양과도 다르다고 말해 허위진술임이 밝혀졌다.

탈북자 B는 2012년 설에 유우성의 북한 집에서 유우성을 봤다고 증언했으나 본인은 마약의 일종인 빙두를 많이 한다고 말해 증언의 신빙성이 매우 낮았고, 결정적으로 당시 유우성의 연길 가족사진과 배치된 증언이었다.

탈북자 C는 유우성이 간첩 행위를 했다고 신고한 사람인데, 그는 유우성의 아버지로부터 유우성이 북한에서 보위부

일을 한다고 들었다는 진술을 했다. 그러나 보위부 일이 무엇인지 물었을 때, 그는 화교 집이라 돈이 있으니까 보위부가 와서 돈을 가져간다고 했다. 결국 보위부에 돈을 빼앗기고 있다는 것을 보위부 일을 한다고 한 것이다. 물론 유우성의 아버지가 그런 말을 한 적도 없고 할 이유도 없으며 보위부에 돈을 주지 않았기 때문에 거짓이었다. 하지만 탈북자 C가 이런 진술을 할 수 있었던 것은 간첩 신고자가 되어 포상금을 받았기 때문이다. 실제로 탈북자 C는 국정원으로부터 약 2천만 원의 포상금을 받았고, 현금 돈다발을 자신의 아기 앞에 두고 사진을 찍어 자랑했다. 뒤에 탈북자 C와 한국에서 살던 남편이 양심의 가책을 느껴 이런 사실과 탈북자 C의 허위진술 동기를 폭로했다.

─ 유가려의 추가 진술서 발견

검사가 증거로 제출한 유가려의 자필 진술서는 2013년 1월 3일자부터 등장한다. 하지만 유가려는 그 이전에도 수많은 진술서를 작성했다고 한다. 그래서 수사기관이 수사 단계에서 작성하거나 수집한 모든 자료의 목록을 기재해 놓은 수사 기록 목록을 확인했다. 참고로 검사는 수사 기록 목록에 있는 증거들 중에서 유죄의 증거를 골라서 법원에 증거신청을 한다. 어쨌든 수사 기록 목록에는 모든 수사 기록이 다 포함되어 있어야 하기 때문에 2013년 1월 3일 이전의 유가려 진술서도 기재되어 있어야 한다. 그런데 없었다. 변호인단은 법정에서 이 문제를 지적했으나 이시원 검사는 진술서가 더 없다고 답했다. 국정원에서 일부러 누락했을 가능성이 있다고 봤으나 결정적인 증거가 없어 답답했다.

나는 복잡한 사건이나 중요 사건을 검토할 때 기록을 내기준으로 새롭게 편철하곤 한다. 유우성 사건에서도 유가려의 진술이 유일한 증거였기 때문에 수많은 증거에서 유가려 진술만 따로 뽑아서 별도로 기록을 만들었고, 계속 비교 검토했다. 그러다가 이상한 점을 발견했다. 유가려의 제2회 검찰 진술조서 중간 부분에 분명 검사가 유가려를 조사하면서 "기록 825쪽에 편철되어 있는 진술인 유가려의 자필 진술서 내용을 보여 주며"라고 기재되어 있는데, 해당 페이지의 자필 진술서가 존재하지 않았다. 수사 기록 목록에도 진술서는 없었다. 그런데 이시원 검사는 유가려에게 "진술인은 2012년 12월 2일자 자필 진술서에 오빠 유가강(유우성의 개명 전 이름)이 2007년 8월경 북한 회령에 들어온 사실이 있다고 기재한 사실이 있는데 어떠한가요?"라고 질문했다.

드디어 찾았다.

이시원 검사는 2013년 1월 3일 이전인 2012년 12월 2일자 유가려의 자필 진술서를 가지고 있었던 것이다. 기록에 자기도 모르게 기재해 두었고 법원과 변호인을 속인 것이다. 나는 법정에서 이 부분을 문제 삼았다. 그러자 이시원 검사가 아닌 이문성 검사가 착오라고 수습하며 2012년 11월 5일부터 작성한 유가려의 자필 진술서 24개를 추가로 제출했다. 제출한 자필 진술서는 확인서, 자술서, 반성문 등 다양한 이름으로 기재되었고, 유가려의 증언처럼 무엇인가 미리 작성된 대본에 따라 깔끔하게 정리된 자필 서류로 보였다. 하지만 내용은 계속 번복되고 범행이 축소되는 방향으로 기재되어 범죄를 자백하는 서류가 아니라 조작을 폭로하는 서류로 읽혔다. 나는 검사가 거짓말을 하고 수사 기록 목록에 누락한 것이 위법하다는 주장을 강력하게 했다.

유가려의 진술을 만들어 가던 초기 단계의 서류들이 공개되는 것을 막기 위해 국정원과 검찰이 일부러 누락한 것으로 보인다. 그리고 이시원 검사는 모른 척했으나 자기가 직접 해당 서류를 제시까지 했던 터라 고의적인 숨기기로 보인다. 결국 사건 조작을 감추려는 자들의 행동이었다.

— 유우성의 알리바이를 증명할 증거를 숨기다

검사의 공소사실이 가장 먼저 무너진 곳이 2012년 설의 밀입북 부분이다. 검사는 유우성이 2012년 1월 22일, 두만강을 건너 북한 회령으로 가 아버지와 함께 회령 집에 머물면서 보위부 반탐부 부장을 만나 지령을 수령하고 1월 24일 다시 도강해서 중국으로 넘어왔다고 기소했다. 즉 1월 22일부터 24일까지 밀입북했다는 것이다. 그런데 이와 배치되는 유우성의 통화 기록이 확인되었다. 유우성이 1월 22일과 23일에 중국에서 통화한 내역이 확인된 것이다.

문제는 국정원이 검찰을 통해 2012년 12월 4일에 통신 내역에 대한 법원의 영장을 발부받아 집행했고, 유우성의 휴대폰 가입 통신사인 KT는 2012년 12월 5일에 국정원 이성우 수사관에게 통화 내역을 회신해 주었다. 그런데 이 통화 내역에는 유우성이 1월 22일부터 23일까지 중국에서 통화한 내역이 그대로 남아 있었다. 국정원과 검찰은 유우성을 수사하기 전부터 이미 유우성이 22일과 23일에 중국에 있었다는 사실을 알고 있었다. 그런데 이를 숨겼다. 사건 초기 기록을 꼼꼼하게 보다가 국정원이 통신압수영장을 집행했다는 것을 발견하고 이 자료를 요청했다. 그런데 이문성 검사는 1심 재판이 거의 끝날 무렵인 2013년 7월 12일에서야 마지못해 통신압수영장 집행 내역을 법원에 제출했다. 사건을 조작하기 위해 숨기지 않고서야 가능한 일이었을까.

이렇게 들통나면 검찰이 달라질 줄 알았다. 그러나 철면피 검사들은 공소장을 1월 22일~1월 24일 밀입북에서 통화 내역이 없는 1월 24일 하루만 밀입북한 것으로 변경했다. 처음부터 공소장에 그렇게 기재했다면 통화 내역이 없는 1월 24일 하루에 집중해 알리바이를 입증했을 텐데, 국정원과 검사들은 이미 알고 있으면서도 모두를 속였다. 물론 1월 24일 역시 유우성은 북한에 가지 않았다. 당시 유우성은 중국에서 친척

139

과 지인들을 만나 즐거운 시간을 보냈고, 북한에서 찍은 사진들을 모아 둔 사진첩을 자신의 휴대폰 카메라로 찍어 오기도 했다.

검찰은 유우성이 북한에서 찍은 사진이라고 하면서 친구와 찍은 사진, 준의사로 근무하던 시절의 사진 등을 증거로 제출했다. 유우성이 실제로 북한에 가서 자신의 사진첩에 있는 사진들을 추억하기 위해 휴대폰 카메라로 찍어 왔다는 것이 검사의 설명이다. 즉 유우성의 밀입북을 입증하는 객관적인 증거라고 제출한 것이다. 그러나 이 사진들은 모두 중국에서 찍은 사진이다. 사진의 메타데이터를 확인하면 바로 알 수 있다. 사진과 같은 디지털 증거는 원본 동일성이 핵심이다. 디지털 증거가 처음 수집된 그대로 법원에 제출되어 동일한 증거인지 확인을 해야만 증거로 쓸 수 있다. 쉽게 말해 편집한 사진은 증거가 될 수 없고 증거로 수집한 사진 파일 그대로 제출해야 한다는 것이다. 대법원의 확립된 판례라 검사들이 모를 수가 없다. 그런데 이시원 검사는 특이하게 사진파일 원본을 제출하지 않고 사진 출력물만 증거로 제출했다. 법원과 변호인이 사진의 변조 가능성 또는 메타데이터를 검증할 수 없게 속인 것이다. 디지털포렌식 전문가인 김인성 교수가 이 사진들을 분석한 결과 연길에서 찍은 사진임을 바로 확인해 주었다. 사진의 메타데이터만 확인하면 어디서 찍었는지 위치 정보가 명확하게 기록되어 있기 때문이다. 실제로 내

유우성이 연길 아버지 집에서 촬영한 준의사 시절 사진. 사진을 찍은 위치 정보가 연길로 뜬다. 지도의 ○ 표시는 연길 공항Yanji Airport (사진제공: 김용민)

가 연길에 있는 유우성 아버지의 집에 갔을 때 검찰이 증거로 제출했던 사진첩의 사진을 확인했고, 사진도 찍어 와 사진첩이 북한이 아니라 연길에 있다는 증거를 법원에 제출했다.

한편, 유우성은 2012년 설 무렵 연길 노래방을 간 사진이 있기 때문에 북한에 밀입북하지 않았다고 주장했는데도 국정원이 이를 철저히 무시했다. 오히려 유우성의 알리바이를 증명할 사진을 숨겼다. 국정원은 유우성의 노트북을 압수해 포렌식하고 변호인의 반환 요구에 따라 돌려주었다. 노트북을 반환하려면 원상태 그대로 돌려줘야 하는데, 노트북이 초기화되어 아무 정보가 없었다. 나는 포렌식 업체를 수소문해 노트북을 복원했다. 유우성이 지속적으로 강조하던 2012년 설

연길에서 찍은 사진을 찾기 위해서였다. 간신히 노트북을 복원했는데, 복원된 데이터에는 약 7만 장 정도의 많은 사진이 있었다. 여기에서 과연 제대로 찾을 수 있을 것인가부터 찾더라도 사진의 정보인 메타데이터가 수정되지 않고 있을지가 염려되었다. 하지만 양승봉 변호사의 끈기로 드디어 증거 사진을 찾아냈다. 유우성이 설에 아버지를 비롯해 이화 가족 등과 함께 연길에 있는 노래방에 갔고, 아버지가 노래를 잘 부르지 못해 다들 웃었다고 했는데, 그때 노래방에서 찍은 사진을 찾아낸 것이다. 이 사진은 2012년 1월 23일 오후 11시 53분에 찍혔다고 메타데이터에 기록되어 있었다. 김인성 교수는 이 사진 역시 중국 연길에서 찍은 것이 맞는다는 사실을 위치 정보로 확인해 주었다. 국정원이 유우성의 알리바이를 입증할 결정적 증거를 숨긴 것이 확인되었다.

— **유가려가 진술한 연길 집과 QQ메신저**

유가려는 국정원에서 2012년 설 무렵 행적을 진술했는데 연길에 아버지가 사는 셋집이 있고, 유우성이 연길 셋집에 있다가 북한에 밀입북했다고 진술했다. 그러면서 연길 셋집의 주소를 ○○아파트 '2호루(号楼) 3단원(单元) 701실(室)'이라고 진술했다. 이 주소를 2013년 1월 9일자 유가려 진술조서에 명확하게 남겨 두었다. 그러나 내가 중국에서 해당 아파트를 직

유가려가 아버지가 사는 연길 집이라고 알려준 곳의 우편함 (사진제공: 김용민)

접 찾아가 확인하니 그 아파트 2동(호루)은 7층이 존재하지 않았다. 6층짜리 아파트였다. 그리고 호수를 기재하는 방식도 '701실'이 아니라 '2-3-1'의 방식으로 기재하는데 이는 '2호루 3단원 101실'을 의미한다. 따라서 701실이라면 '2-3-13'으로 기재해야 하나 해당 동에는 '2-3-12'까지만 존재했다. 7층이 없고 6층까지만 있다 보니 호수가 이렇게 기재되는 것이었다. 유가려는 당시 아버지의 집을 노출하지 않기 위해 일부러 허위진술을 한 것이었다. 국정원 수사관들은 2013년 1월 22일 중국 출장을 다녀와 연길 집 사진까지 증거로 제출했는데, 유가려 진술과 다른 집을 허위로 찍어 제출하면서 유가려의 진술이 맞는다는 정황증거라고 법원을 속였다. 주소대로 찾아 갔다면 몰랐을 수가 없다.

또한, 유가려는 탈북자 명단을 받아 왔다는 중요한 정황 증거로 연길 집 앞에 있는 가태2원 슈퍼에서 usb를 구입했다고 진술했다. 가태2원 슈퍼는 다양한 물건들을 싼값에 파는 잡화점인데, 연길에 딱 하나 있었다. 중국 현장 조사 당시 중국 포털사이트로 검색해서 확인했고, 연길에 사는 사람들에게 문의해 확인한 결과이다. 그곳은 유가려가 살던 집에서 차로 20여 분 이동해야 하는 먼 곳이었다. 결국 유가려가 집 앞에 있는 가태2원 슈퍼에서 usb를 구입했다는 진술은 거짓이었다. 내가 법정에서 이런 주장을 하자 검찰은 국정원도 알고 있었다고 털어놓았다. 그러면서 '가태2원 슈퍼' 사진을 증거로 제출하는 위선적인 태도를 보였다. 이는 명백하게 법원을 속인 것이다. 만약 변호인단이 중국에 가서 확인하지 않았더라면 유가려 진술의 신빙성을 보강하는 증거로 사용되었을 것이다. 한편 검사는 여기서 멈추지 않고 유가려 집 근처에 '객이온라인'이라는 슈퍼에서 구입했다고 주장을 변경했다.

가태2원 슈퍼는 일종의 '다이소' 같은 곳으로 물건을 중국 돈 2원에 판매하는 곳이다. 내가 방문했을 때 가태2원 슈퍼에서는 usb를 팔지 않았다. 사실 중국 돈 2원이면 우리 돈 400원 정도인데, 아무리 물가가 싸도 usb를 400원에 팔기는 어려울 것이다. 한편 검찰과 국정원이 거짓을 실토하고 '가태

2원 슈퍼'에서 변경한 '객이온라인' 슈퍼도 확인했다. 역시 객이온라인 슈퍼에서도 usb를 팔지 않았다. 그런데도 검찰은 객이온라인 슈퍼 사진을 법원에 제출하면서 유가려가 usb를 구입한 곳이라고 속였다. 국정원은 허위 증거를 수집하기 위해 중국을 다녀온 것이다.

수사기관에서 만든 유가려의 진술과 공소장 범죄 혐의에 의하면 유가려가 중국 QQ메신저를 이용해 2011년 2월과 2011년 5월 유우성에게 탈북자 정보 한글 파일(hwp)을 받았다고 했다. 그렇다면 적어도 유가려의 QQ메신저 가입일은 2011년 2월 무렵이거나 그 이전이어야 한다. 하지만 이마저도 사실이 아니었다. 메신저 가입일을 명확하게 알 수는 없었지만, 가입일을 추정할 수 있는 객관적인 자료는 존재했다. 우선 'QQ연령'이라는 것을 확인할 수 있는데, QQ메신저에 가입한 나이라는 의미이다. 내가 유가려에게 수사 기록에 기재한 아이디와 비밀번호를 받아 2013년 6월 26일에 확인했는데, 당시 유가려 QQ연령은 1년이었다. 이는 메신저 가입 시기가 1년 이상은 되었으나 2년이 되지 않았다는 의미이다. 즉 유가려가 2013년 6월 26일로부터 2년 전인 2011년 6월 26일 이전에는 QQ메신저에 가입하지 않았다는 의미이다. 유우성에게 파일을 받았다고 한 2011년 2월과 5월에 QQ메신저 가입 사실이 없음을 명확하게 알 수 있다.

한편 'QQ존'이라는 서비스의 가입일을 확인할 수 있는데, QQ존은 QQ메신저에 가입하면 메신저상에서 들어갈 수 있는 서비스이다. 유가려가 QQ존에 가입한 날짜는 2011년 10월 27일이었다. 유가려는 메신저에 가입한 날 QQ존도 같이 가입했다고 기억하고 있는데, 위에서 언급한 QQ연령과도 일치하는 기억과 기록이었다. 이 증거들은 얼핏 복잡해 보이지만 실은 많은 수고를 들일 필요가 없다. 유가려에게 메신저 아이디와 비밀번호를 확인해 접속하면 바로 알 수 있다. 수사 전문가인 검찰과 국정원이 모를 리 없다.

또한 유우성의 노트북에서 탈북자 명단을 보낸 흔적이 발견되지 않았다. 검찰과 국정원의 주장대로라면 유우성의 노트북을 포렌식한 자료에서 메신저로 탈북자 명단을 보낸 흔적이 발견되어야 정상인데 그렇지 않은 것이다.

다시 중국으로

아직 1심 재판 중이던 2013년 6월, 나는 장경욱·양승봉 변호사와 뉴스타파 최승호, 신동윤 PD와 함께 중국을 다시 방문했다. 연길에서 유우성의 아버지와 외당숙인 국상걸을 만나자세한 설명을 듣고자 했다. 공소사실 중 노트북을 북한 보위부에 보냈다는 부분은 유가려의 진술 증거가 아니고 외당숙인 국상걸이 중요한 증인이기 때문에 만나러 간 것이다. 그러나 뉴스타파 일행이 공항에서 카메라와 노트북을 적발당하는 바람에 일정에 차질이 발생했다.

중국 공안이 한밤에 뉴스타파 일행을 데리고 변호인들과 유우성의 아버지, 외당숙 국상걸을 만나러 호텔로 왔다. 중국 공안은 변호사들의 신분증을 모두 확인하고 촬영한 후 기자들이 취재 비자 없이 왔으므로 취재를 할 수 없다고 통보하였고, 다음 날 최종적으로 결정해서 알려 주겠다고 하고 갔다. 이때 아버지와 국상걸을 모두 데리고 갔다. 역시 중국에서 유우성 가족과 2일째에는 못 만나는 것인가 생각했다.

다음 날 공안이 호텔로 찾아와 취재도 안 되고 변호 활동도 안 된다고 통보했다. 그리고 가족과도 만나지 말라고 했다. 나는 변호 활동을 하는 게 아니라 가족을 만나서 설명을 듣는 것이라고 했지만 막무가내였다. 중국인이었던 유우성과 현재 중국인인 아버지를 돕는 일이라고 해도 통하지 않았다. 훗날 2심에서 증거 조작이 확인되었을 때 당시 새누리당 의원들은 변호인단과 중국에 커넥션이 있어 도와주었다고 허위 주장을 했는데 우리가 커넥션이 없다는 건 이것으로도 확실했다.

장경욱 변호사가 두 시간 정도 공안을 붙들고 실랑이를 했지만 아무 소용이 없어 결국 가족 면담을 포기하고 다른 증거 수집을 하기로 방향을 잡았다. 그리고 공안이 그날 당장 나가라고 했으나 기왕 온 김에 여행을 하고 노래방도 가고 술

147

도 마시고 가겠다고 하고 그냥 여행을 떠나는 척했다. 공안이 미행할 것이라 예상되어 우리는 바로 연길 동시장(東市場)에 있는 가태2원 슈퍼를 방문하고 시장에서 과일을 구입하는 등 여행객처럼 돌아다녔다. 그리고 시간이 남아 용정시로 이동해 윤동주 시인이 다녔던 대성중학교에 방문했다.

다시 아버지 집 근처로 갔는데, 아파트에 공안이 대기하고 있었다. 결국 우리는 유우성 아버지를 만나는 것은 포기해야 했다. 그리고 집 근처 객이온라인 슈퍼를 방문해 usb를 구입하려 했으나 판매하지 않고 usb 리더기만 팔고 있다는 사실을 확인했다. 그 후 2012년 설 저녁에 갔다는 노래방에 가서 촬영도 하고 당시 노래방에 같이 갔던 유우성 지인의 진술도 청취했다. 노래방 바로 옆에 있는 스탠드바가 지금은 변경되었지만 유우성의 알리바이를 입증할 수 있는 장소여서 사진을 찍어 왔다. 두 번째 중국 출장은 이렇게 현장 조사로 마무리했다.

한편 유가려는 증인신문을 모두 마치고, 2013년 7월 3일 결국 중국으로 출국했다. 오빠의 재판 선고를 듣고 가고 싶은 마음이 굴뚝같았으나 증인신문을 마쳤기 때문에 체류 연장 허가가 나오지 않았다. 유우성 사건은 중국에서도 유명한 사건이 되어 있었다. 화교 남매가 연길에서 두만강을 건너 회령으로 다니면서 간첩 행위를 했다는 것이 혐의 사실이었기 때문이다. 나는 유가려가 어쩔 수 없이 중국으로 가게 되어 안타까운 한편 중국에 가면 다시 중국 당국의 조사를 받을 가능성도 있어 걱정했다. 다행히 유가려는 중국에서 별다른 조사 없이 입국을 마쳤고, 아버지를 만났다. 안도의 한숨을 쉰 순간이었다.

2013년 7월, 다시 나 혼자 중국을 방문했다. KBS 추적60분 프로그램에서 유우성 사건을 방송하겠다는 연락을 받고 현지 촬영에 동행했다. 나는 증거를 추가로 수집하는 한편 가족에게 사건을 설명하고 안심시키기 위해 함께 간 것이다. 이미 중국에 도착해 아버지와 살고 있는 유가려를 다시 만났다. 무척 반가웠다. 유가려는 건강이 많이 좋아졌고, 아버지를 돌보며 열심히 살고 있었다. 유가려는 나와 추적60분 팀을 반겨주었고, 취재에도 많은 도움을 주었다.

나는 중국과 북한의 경계에 있는 삼합전망대를 방문해 실제로 중국 휴대폰으로 한국에 전화를 할 수 있는지 실험했고, 한국에 있는 양승봉 변호사에게 카카오톡과 문자메시지도 보내 보았다. 모두 성공했다. 유가려가 목숨 걸고 도강할 필요 없이 중국 휴대전화로 회령에서도 파일을 받을 수 있음이 확인되어 공소사실의 모순을 입증한 것이다.

한편, 유우성과 유가려는 북한 회령 집을 팔고 나왔다고 했고, 검찰은 유가려의 허위자백을 토대로 회령에 집이 있다고 계속 주장했다. 중국에서 이를 확인할 수 있을까 고민하던 중 현지 촬영을 돕는 조선족 중국인으로부터 놀라운 얘기를

2013년 9월 2일에 발행한 전국언론노동조합 KBS본부의「특보」1면. KBS 추적60분 팀에서 방영하려 한 〈서울시 공무원 간첩사건 무죄판결의 전말〉은 외압으로 한 차례 불방되었다가 한 주 뒤 간신히 방송되었고, 이 일은 KBS노조뿐만 아니라 사회적으로도 큰 문제가 되었다. (사진제공: 언론노조 KBS본부)

들었다. "주소 알면, 가서 확인해 볼까요?" 나는 북한에 간다는 것을 상상조차 못 하는데, 그 중국인은 마음만 먹으면 얼마든지 북한에 갈 수 있었다. 분단 체제와 국가보안법에 순응하며 살아온 나의 정신세계에 대한 반성과 문화적 충격이었다. 물론 그 중국인이 시간상 북한에 다녀오지는 못했다. 이 땅의 분단은 물리적 국경선뿐만 아니라, 내 머릿속에도 분단의 상황이 있다는 것을 새삼 깨달았다.

나는 연길에서 북경으로 이동했다. 유우성이 어머니 장례식 이후 다시 북한에 넘어갔다는 것에 대한 알리바이를 입증하기 위해서였다. 당시 유우성은 몸이 많이 아팠다. 갑작스러운 어머니의 죽음으로 무척 힘들었다. 유우성은 연길에서부터 몸이 좋지 않았다. 북경을 들렀다 한국으로 돌아오는 일정이었는데, 북경에 있는 안전병원에 방문해 수두 진단을 받고 약을 처방받았다. 그래서 나와 유가려 그리고 취재팀은 북경 안전병원을 방문해서 유우성의 2006년 6월 14일자 처방 기록을 찾아왔다. 이는 유우성이 그동안 주장해 온 어머니 장례식 이후 자신의 동선과 지인들이 증언해 준 유우성의 알리바이에 모두 부합하는 증거였다.

나는 이런 증거들을 제출하기 위해 법원에 이미 종결한 변론을 다시 열어 달라고 변론재개 신청을 했다. 재판부는 이미 결론을 내렸는데 처방전 등은 그냥 참고 자료로 내는 것이 어떻겠냐고 했다. 하지만 나는 원칙대로 재판을 열어 증거조사

3장 1심 무죄

를 하고 싶다고 했다. 사실 나는 이때 재판부가 무죄의 심증을 갖고 있는 것이 아닐까 조심스럽게 기대하게 되었다. 재판부가 무죄라고 생각하기 때문에 유우성에게 유리한 증거를 증거가 아닌 참고 자료로 제출하라고 한 것일 수도 있겠다고 추측했다. 어찌 되었든 2013년 8월 8일에 재판을 한 번 더 했고 8월 16일로 예정되었던 선고 기일은 8월 22일로 연기되었다. 긴장과 걱정의 시간을 일주일 더 보내야 했지만 최선을 다해야 한다는 생각에는 변함이 없었다.

1심 무죄

2013년 8월 22일 오전 11시 30분 서울중앙지방법원 서관 502호 법정에서 선고를 했다. 보통 형사재판 선고를 하면 피고인만 출석하고 변호인은 출석하지 않는다. 선고를 듣기만 하면 되므로 변호인의 도움을 받을 일이 없기 때문이다. 그러나 이 사건은 변호인들에게도 매우 특별했다. 유우성과 유가려 그리고 변호인단은 이미 이 사건을 통해 동지애가 생겼고 공동운명체가 된 것 같았다. 재판이 있는 날이면 늘 그랬듯이 우리는 양승봉 변호사 사무실에 모였다가 다 같이 법원으로 갔다. 양승봉 변호사 사무실이 민변 사무실 바로 위층이었기 때문에 자연스럽게 그렇게 된 것 같다. 선고일에도 평상시와 마찬가지로 변호인들은 모여서 같이 걸어갔다. 날씨도 좋고 기대와 희망도 있었지만 한편으로는 다른 공안 사건처럼 법원이 용기를 내지 못하고 유죄를 선고하면 어떻게 하나라는 걱정도 컸다. 특히 아홉 가지 국가보안법 위반 혐의 중에서 여덟 가지는 유가려의 진술이 유일한 직접증거였고, 북한에 노트북을 보냈다는 한 가지는 다른 증거들이 있었는데, 그 한 가지의 범죄를 유죄로 인정하면서 간첩이 맞는다고 판단할 가능성이 높다고 생각했다. 그 경우를 대비해 변호인단의 입장도 미리 머릿속에 정리를 하면서 갔다. 가장 최악의 상황은 검사들 논리대로 유가려가 국정원과 검찰 그리고 증거보전 재판에서 한 자백 진술이 신빙성이 있고, 변호사들을 만난 이후 무죄를 받기 위해 말을 바꾼 것으로 판단하는 것이다. 유가려의 용기와 진실을 향한 발걸음이 모두 물거품이 될 수 있는 결과이기 때문에 정말 상상조차 하기 싫었다. 양승봉 변호사는 선고일이 잡힌 뒤로 이렇게 명백한 사건에서 만약 유죄가 인정되면 앞으로 변호사를 못 할 것 같다고 자주 말했다. 모두가 공감했지만 서로 내색하지 않았다. 특히 나는 부정적인 말을 내뱉지 않으려고 부단히 애썼다. 사법시험을 준비할 때 부정적인 얘기를 하면 그런 결과가 나온다는 속설을 참 많이도 들어 왔다. 그래서 물건이 떨어져도 떨어졌다고 표현하지 않고 땅에 '붙었다'고 표현하면서 웃었다. 이날 선고를 기다리면서도 같은 심정이었다. 그래서 선고에 대한 전망을 말할 때마다 판사들이 바보가 아니고서는 무죄를 쓸 수밖에 없다고 장담했다. 특히 유우성에게 유리한 증거를 참고 자료로 제출하라고 권유한 점, 재판을 거듭할수록 판사들이 더욱 진지하게 경청했던 점, 검찰 주장에 의문을 제기하던 점을 고려하면 무죄의 심증을 가지고 있는 것 같다고 나름의 분석도 했다. 그만큼 다들 절실했고, 긴장했다. 특히 민변에서는 변호인단이 여동생과 기자회견을 한 후 국정원과 전면전을 벌이게 되었고, 고소를 당했을 뿐만 아니라, 보수 언론에서도 민변과 변호인단을 공격하는 기사들을 보도했으며, 탈북자 단체 등 보수 단체에서 민변을 계속 공격했기 때문에 선고 결과를 예의주시했다. 변호인단의 부담도 매우 컸다.

법정에 출석해 방청석에 앉아서 선고를 들어도 되는데, 나는 일부러 변호인석으로 나가서 앉았다. 곧이어 구속된 유우성이 입장했다. 유우성은 재판 때도 그랬지만 이번에도 내 옆에 앉았다. 재판을 하면서 상의할 일들이 있으면 나와 양승봉 변호사와 주로 소통을 했기 때문에 익숙한 나와 양승봉 변호사 사이로 와서 앉았다. 나는 손을 꼭 잡고 눈빛으로 무언의 응원을 했다. 재판부가 입장했고, 우리는 일어서 경의를 표했다. 사실 그동안은 법정 경위가 일어나라고 하니까 형식적으로 일어났는데, 이날은 간절했다. 간절한 눈빛으로 재판부 한 명 한 명을 살폈고 눈을 마주치려고 노력했다. 그러나 판사들은 눈을 피했고, 이범균 부장판사가 판결문에 눈을 고

간첩을 변호한다고 민변을 공격한 보수 단체 '탈북난민인권연합'의 집회
(사진제공: 김용민)

정한 채 건조한 목소리로 읽기 시작했다.

판결 선고를 경험해 본 사람들은 익히 알고 있겠지만 결론을 먼저 말하지 않고 중간 과정을 한참 설명한다. 검사의 공소사실은 무엇이고 여기에 피고인과 변호인이 어떤 주장을 했는데 그 주장이 타당한지, 관련 증거는 믿을 만한지 등을 장황하게 설명한다. 유우성 사건처럼 쟁점이 많은 중요한 사건의 경우 판결을 선고하는 데만 한 시간 이상 걸리기도 한다. 물론 모든 재판 당사자에게는 자기 사건이 가장 중요한 사건이다. 유우성 사건이 중요하다는 의미는 사회적, 형사법적으로 큰 의미를 가지는 쟁점이 있다는 점에서 중요한 사건이라고 한 것이다. 취재기자들도 많이 들어와 선고를 들었는데

3장 1심 무죄

모두가 이범균 부장판사의 입을 쳐다보았다. 그런데 재판부가 국정원에서 유가려를 고문하고 폭행, 협박, 회유한 것을 인정하지 않았다. 재판부는 국정원 수사관들의 증언을 인용하면서 유가려가 폭행, 협박 및 가혹 행위를 당했거나 세뇌 또는 회유를 받지 않은 상태에서 자유롭게 진술을 했던 사실이 넉넉히 인정된다고 했다. 그리고 불법 구금도 없었다고 했다. 뒤통수를 한 대 맞은 기분이었다. 유우성의 얼굴이 굳었고, 방청석에 있던 신부님, 목사님과 지인들도 어리둥절해하며 그 의미를 변호인단의 표정에서 찾으려고 애쓰는 듯했다. 하지만 나는 애써 무표정을 유지하며 선고에 더 집중했다. 사실 선고를 많이 들어 본 변호사들은 앞에서 불리한 내용이 나오면 뒤에서 이를 뒤집는 논리가 등장하는 경우가 많다는 것을 익히 알고 있다. 유가려의 자백이 자유로운 상태에서 한 것이라 증거능력이 있다고 판단한 것일 뿐 신빙성이 있는지는 아직 판단하지 않았기 때문에 희망을 놓지 않고 기다렸다.

이범균 부장판사는 유가려 진술의 신빙성을 판단하겠다고 말했다. 나는 아직 희망이 있다는 의미에서 유우성의 손을 꼭 잡았다. 그리고 귀를 쫑긋 세웠다. 이범균 부장판사는 유가려의 진술이 가족사진 등 객관적인 증거와 모순되고, 진술을 변경해 일관되지도 않으며, 중국 비자를 받을 수 있는데 두만강을 도강할 이유가 없는 등 객관적인 합리성에도 의문이 있는 진술이라고 보아 신빙성이 없다고 판단했다. 드디어 나는 미소를 지었다. 내 미소를 보고 방청석의 지인들도 안심했다. 유우성의 손을 꼭 잡았다. 이때는 이겼다는 의미로 잡았다. 그 뒤에도 한참 여러 쟁점에 대해 자세히 판결문을 읽던 이범균 부장판사의 입에서 최종적으로 국가보안법 혐의 모두에 대해 무죄라는 말이 나왔다. 그 말이 나오는 순간 옆에 있던 유우성을 봤는데 팔에 무수한 닭살이 돋아 있었다. 잊히지 않는 장면이었다. 사실 나도 너무나 짜릿했다. 유우성은 잠시 뒤 눈물을 흘리기 시작했고, 방청석에서는 박수가 터져 나왔다. 일반적인 경우라면 판사나 법정 경위가 박수 치지 말라고 바로 제지했을 텐데 아무 말 없이 퇴정했다. 유우성은 판사의 등 뒤로 수없이 감사 인사를 했다. 나도 감사의 목례를 했다.

유우성 1심 재판은 결과 면에서는 대승이었다. 그러나 내용 면에서 유가려에 대한 폭행 등을 인정하지 않은 잘못이 있었고, 유우성의 나머지 혐의였던 여권법 위반 등에 대해서는 유죄를 인정하면서 징역 1년에 집행유예 2년을 선고했다. 증인이 고문으로 허위진술을 했다고 주장하면 고문이 없었다는 점을 검사가 입증해야 하는데, 검사는 전혀 입증하지 못했다. 그렇다면 유가려 진술이 적어도 자유로운 상태에서 한 임의성 있는 진술이라고 판단해서는 안 된다. 그런데 그동안 법원은 관행적으로 이런 경우 임의성 있는 진술이지만 신빙성이 없다고 판단해 왔다. 수사기관을 배려한 판단이다. 즉 수사기관이 허위자백을 받아 냈다고 인정하면 검사나 수사관이 범죄자가 될 수 있어 부담스러웠던 것 같다. 그렇더라도 1심 판결은 여러 범죄 중 일부를 유죄로 선고해 검찰의 체면을 세워 주던 기존 관행에서 벗어난 용감한 판결임은 분명했다. 다만 문제가 있는 부분은 항소를 해서 다투기로 했다. 집행유예가 선고되었기 때문에 유우성은 당일 바로 석방될 수 있었다. 보통은 구치소로 돌아간 후 석방되기 때문에 천주교인권위원회 김덕진 사무국장과 유우성의 친구가 서울구치소로 마중을 나갔다.

나는 선고 직후 법정을 나오면서 대기하던 언론사 기자들과 인터뷰를 했다. 무죄를 예상했고, 감사하다고 했다. 유우성 사건을 취재하던 뉴스타파의 최승호 PD는 뒤에 나에게 판사가 국정원의 폭행을 인정하지 않았는데 왜 고맙다고 말하냐고 타박했다. 그러면서도 사건을 힘들게 변호했던 입장이라면 무죄 자체가 더 반가워서 그랬을 것 같다고도 했다. 나도 웃으며 동의했다.

어쨌든 나는 너무 기뻤고 곧바로 중국의 가족들에게 이 소식을 전했다. 유가려도 울면서 기뻐했고, 변호인들에게 감사의 인사를 전했다. 그리고 오빠를 무척 보고 싶어 했다. 우리는 일단 점심부터 먹었다. 그리고 유우성이 나오는 동안 각자 사무실에 복귀해 일을 보다가 민변에 다시 모이기로 했다. 말은 그렇게 했지만 다들 들떠서 금세 다시 민변에 모였고 변

158

호인들도 축하를 받았다. 언론의 취재 요청도 많이 들어왔다. 유우성이 서울구치소에서 곧장 민변으로 왔고 우리는 서로 얼싸안으며 축하의 인사를 건넸다.

　이제부터 유우성은 자유의 몸이 되었다. 다만 중국으로 가서 가족을 만날 수도 없고, 중국에 있는 가족들이 들어올 수도 없는 상황이었다. 유우성은 누구보다도 가족이 보고 싶었을 텐데 전혀 내색하지 않고 항소심 준비를 했다. 재판이 있을 때마다 회의에 참여해 자신의 의견을 개진하고, 필요한 자료를 찾거나 참고인들과 연락을 하는 등 모든 일을 힘든 내색 없이 성실하게 해냈다. 유우성은 참으로 정신력이 강한 사람이다.

반성하지 않는 그들

약자에게 언론 보도는
창이고 방패다

1심 선고 직후 검찰과 유우성 모두 항소했다. 나는 1심에서 국가보안법 혐의가 모두 무죄 선고를 받았기 때문에 2심은 간단하게 끝날 수 있으리라 기대하고 있었다. 보통 1심에서 무죄가 선고된 사건은 항소심에서 검사의 추가 증거 검토 혹은 법리 공방으로 마무리되게 마련이다. 그래서 적어도 1심보다는 신속하고 무난하게 끝나리라 기대했다. 하지만 검찰과 국정원은 달랐다.

한편 2심 첫 재판에서 윤성원 부장판사*를 만난 변호인

■ 윤성원 부장판사는 훗날 양승태 전 대법원장의 사법 농단 사건에 가담한 의혹

단은 당황했다. 윤성원 부장판사는 매우 권위적인 태도로 재판에 임했다. 윤 부장판사는 자신이 정한 시나리오대로 재판하지 않는 것을 싫어한다고 말하며, 유우성과 변호인들에 대한 적대감을 숨기지 않았다. 그러다 보니 미리 서면으로 제출한 의견만 정리하려 했고, 돌발적으로 재판 현장에서 구두 변론하거나 새로운 주장을 펴는 것을 무척 싫어하고 허용하려 들지 않았다. 나는 그동안 다양한 판사들을 만나 봤지만 이렇게 권위적이면서 일방적으로 재판을 진행하는 판사를 만나긴 쉽지 않았다. 원래 그 판사의 성향이 그럴 수도 있지만, 어쩌면 유우성 사건이 이미 언론에 많이 보도되고 변호인이 기자회견을 했던 일들이 전반적으로 판사의 마음에 들지 않았을지도 모른다는 생각이 들었다. 그래서인지 언론의 출입을 막는 비공개재판을 많이 진행했다.

대다수의 판사들은 재판을 하는 도중에 기자회견을 하거나 언론에 보도되도록 하는 일체의 행위를 싫어한다. 물론 여론 재판을 우려하는 판사의 생각을 이해 못 할 바는 아니다. 하지만 판사가 진실을 찾고 법과 양심에 따라 판단하면 여론 재판을 신경 쓰지 않아도 된다. 진실의 토대 위에서 구체적인 정의를 실현하는 것이 법원의 지상 과제인데, 평범한 시민의 입장에서는 어느 것 하나도 법원에 제대로 요구하기가

이 제기되기도 했던 인물이다.

쉽지 않다. 약자의 입장에서 언론 보도는 재판의 공정성을 확보하기 위한 가장 효과적인 공격 수단이자 방어 수단이다.

헌법상 모든 재판은 공개가 원칙이며 공개재판을 받을 권리는 헌법상의 권리이다. 공개재판을 하는 이유는, 누구나 볼 수 있고 자유롭게 재판에 대해 평가할 수 있는 공개된 법정이라면 판사가 공정하게 재판할 것이라는 믿음이 있기 때문이다. 그런데 현실은 재판을 받으러 온 사람들끼리 서로 기다리면서 남의 재판을 방청하는 것이 전부이다. 다시 말해 모두 재판부의 눈치를 보는 사람들이 서로 방청을 하고 있다는 것이다. 당연히 큰 사건이 아니면 언론 취재는 기대할 수도 없다. 그래서 너무 억울한 재판, 법원에 절차적 공정과 결과의 정의를 강력하게 요구해야 할 사정이 있는 재판의 경우 언론의 취재를 요청하기 위해서라도 기자회견을 하게 된다. 사법 약자들이 취할 수 있는 최후의 수단 같은 것이다. 그러니 재판받으면서 약자들이 기자회견을 하거나 언론에 제보하는 것은 공정한 재판을 촉구하는 간절함의 표현이다. 반대로 국정원이나 검찰은 기소하기 전부터 언론에 온갖 뉴스를 뿌려 대며 여론 재판을 다 끝내 놓고 시작하지 않는가. 이에 대해 법원이 검찰에 경고하거나 불편한 심기를 드러낸 적 있는가. 왜 힘없는 시민들이 행사하는 언론의 자유에 대해서만 재판부를 압박한다고 느끼며 불편해하는가. 언론에 취재를 요청하고, 언론이 이에 응해 취재하며, 언론을 접한 국민이 재판의 과정과 결과에 대해 평가하는 것은 공개재판을 받을 권리를 실질적으로 실현하는 효과적인 방법이다.

내가 변호했던 한 사건을 예로 들면, 당시 검찰은 내 SNS에 기재된 글들을 모아 법원에 제출하면서 변호인이 여론 재판을 한다고 주장하기도 했다. 나는 곧바로 검사가 변호사를 사찰한 것이냐고 따져 물었다. 물론 그 사건에 대해 검찰은 충분히 언론에 보도를 하게 한 뒤였다. 결국 검찰의 입장만 일방적으로 보도해야 한다는 주장과 다를 바 없었다. 검찰과 법원이 언론을 상대하는 것과 국민이 언론을 상대하는 것이 다를 이유가 없다. 누구나, 특히 재판을 받는 사람이라면, 어느 일방의 주장이 보도되었을 때 자신의 입장을 대등하게 언론 보도로 내보낼 수 있어야 한다. 재판에서의 방어권 못지않게 언론에서의 방어권도 중요하다.

최근 대장동 사건에서 법조기자 출신 김만배가 전방위적으로 로비를 해 법원, 검찰, 언론이 모두 한편인 것 아니냐는 국민적인 의혹까지 받고 있다. 이런 상황이라면 재판을 받는 사람 입장에서 공정한 재판을 환기시키는 여론 조성이 반드시 필요할 수 있다. 그리고 무엇보다도 재판을 받는 사람이 언론을 이용하지 않더라도 공정한 재판을 받을 수 있다는 신뢰를 회복하는 것이 우선일 것이다.

날조, 품격 없는 언어

2심 재판이 시작되자 무슨 이유에서인지 이시원 검사와 이문성 검사는 유우성의 유죄 입증에 자신감을 보였다. 이문성 검사가 2013년 9월 24일에 제출한 항소이유서에서 "현재 이 사건에서 매우 중요한 의미를 가지는 피고인(유우성)의 출입국 기록을 확보하기 위한 노력을 기울이고 있다"고 했다. 한편 "변호인들이 유가려의 출입국 기록은 발급받아 제출하면서도 피고인의 출입국 기록만 제출하지 않고 있는 상황은 이를 가볍게 평가할 수 없다고 할 것입니다. 검사는 변호인들이 이미 피고인의 출입국 기록을 확보하고도 피고인에게 불리한 내용이 포함되어 있기 때문에 제출하지 않은 것으로 추정하고 있습니다"라고 기재했다. '불리한 내용'이라는 표현이 그들이 꾸미는 일의 복선 같았다. 그러더니 실제 2013년 11월 1일 재판에서 검찰은 유우성의 출입경기록이라는 중국 공문서를 제출했다. 그동안은 유우성이 북한에 넘어가 간첩이 되었다는 것을 입증할 객관적인 증거가 없었는데, 이 기록은 유우성이 진짜 북한에 넘어가 간첩이 되었음을 증명하는 아주 중요한 자료였다. 검사는 이 증거를 제출하면서 변호인과 유우성이 1심에서 거짓말로 여동생을 회유했고, 재판부를 속여 무죄를 받았다고 주장하기 시작했다. 국정원과 검찰이 중국 공문서라는 결정타를 날린 것이고 재판부도 내심 반기는 눈치였다.

매우 당황해야 할 상황이었지만, 사실 나는 크게 당황하지 않았다. 검찰이 위조 증거를 제출할 것을 미리 알고 있었기 때문이다. 1심 선고를 앞둔 어느 날, 양승봉 변호사 사무실에 낯선 남자가 찾아왔다. 30대쯤 되어 보이고 약간 통통한 체격에 선글라스를 썼다. 보통 실내에 들어오면 대부분의 사람들은 선글라스를 벗는데 이 남자는 특이하게 계속 착용하고 있었다. 이름도 밝히지 않고 대뜸 일종의 정보 제공 및 거래를 요구했다. 우리는 이 남자를 선글라스맨이라고 불렀다. 당시 나와 양승봉 변호사는 당황했지만 한편으로는 이 상황이 우스웠다. 선글라스맨은 자신을 국정원과 검찰의 정보원 역할을 하는 사람이라고 소개하며, 중국에서 유우성 사건과 관련해 국정원이 계속 정보원들을 동원해 움직이고 있으니 조심하라고 경고했다. 그러면서 출입경기록만 있으면 유우성의 무고함이 해결되는 문제이니 자신이 구해 주겠다고 했다. 출입경기록만 있으면 된다는 의미는 검찰 공소사실의 전제를 흔들어 버리는 것으로, 유우성이 보위부에 인입(포섭)되었다는 시기에 북한에 넘어가지 않았다는 증거라는 의미이다. 이런 사실은 변호인들 정도만 알고 있는데, 선글라스맨이 그 의미를 알고 있는 것이 수상했다. 국정원이 변호인에게 역공작을 펼치는 것은 아닌지 의심스러웠다. 만약 우리가 마음이 조급해 선글라스맨의 제안을 받아들이면 변호사가 거래를 하려고 했다는 사실을 법원에 공개하려는 속셈이지 않을까 의심을 한 것이다. 그래서 나는 일고의 가치가 없다고 판단하고, 당시 그 제안을 거절했다.

그 뒤 항소심이 시작되자 선글라스맨은 다시 찾아왔다. 이번에는 아주 충격적인 소식을 들고 왔다. 국정원이 중국에서 유우성의 출입경기록을 위조하고 있다는 정보를 알려 주었다. 매우 황당한 이야기지만 비현실적이지도 않았다. 이미 1심 과정에서도 수많은 증거들을 거짓으로 설명하거나 허위 제출하는 방식으로 사실상 위조를 해 왔기 때문이다. 게다가 검찰 역시 자존심에 큰 상처를 입었기 때문에 충분히 그럴 수 있겠다는 의심이 들었다. 그러면서도 설마 국정원과 검찰이 그렇게까지 할까 하는 마음, 국가기관에 대한 일말의 신뢰도 있었다. 그런데 이런 일말의 신뢰마저 모두 깨 버리는 일이 벌어졌다. 검찰이 11월 1일 재판에서 진짜로 위조된 출입경기록을 제출했다.

검찰은 어떤 기록을 어떻게 위조했으며, 그것은 어떤 의미를 갖는가. '출입경기록'이란 중국에서 북한으로 왕래할 때 기록하는 문서인데, 우리나라로 치면 출입국 기록이다.

167면의 그림 중 기록 A는 위조되지 않은 정식 기록이고, 기록 B가 국정원에서 위조한 자료이다. A 기록 3행을 보면 유우성(개명 전 이름 유가강)은 2006년 5월 27일 10시 24분에 북한에서 중국으로 입경(入境)했다. 이때가 유우성이 어머니 장례를 치르고 북한에서 중국으로 돌아온 때이다. 그러니

刘家刚	入境	中国	男	1980-10-26	A019055	2006-06-10-15:17:22	三合	
刘家刚	入境	中国	男	1980-10-26	A019055	2006-05-27-11:16:36		
刘家刚	入境	中国	男	1980-10-26	A019055	2006-05-27-10:24:55		
刘家刚	出境	中国	男	1980-10-26	A019055	2006-05-23-14:54:05		朝鲜

변호인이 제출한 출입경기록

刘家刚	入境	中国	男	1980-10-26	A019055	2006-06-10-15:17:22	三合	
刘家刚	出境	中国	男	1980-10-26	A019055	2006-05-27-11:16:36		
刘家刚	入境	中国	男	1980-10-26	A019055	2006-05-27-10:24:55		
刘家刚	出境	中国	男	1980-10-26	A019055	2006-05-23-14:54:05		朝鲜

검찰이 제출한 출입경기록

연변조선족자치주에서 발급한 유우성의 출입경기록(A)과 검찰이 화룡시에서 발급한 것이라고 제출한 유우성의 출입경기록(B). A의 입경(入境)이 B에서는 출경(出境)으로 바뀌어 있다. (자료제공: 김용민)

정상적으로 입경 기록이 남았다. 문제는 그다음인데, A 기록 2행을 보면 2006년 5월 27일 11시 16분에 북한에서 중국으로 입경한 기록이 또 존재한다. 즉 같은 날 북한에서 중국으로 연속 두 번 입경을 한 기록이다. 그리고 1행에도 2006년 6월 10일 15시 17분에 또 북한에서 중국으로 입경한 기록이 존재한다. 기록이 조금 이상하다. 그러나 이것은 중국의 전산상의 오류로, 비슷한 시기에 출입경을 한 사람들에게 동일하게 나타난 현상이었다. 실제로 유우성과 함께 어머니 장례

4장 반성하지 않는 그들

식을 다녀온 친척들도 동일한 오류가 기록되었고 중국 정부도 오류임을 두 차례나 공식적으로 인정했다. 게다가 2006년 6월 10일은 토요일인데 삼합변방검문소가 오전만 근무하기 때문에 15시 17분에 중국으로 입경할 수 없다는 점도 확인되었다. 결국 유우성의 출입경기록 중 3행에 기록되어 있는 2006년 5월 27일 10시 24분에 북한에서 중국으로 들어온 기록만 사실이고 나머지 두 개의 기록은 오류라는 것이다.

그런데 국정원은 이 기록을 이미 알고 있으면서도 위조했다. 이제 아래의 국정원이 위조한 B 기록을 보자. 2행의 2006년 5월 27일 11시 16분 기록이 입경이 아니라 출경(出境)으로 바뀌어 있다. 그렇게 하면 유우성은 어머니 장례를 마치고 중국으로 입경한 뒤 다시 북한으로 출경했다가 6월 10일 오후에 중국으로 입경한 것처럼 기록된다. 국정원의 위조대로라면 유우성은 어머니 장례식 이후 혼자 다시 북한에 들어갔다가 보위부에 적발되어 고문을 받고 간첩이 된 사실을 입증하는 증거가 된다.

국정원과 검찰로서는 매우 달콤한 유혹이 아닐 수 없었겠지만, 당장에 두 가지 문제가 발생했다. 먼저 유가려는 국정원과 검찰에서 유우성이 어머니 장례식 이후 두만강을 도강해 북한으로 넘어왔다고 진술했는데 이와 배치된다. 증거보전재판에서도 유우성이 도강을 해 옷이 다 젖었다고 증언했다. 즉 이 위조 기록은 유가려의 말이 거짓말임을 입증하는 증거가 되어 버린 셈이다. 또 다른 문제는 유우성 이외의 다른 친척들도 동일하게 오류가 발생했는데, 이 점을 설명할 수 없다는 것이다.

실제로 나는 선글라스맨의 경고도 있었지만 출입경기록의 문제점을 이미 수사 당시부터 유우성에게 들어왔던 터라 친척들의 출입경기록을 확인해 비교하려고 했다. 마침 11월 1일 재판 직전에 친척인 국상걸, 국상지의 출입경기록도 동일한 오류가 있다는 것을 팩스로 받아 보고 확인한 뒤 안심하고 법정에 갔기에 이시원 검사가 기대한 만큼 놀라거나 당황하지 않았다.

한편, 유우성과 유가려는 국정원에서 수사를 받을 때 수사관들이 컴퓨터 출력물인 듯한 출입경기록을 보여 줬는데, "입경, 입경, 입경"으로 이상하게 기록되어 있었다고 분명하게 기억하고 수차례 변호인들에게 말을 했다. 그렇지만 발급자가 누구인지 나와 있지 않은 문건이라 우리도 확인이 어려웠고, 수사 기록에도 편철하지 않고 숨겨서 확인이 불가능했다. 그런데 그것과 다른 기록을 위조해서 제출한 것이다. 다시 말해 국정원과 검찰은 수사 초기에 확보한 컴퓨터 출력물 기록을 이미 봤는데 그것과 다른 기록을 제출한 것이니, 위조를 알고 있거나 직접 위조에 관여했다고 봐야 한다. 나중에 검찰의 증거 조작 사건 수사를 통해 실제로 출력본을 국정원이 비공식적으로 입수한 사실이 밝혀졌다.

나는 이시원, 이문성 검사가 용감하게 제출한 위조 기록을 보고 처음에는 그냥 웃었다. 너무 한심하고 믿기지 않았다. 나는 그 자리에서 재판부에게 위조 출입경기록의 문제점을 지적했다. 나는 검사가 제출한 기록이 공식적으로 받았다는 증거가 없다고 주장했다. 이문성 검사는 공식적인 경로를 통해 구했다고 답변했는데, 실제로는 중국인 협조자가 위조한 문서였다. 게다가 검사들은 이미 대검을 통해 공식적으로 기록을 입수하려고 시도했다가 중국이 거부해 실패했기 때문에 공식적인 경로를 통해 구했다는 말이 거짓임을 알면서 내뱉은 것이다. 특히 이문성 검사는 11월 1일의 재판에서 공식적인 경로를 통해서 받았음을 입증할 자료가 있냐는 재판부의 질문에 "공문이 있습니다"라고 답변했다. 그리고 다음 재판에서 이 공문까지 위조해서 제출했다. 범행을 미리 예고한 셈이다.

11월 1일의 재판이 끝나고 우리는 천낙붕, 장경욱 변호사 사무실인 법무법인 상록에 모였다. 위조 사실을 충분히 밝힐 자신이 있었지만, 검사가 왜 무모하게 위조 증거를 제출했는지 계속 의구심이 들었다. 혹시 함정이 아닐까. 너무 쉽게 들통날 위조를 왜 했을까. 특히 유우성은 국정원 수사 초기부터 출입경기록을 근거로 추궁받을 때 보았던 기록이 오류가 있다고 누누이 말해 왔다. 나는 출입경기록이 이상하게 기록되어 있다는 사실을 수사 단계에서부터 듣고 알고 있었고 국정원과 검찰이 그 기록에 근거해 유우성을 간첩으로 몰고 간

남편과의 통화녹음 CD 및 녹취록도 마찬가지로 부동의합니다. 다만 이렇게 통화가 가능하므로 아마 직접 통화한 것 같은데 그 부분의 입증취지가 파연 무엇인지 궁금합니다. 그리고 나머지 부분도 부동의하겠습니다.

검 사 이문성

석○○의 남편은 탈북하지 않고 북한에 남아있는 것으로 알고 있습니다.

변호인 변호사 김용민

석○○는 재복 남편이 있는데 북한과 통화가 되었다는 얘기입니다.

재판장

검사들에게

유가강의 북한-중국 출입경기록은 출처가 어디인가요.

검 사 이문성

중국 화룡시 공안국 출입경관리파로부터 받았고, 왜 화룡시 공안국으로부터 발급을 받았느냐 하면 횡명지역과 중국의 통로인 삼합교두를 판할하는 데가 화룡시 공안국이어서 검찰은 1심에서부터 중국당국에 다양한 경로로 피고인의 출입경기록을 계속 요청하였고, 그래서 화룡시 공안국으로부터 유가강의 출입경기록을 발급받았습니다. 더군다나 이 출입경기록은 화룡시 공안국으로부터 발급받았다는 것을 화룡시 공증처에서 확인공증까지 받았습니다.

재판장

검사들에게

공식적인 루트를 통해서 받은 것인가요, 사적인 루트를 통해서 받은 것인가요.

검 사 이문성

공식적인 루트를 통해서 받았습니다.

재판장

검사들에게

공식적인 루트를 통해서 받았다는 자료가 있나요

검 사 이문성

공문이 있습니다.

재판장

2013년 11월 1일 재판 공판조서 부분 (자료제공: 김용민)

것이 아닐까 의심도 했었다. 어쨌든 유우성과 변호인들이 국정원이 쥐고 있는 출입경기록의 존재를 알고 있는데, 이를 과감하게 위조한 것이 이해가 되지 않았다. 모종의 치밀한 계략이 있을지도 모른다는 나의 이런 의구심은 기우에 불과했다. 그동안 국정원은 조작을 해도 들키지 않았고, 설령 들켜도 한참 뒤에 재심을 통해 밝혀지기 때문에 아무도 처벌받거나 책임지지 않았다. 국정원 수사관은 그런 관행이 있기에 조작하는 데 자신감이 있었고 중국인 협조자에게도 만약에 들켜도 처벌받지 않는다고까지 말을 했다.

나는 위조된 문서의 발급처인 중국 연변주 화룡시 공안국에 찾아가 위조 여부를 확인하기로 했다. 그런데 변호인들은 당장 재판 준비가 급선무라 중국으로 찾아갈 상황이 못되었다. 그래서 중국에 있는 여동생 유가려에게 조사를 부탁했다. 나는 평소 알고 지내던 중국 변호사에게 자문을 구한 후, 유가려에게 방문해야 할 곳과 어떤 질문을 해야 하는지, 확인서를 받을 수 있다면 받아서 공증하는 절차까지 세세하게 안내했다. 한편 나는 유가려 혼자 보내는 것이 걱정되어 중국에 있는 지인들과 동행하도록 했고, 객관성을 담보하기 위해 뉴스타파 기자와 한겨레 허재현 기자에게도 동행 취재를 부탁했다. 이들은 화룡시 공안국과 연변조선족자치주 공안국, 삼합변방검문소를 방문했다. 문서를 발급한 기관으로 기재된 화룡시 공안국은 유우성의 출입경기록을 발급할 주체가 아니라고 했고, 연변조선족자치주 공안국에서 발급한다고 답했다. 연변조선족자치주 공안국의 담당 공무원은 검사가 제출한 서류를 발급해 준 적이 없고 위조된 문서라고 분명하게 답했다. 삼합변방검문소에서는 유우성의 출입경기록에 전산상 오류가 있다는 점을 확인해 주었고, 확인서까지 작성해 주었다. 이러한 전 과정을 녹음, 녹화했고 서류에 대해서는 공증까지 받았다. 사실 매우 험난하고 어려운 일이었지만 유가려로서는 오빠에 대한 마음의 짐을 어느 정도 내려놓을 수 있는 순간이었다. 유가려가 확보한 증거를 토대로 나는 재판에서 위조 주장을 하기 위한 준비를 시작했다. 단순히 의견서를 제출하는 수준을 넘어 촬영한 영상까지 틀기 위해 프레젠테이션 자료를 만들었다. 그리고 매우 중요한 주장이기 때문에 공개재판으로 모든 언론이 지켜보는 곳에서 제대로 설명하겠다고 벼르고 있었다.

한편 나는 내심 검사가 혹시 증거를 철회할까 봐 오히려 조마조마하며 조용히 위조를 입증할 증거를 수집했다. 그리고 검사들에게 공소장을 변경하라고 약을 올렸다. 검사가 제출한 위조 증거대로라면 유우성은 두만강을 도강해 북한에 간 것이 아니라 통행증으로 당당하게 들어간 것이니 공소장도 그렇게 변경하라고 주장했다. 검찰이 공소장을 변경하면 그건 유가려 진술의 신빙성을 스스로 부정하게 되는 것이라 전체 판을 흔들 생각이었다. 결국 검찰은 마지못해 공소장을

173

변경했다.

그런데 검찰은 출입경기록 위조가 밝혀진 이후에 공소장을 변경했기 때문에 위조한 출입경기록대로 변경하지도 못하고, "불상의 방법으로" 북한으로 들어갔다고 변경했다. 위조한 출입경기록대로라면 통행증으로 북한에 갔다고 변경해야 하는데 그러지 못한 것이다. 검찰에게는 이러지도 저러지도 못하는 아주 굴욕적인 상황이었다. 그러나 누구를 원망할 것인가. 스스로 자초한 상황이다. 결과적으로 검찰이 변경한 공소장인 불상의 방법으로 북한에 갔다는 것은 공소사실이 특정되지도 않았고, 이를 뒷받침하는 증거도 없어 인정될 수 없는 사실이었다.

의문의 선글라스맨은 그 후 자주 사무실에 찾아왔는데 양승봉 변호사는 선글라스맨이 변호인 측 분위기를 염탐하러 온 것이라 생각하고, 위조 증거에 대응 방안을 찾기 어렵다며 계속 걱정하는 척했다.

1심 무죄 선고 이후에 유우성은 본인의 출입경기록을 따로 발급받았다. 1심에서는 유우성이 구속되어 있어 발급 시도조차 못 했는데, 무죄를 선고받아 자유의 몸이 되니 이런 증거 수집도 가능해진 것이다. 유우성이 발급받은 정식 출입경기록에는 역시 다른 친척들과 동일하게 "입경, 입경, 입경"이라는 오류가 기재되어 있었다. 즉 뒤에 기재된 두 개의 입경기록은 모두 실제와 무관한 잘못된 기록이다. 이는 중국 정부 그 후 피고인은 중국 길림성 연길시에 있는 외당숙 국상걸의 집에 머물다 북한에 있는 가족들이 걱정되어 <u>두만강을 도강하는 방법으로</u> 다시 입북할 것을 결심하고, 2006. 5. 하순경 북한에 있는 부 유진룡에게 전화연락한 후 북한 함북 회령시 소재 뱀골초소 인근 건너편 두만강을 중국측에서 북한측으로 도강하여 북한으로 제차 탈출하여, 뱀골초소 인근 두만강 기슭에서 대기하고 있던 부 유진룡과 접촉하여 북한 집으로 이동하여 체류하였다.

그 후 피고인은 남겨 둔 아버지와 여동생이 걱정되어 다시 <u>불상의 방법으로</u> 북한 함북 회령시 성천동에 있는 피고인의 집으로 가 체류하던 중 제차 입북한 지 이틀이 지난 날 오전 회령시 보위부 소속 보위부원에게 체포되면서 가택수색을 당한 후 피고인의 부 유진룡 및 여동생 유가려와 함께 회령시 보위부 조사실에 수용되어 조사를 받고 탈북자 신분으로 위장하여 대한민국에 정착하게 된 사실을 진술하였으며, 피고인은 당시 회령시 보위부 반탐과장으로 있던 김철호로부터 보위부 공작원 활동을 제안받고, 이를 승낙하였다.

위　　　검찰의 변경 전 공소장. "두만강을 도강하는 방법으로"
아래　　검찰의 변경 후 공소장. "불상의 방법으로"
　　　　(자료제공: 김용민)

가 자신의 실수를 공식적으로 확인하고 인정한 사실이다.

검사는 출입경기록 위조라는 사상 초유의 사실을 감추기 위해 2013년 12월 5일, 다시 위조된 문건을 증거로 제출했다. 직전 재판에서 공문이 있다고 장담한 바로 그 문건이다. 이쯤 되면 정상적인 국가기관이 아니라 범죄 집단이라고 해야 한다. 실제로 장경욱 변호사가 재판 도중 검사들에게 범죄자들이라고 발언해 소란이 일기도 했지만 속 시원한 일갈이었다.

검사가 제출한 두 번째 위조 문건은 출입경기록의 발급처로 기재되어 있던 화룡시 공안국 명의의 확인서이다. 이 확인서는 화룡시 공안국에서 유우성의 출입경기록을 정식으로 발급했다는 취지의 문건이다. 이문성 검사가 11월 1일 재판에서 말한, 정식 발급을 입증할 바로 그 공문이다. 그런데 이 확인서도 위조다.

검사가 재판 전날인 2013년 12월 5일에 두 번째 위조 문건을 제출했기 때문에 나는 그 위조 문건 제출을 알지 못한 채 12월 6일 재판을 진행했다.＊ 나는 증거 위조를 설명하는

＊ 통상 변호사가 법원에 제출하는 의견서나 증거는 2부를 제출해 검사에게도 주도록 한다. 그런데 검사가 제출하는 문건은 1부만 제출하기 때문에 변호사는 법원에 따로 복사를 신청해서 받아 봐야 한다. 그래서 검사가 문건을 제출하면 변호사는 한참 뒤에 복사해서 볼 수 있다. 이것은 방어권 행사에 큰 지장을 초래하기 때문에 훗날 내가 참여했던 대검찰청 검찰개혁위원회에서 검사도 2부를 제출하라는 제도 개선 권고를 했다. 이후 대검에서 관련 규정을 개정했으나 여전히 실무에서는 검사들이 잘 모르고 있거나 알아도 제대로 지켜지지 않고 있다.

C185

2013039

大韩民国驻沈阳总领事馆:

　　和龙市公安局贵馆致意，大韩民国驻沈阳总领事馆发的 KSY-2013-0995 号照会相关事宜，本局确实发给了中国公民刘家刚（男，1980 年 10 月 26 日出生，证件号码：A019055.148757769）的出入境记录查询结果（2013 年 9 月 26 日）。

　　顺致敬意。

2013 年 11 月 27 日

검사가 제출한 두 번째 위조문서인 화룡시 공안국 명의의 확인서
(자료제공: 김용민)

프레젠테이션을 열심히 준비해 갔다. 윤성원 부장판사에게 위조에 대한 프레젠테이션을 준비했으니 하게 해 달라고 수차례 간청했다. 판사는 자신이 정한 시나리오에 없는 내용이라며 거부했다. 재판은 법정에서 변호인이 구두 변호를 하는 것이 원칙이나 시간상 서면으로 대체하는 것이므로 변호인 의견을 구두로 설명하는 것을 판사가 막을 이유가 없다. 정말 최악의 판사였다.

변호인과 유우성이 계속 변론의 필요성을 강조하자 재판부는 마지못해 프레젠테이션을 허용했으나 검사의 요청대로 비공개로 진행하겠다고 결정했다. 조작을 숨기려는 자들의 발버둥이었고, 재판부는 너무도 쉽게 검사의 요청을 받아들였다. 비공개 결정은 유우성의 공개재판을 받을 권리를 실질적으로 침해하는 결정이었다. 나는 즉시 이의신청을 했으나 결국 비공개 상태로 프레젠테이션을 진행했다. 그러나 프레젠테이션에서 검사가 제출한 증거가 위조되었다는 중국 공안국 공무원들의 진술이 나오자 재판부도 매우 놀라는 표정이었다.

나는 결론 부분에서 검사와 국정원의 위조 증거 제출 행위는 국가보안법 제12조 제1항의 증거 날조 행위에 해당한다고 언급했다.[■] 당연히 이시원, 이문성 검사는 매우 당황했다.

[■] 국가보안법 제12조(무고, 날조) ① 타인으로 하여금 형사처분을 받게 할 목적으로 이 법의 죄에 대하여 무고 또는 위증을 하거나 증거를 날조·인멸·은닉한 자는 그 각조에 정한 형에 처한다. ② 범죄수사 또는 정보의 직무에 종사하는

그러나 재판부가 엉뚱한 반응을 보였다. 사실 중국 공무원이 서류가 위조됐다는 발언을 한 동영상까지 공개했다면 검찰을 추궁하는 게 당연한 일인데, 윤성원 부장판사는 나를 보면서 혀를 찼다. 이게 무슨 반응인가 했더니, 갑자기 자신의 신성한 법정에서 날조라는 표현을 써서 너무 슬프다고 했다. 같은 법조인들끼리 품격 있는 언어를 써야 하는데, 날조라고 표현해 자신이 슬프다는 것이다. 너무 황당했다. 나는 즉시 날조라는 표현은 국가보안법에 나와 있는 법률 용어라고 했으나 내 말을 들으려고도 하지 않았다. 윤성원 부장판사도 검찰이 잘못했다고 판단했을 가능성이 높은데, 검사들 체면을 세워주기 위해 나에게 면박을 준 것이라고 최대한 좋게 해석해 봤다. 그렇더라도 변호인이 법률적 주장을 하는 것에 대해 판사가 자기 마음에 들지 않는다고 비법률적인 지적을 하는 것은 도를 넘은 것이다. 윤 부장판사는 내심 검찰의 위조 증거를 그대로 믿고 유죄 판결을 하고 싶었던 것 같았다. 나는 정말 이해가 안 되어 화가 나 있었고, 재판이 끝나고 변호인들에게 위로주를 얻어 마셨다.

한편, 이시원 검사는 내 프레젠테이션이 끝나자 얼굴이 흙빛으로 변해 자기 입으로 비밀을 폭로해 버렸다. 이시원 검

공무원이나 이를 보조하는 자 또는 이를 지휘하는 자가 직권을 남용하여 제1항의 행위를 한 때에도 제1항의 형과 같다. 다만, 그 법정형의 최저가 2년 미만일 때에는 이를 2년으로 한다.

人员姓名	出入境识	国家地区	性别	出生日期	证件类别	证件号码	出入时间	出入口岸	前往
刘家刚	入境	中国	男	1980-10-26		A019055	2006-06-10 15: 17: 22	三合	
刘家刚	入境	中国	男	1980-10-26		A019055	2006-05-27 11: 16: 36		
刘家刚	入境	中国	男	1980-10-26		A019055	2006-05-27 10: 24: 56		
刘家刚	出境	中国	男	1980-10-26		A019055	2006-05-23 14: 54: 06		朝鲜
刘家刚	入境	中国	男	1980-10-26	普通护照	148757769	2004-03-16 10: 44: 26	三合	
刘家刚	出境	中国	男	1980-10-26	普通护照	148757769	2003-12-29 15: 14: 54	三合	朝鲜
刘家刚	入境	中国	男	1980-10-26	普通护照	148757769	2003-12-16 11: 04: 58	三合	
刘家刚	入境	中国	男	1980-10-26	普通护照	148757769	2003-09-15 14: 51: 08	三合	
刘家刚	入境	中国	男	1980-10-26	普通护照	148757769	2002-11-30 10: 38: 26	三合	
刘家刚	出境	中国	男	1980-10-26	普通护照	148757769	2002-08-13 17: 15: 52	三合	朝鲜
刘家刚	入境	中国	男	1980-10-26	普通护照	148757769	2002-07-25 11: 34: 43	三合	
刘家刚	出境	中国	男	1980-10-26	普通护照	148757769	2002-04-29 15: 20: 49		朝鲜
刘家刚	入境	中国	男	1980-10-26	普通护照	148757769	2002-04-11 10: 57: 48		

수사 초기인 2012년 11월경에 비공식적으로 확보한 출입경기록 전산 출력물
(사진제공: 김용민)

사는 유우성의 출입경기록을 수사 단계에서 제시했다는 사실을 자기도 모르게 인정한 것이다. 유우성과 유가려는 수사 단계에서 수사관들이 컴퓨터 출력물인 듯한 출입경기록을 계속 보여 주면서 추궁했다고 여러 번 주장했다. 그것이 바로 몰래 취득한 기록이었고 수사 기록에서도 숨겼던 것인데, 이시원 검사가 알고 있었다고 실토해 버린 것이다. 즉 위조된 출입경기록을 해명하다가 수사 초기 몰래 받아 둔 출입경기록이 있다는 것을 실토했다. 이시원 검사가 공판에서 한 답변을 그대로 옮겨 본다.

"두 번째 입경 기록 부분에 대해서는 수사 기록에 이미

공개된 것이기 때문에 수사 단계에서 피고인 유우성에게 이 내용의 자료가 제시되면서 수사가 이루어졌다는 것은 맞지만……."

거짓말을 나열하다 진실을 폭로해 버렸다. 이시원 검사의 답변대로면 국정원이 위조해 온 출입경기록의 내용이 다르기 때문에 검사들도 위조를 알았다는 자백과 다름없다. 이시원 검사는 자신의 실수를 뒤늦게 알아차렸지만 이미 기록이 남은 상태였다.

그들의 숨소리 말고는
믿기 어렵다

검찰은 2013년 12월 18일, 세 번째 위조 증거를 법원에 제출했다. 세 번째 위조 서류는 삼합변방검문소가 작성한 답변서였다. 검사들이 이렇게 막 나가도 되는 건지, 이제는 내가 두려워질 지경이었다. 1심에서부터 수많은 거짓말이 들통났는데도 아직도 거짓말을 하고 있고, 세 번째 거짓 증거까지 제출하다니, 이시원·이문성 검사의 입에서 나오는 것은 이제 숨소리 말고는 다 믿기 어렵다.

검사들이 제출한 위조 서류는 변호인단이 먼저 제출한 국경 지대 삼합변방검문소가 작성한 상황 설명서(확인서)에 대한 반박 서류였다. 변호인단이 제출한 서류는 유우성(개명 전 이름 유가강)의 출입국 기록을 조회한 결과 2006년 5월 23일 출국과 2006년 5월 27일 10시 24분의 입국은 정확한 기록인데, 그 이후에 등장하는 2006년 5월 27일 11시 16분 입국과 2006년 6월 10일 15시 17분 입국 기록은 시스템 업그레이드 당시 프로그램 오류로 인해 발생한 틀린 기록이라고 확인해 준 문서였다. 유우성의 입장을 그대로 확인해 주는 문건이었다.

검사가 제출한 서류는 이 상황 설명서를 반박하고 오히려 변호인이 제출한 문건이 위조되었다는 역공을 펼치는 문서였다. 검찰의 위조문서에는 변호인이 제출한 상황 설명서가 결재자의 인증을 받지 않은 문건이고, 유우성의 출입국 기록에서 발견된 착오는 작업인의 입력 착오일 가능성이 크다고 기재되어 있다. 얼핏 보면 검사가 외교 라인을 동원해 발급받아 온 문건처럼 보여 변호인의 문건보다 더 신뢰성이 간다고 할 수 있다. 검사는 이것을 노렸다.

변호인단은 대책 회의를 열고 위조 증거와 검사의 의견서를 찬찬히 살펴보면서 문건 자체에 남아 있는 몇 가지 위조의 증거를 찾아냈다. 나는 어떻게 이렇게 허술하게 위조를 하고, 또 그렇게 당당하게 법원에 제출하면서 판사를 속일 수 있는지, 검사의 범죄 무감각성에 다시 한 번 치를 떨었다. 검사가 제출한 위조문서는 그 자체로 몇 가지 중요한 문제점이 있었다. 이것은 중국에서 위조를 확인해 주기 전 변호인들이 유가강의 출입국 기록을 조회한 결과가 그의 소지한 증서는 중화인민공화국국민출입국통행증(을종)이고, 통행증번호는 A019055 이며, 2006 년 5 월 23 일부터 6 월 10 일까지의 기간에 당 삼합항구를 통한 출입국기록은 한번 출국과 세번 입국임. 그중:

2006 년 5 월 23 일(14:54:05) 출국.

2006 년 5 월 27 일(10:24:55) 입국. 이 두번의 기록은 정확한 기록임.

2006 년 5 월 27 일(11:16:36)과 2006 년 6 월 10 일 (15:17:22)의 두번의 입국 기록은 확실히 매사 시스템 (변방검사정보시스템) 업그레이드 시 컴퓨터 프로그램으로 인한 틀린 기록입니다.

1. 삼합변방출입국관리사무소의 결재 없이 발급된 <상황설명>이다. 또한 결재자의 인증을 받지 않았다.

2. 유가강의 출입국기록에서 발견된 착오는 작업인의 입력착오일 가능성이 가장 크다. 왜냐하면 2006년 삼합변방출입국관리사무소에 출입한 인원이 많지 않아 유가강이 입국후 한시간이 채 지나지 않아 다시 출국하는 과정에서 입국통로로 출국을 하였기 때문에 '출' 과 '입' 기록이 바뀌었을 가능성이 매우 큽니다.

위   변호인이 제출한 삼합변방검문소 상황 설명서
아래   검사가 제출한 세 번째 위조문서
       (자료제공: 김용민)

문서 자체로 찾아낸 위조의 증거들이었다. 검사들은 3개의 위조문서를 제출하면서 각 위조문서별로 1개의 문서를 제출한 것이 아니라 서로 다른 2개의 버전을 제출해 그 허술함이 들통났다.

우선, 검사들은 위조된 출입경기록을 제출한 뒤 변호인의 위조 주장에 반박하면서 갑자기 다른 버전의 출입경기록을 제출했다. 분명히 공식적인 외교 라인을 통해 입수했다고 했는데, 같은 날에 발급된 문서임에도 불구하고 두 기록의 도장의 위치가 달랐다. 검사들은 설마 우리가 모를 것이라 생각한 것일까. 결과적으로 2개 버전의 위조 출입경기록을 제출함으로써 검찰 스스로 주장의 신빙성을 훼손한 것이다.

다음으로, 두 번째 위조문서인 화룽시 공안국 명의의 회신문 역시 위조 정황을 쉽게 발견했다. 이 역시 두 번을 제출하면서 서로 다른 두 개의 문건을 제출했는데, 두 문건의 상단에 기재된 팩스 번호가 달랐다. 문건에 팩스 번호가 기재된 것은 화룽시 공안국에서 회신문을 작성해 심양총영사관에 팩스로 보냈기 때문이라는 설명이었다. 사실 팩스 번호는 기록의 상단에 기재되어 있어 기록철이 두꺼운 경우 보이지 않는 곳이라 이를 비교하기 쉬운 일이 아니었는데, 꼼꼼하게 살피다 보니 내 눈에 들어왔다. 게다가 검찰이 화룽시 공안국 공식 팩스 번호라고 강조했기 때문에 살펴보게 되었다.

나는 팩스 번호에서 놀라운 사실을 발견했다. 12월 5일

검사가 제출한 두 개의 출입경기록. 같은 날에 발급한 문서인데 도장의 위치가 확연히 다르다.

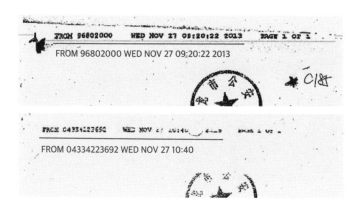

검찰에서 제시한 2종의 화룡시 공안국 회신문. 12월 5일에 제출한 것(위)과 12월 13일에 제출한 것(아래). 서로 다른 팩스 번호가 기재되어 있다. (자료제공: 김용민)

에 제출한 문건의 팩스 번호는 "96802000"으로 기재되어 있는데, 이 번호를 검색해 보니 피싱 사이트, 음란 사이트 등에서 사용하던 번호였다. 황당했다. 팩스를 보낸 시간은 09시 20분으로 기재되어 있었다. 그 뒤 검사가 12월 13일에 다시 제출한 문건의 팩스 번호는 "04334223692"로 화룽시 공안국 팩스 번호가 맞았다. 한편 팩스를 보낸 시간은 앞선 문건과 달리 10시 40분이었다. 두 번째 위조문서인 화룽시 공안국 명의의 회신문을 누군가 팩스로 보냈는데, 두 번 보낸 것이었다. 위조의 증거였다.

한편 팩스를 보낼 때 보내는 사람이 번호를 지정할 수 있기 때문에 나는 화룽시 공안국 대표 팩스 번호를 기재해 내 사무실에서 양승봉 변호사 사무실로 "가짜 화룽시 공안국"이라 기재한 문서를 팩스로 보내 보았다. 당연히 화룽시 공안국 대표 팩스 번호로 잘 수신이 되었다. 우리는 이를 증거로 제출했다. 나중에 수사를 통해 확인된 사실은 국정원 직원이 팩스를 보내는 앱을 다운받아 자신의 집에서 팩스를 보냈는데, 팩스 번호가 화룽시 공안국 번호가 아니라 깜짝 놀라 다시 보낸 것이라고 했다. 나의 추측이 맞았던 것이다. 어찌 되었든 이렇게 허술하게 위조를 했고, 검사들도 급했던지 마구잡이로 위조 증거를 제출해 온 것이다.

이런 중대한 오류 이외에도 중국 공문서인데 어법이 틀렸다거나 화룽시 공안국에 없는 부서 명칭이 기재되어 있는 등의 오류를 찾아냈다. 위조문서에는 '출입경관리과'라고 기재되어 있으나 실제 화룡시 공안국에는 '출입경관리대대'가 존재할 뿐 '출입경관리과'는 없었다. 변호인들과 유우성은 함께 머리를 맞대고 눈이 빠져라 기록을 꼼꼼하게 뒤지고, 중국어 어법이 틀린 부분도 찾아냈다. 나는 2013년 12월 20일 재판에서 새로 발견한 위조 정황에 대해 다시 프레젠테이션을 하려고 준비했다.

한편 재판부에 검사가 제출한 서류가 위조된 것인지 중국에 사실조회를 하겠다고 신청했다. 변호인단은 유우성과 함께 재판을 준비하는 내내 대책 회의를 했는데, 검찰의 속셈을 알기 어려워 긴장된 순간들을 보냈다. 검사가 제출한 문건들이 위조가 분명하고, 우리가 제출한 문건은 여동생이 직접 발급받은 것이라 자신 있었지만 이를 객관적으로 입증할 방법을 찾기 쉽지 않았기 때문이다. 다행인 것은 재판부도 변호인단의 추가 설명을 듣고 이제는 헷갈려 하는 눈치였다. 가장 좋은 방법은 중국 정부에 직접 물어보는 것이다. 즉 중국에 사실조회를 신청해 위조 여부에 대한 답변을 듣는 것이다. 아주 당연하고 단순한 방법 아닌가. 하지만 사실 우리는 이 방법에 회의적이었다. 두 가지 이유에서였다. 첫째, 기존 사건에서도 중국이 회신을 해 준 적이 거의 없어 시간만 끌 가능성이 높다. 둘째, 그 무렵 박근혜 대통령이 중국을 방문해 한국 정부와 중국의 관계가 좋아 국정원 혹은 정권 차원에서 중국에 허위 답변을 유도할 가능성이 있다고 의심했다. 그러나 나는 변호사로서의 평소 지론대로 '판단하기 어려울 때는 원칙대로' 사실조회를 신청해 보자고 했다. 변호인단은 고심 끝에 사실조회를 신청하기로 결정했다.

그런데 사실조회 신청도 쉽지 않았다. 재판에서 검사가 반대했기 때문이다. 검사는 공문이 존재하는데 그걸 믿지 못한다는 변호인 주장이 잘못되었다고 하면서 회신에 시간이 많이 걸리기 때문에 사실조회를 하지 말자고 했다. 게다가 변호인들이 증거를 수집하는 과정 때문에 중국 공안에서 분노하고 있고, 중국이 북한과의 특수한 관계 때문에 이도 저도 아닌 결론을 회신할 가능성이 있다고 덧붙였다. 그러나 중국 공안의 분노는 검찰과 국정원에 대한 분노였다.

검사가 반대하니 더더욱 위조에 확신이 들었다. 그래서 나는 사실조회 필요성을 강력하게 주장했고 결국 이시원 검사도 동의를 해 재판부도 사실조회를 받아들였다. 대신 윤성원 부장판사는 내가 준비해 간 자료를 중국 측의 사실조회 회신이 오면 그때 프레젠테이션하라고 했다. 사실조회 회신과 무관하게 이미 검사들이 제출한 증거 자체로 문제점이 있었고, 그에 대해 사전에 변호인 의견서까지 제출했음에도 불구하고 이를 뒤로 미룬 것이다. 나는 결국 준비한 자료를 2014년 3월 15일 청계광장에서 대국민설명으로 대체했다.

한편 검찰도 재판 3일 뒤인 12월 23일 사실조회를 신청

2014년 3월 15일, 민변이 주최한 〈국정원과 검찰의 간첩 증거조작 사건 설명회〉에 참
석한 유우성과 민변의 변호사들. 이날 설명회에는 이번 사건의 피고인 유우성과 김용
민 변호사 등 변호인단, 뉴스타파 최승호 PD 등이 참석했다. 상단 사진 왼쪽부터 박
주민 변호사, 최승호 PD, 유우성 씨, 장경욱 변호사, 양승봉 변호사. 하단 사진 김용민
변호사 (사진제공: 연합뉴스[상], 김용민[하])

했는데, 변호인이 제출한 서류들이 위조인지 여부를 중국에 질문했다. 우리는 검사가 제출한 서류가 위조인지 물어봤으니 결국 누구의 문서가 위조문서인지를 중국에 질의한 것이다. 이제 공은 중국 정부로 넘어갔다. 사실 나는 중국에서 회신할 것이라 전혀 기대하지 않았고, 추가 증거를 확보할 방법을 찾고 있었다.

이와 별도로 변호인단과 유우성은 상의 끝에 위조 사건을 그냥 넘어갈 수 없다고 판단해 고소를 하기로 결정했다. 하지만 아직은 누가 위조를 했는지 특정할 수 없어서 2014년 1월 6일경 '성명불상자'를 증거 조작 혐의인 국가보안법 위반으로 고소했다. 물론 우리는 이시원, 이문성 검사가 수사 대상이라고 판단했기 때문에 검찰이 아닌 경찰청에 고소했다.

2014년 2월 5일이 선고 예정이었으나 중국에서 사실조회 회신이 오지 않아 선고를 연기했다. 재판부에서 먼저 연락이 왔다. 사실조회 회신도 안 왔지만 곧 재판부 변동도 있을 예정이니 선고를 연기하겠다는 것이었다. 변호인단은 긴급회의를 했다. 사실조회가 언제 올지도 모르는 일이고, 그래도 증거 조작의 변론을 직접 들은 판사들이 판단하는 게 더 낫지 않을까 생각했다. 물론 재판부를 믿었던 것은 결코 아니었으나 새로 올 재판부가 더 나을 것이라는 보장도 없고 직접 우리에게 설명을 들은 판사에게 판단받는 게 좋겠다는 생각이었다. 하지만 재판부는 이를 받아들이지 않고 선고를 연기했

中华人民共和国大使馆

中华人民共和国驻大韩民国大使馆领事部向首尔市高等法院致意，并谨就贵院2013노2728违反国家保安法（间谍）案所询文书真伪情况答复如下：

一、经中国有关部门调查，刘家刚时护神师提交的延边朝鲜族自治州公安局出具的《出入境记录查询结果》、三合边境检查站出具的《情况说明》两份材料内容属实，文书真实合法，检方提交的和龙市公安局《出入境记录查询结果》、二合边防检查站出具的《关于刘家刚出入境（情况说明）一事的答复》及和龙市公安局致大韩民国驻沈阳总领馆公文等三份文书均系伪造。

二、韩国检方出具的公文涉嫌伪造中国机关公文、印章，涉嫌刑事犯罪行为。中方将依法进行调查。希协助向我方提供详细的伪造文书来源，以便追究犯罪嫌疑人刑事责任。

顺致敬意。

中华人民共和国驻大韩民国大使馆领事部
2014年2月13日

[번역문]

서울고등법원:

중화인민공화국주대한민국대사관 영사부는 서울고등법원에 경의를 표하며, 귀 법원으로부터 송달받은 사건번호 2013노2728 국가보안법위반(간첩)등에 대한 사실조회서를 통해 요청하신 서류의 진위 여부에 대해 아래와 같이 회신하여 드리는 바입니다.

1. 중국의 관련기관을 통해 조사한 바에 따르면, 유가강의 변호인이 제출한 연변조선족자치주 공안국에서 발급된 《출입경기록조회결과》와 삼합변방검사참에서 발급된 《정황설명서》의 내용은 모두 사실이며, 이 두 문서는 합법적인 정식 서류입니다. 검사측에서 제출한 화룡시 공안국의 《출입경기록조회결과》와 삼합변방검사참의 《유가강의 출입경기록 《정황설명서》에 대한 회신》 및 화룡시 공안국이 심양 주재 대한민국총영사관에 발송한 공문 등 3건의 문서는 모두 위조된 것입니다.

2. 한국 검찰측이 제출한 위조공문은 중국 기관의 공문과 도장을 위조하여 형사범죄 혐의를 받게 되며, 이에 대해 중국은 법에 따라 조사를 진행할 것입니다. 범죄 피의자에 대한 형사 책임을 규명하고자 하오니, 위조 문서의 상세한 출처를 본 부에 제공해 주실 것을 협조 부탁드립니다.

다시 한번 송고한 경의를 표하는 바입니다.

중화인민공화국주대한민국대사관영사부
2014년 2월 13일

중국 정부가 주한 중국 대사관을 통해 2014년 2월 13일에 보낸 사실조회 회신문 원본 (사진제공: 김용민)

다. 실로 운명의 순간이었고, 나중에 가슴을 크게 쓸어내렸다. 왜냐하면 일주일 뒤에 중국 정부로부터 사실조회 회신이 왔기 때문이다.

나는 2월 14일에 사실조회 회신문을 받았는데, 검찰이 제출한 모든 서류가 위조되었다는 답을 들었다. 회신이 왔다는 소식 자체도 믿기지 않았는데 그 내용마저 진실에 부합하게 왔다는 것에 모두 놀랐다. 양승봉 변호사와 나는 어안이 벙벙해져서, 이거 정말 큰일이 벌어진 것 같다고 했다. 너무 큰일이 벌어져 현실감이 떨어졌다. 그래서인지 나는 앞으로 어떤 일들이 전개될지 막연하기만 했다. 우선 당장 눈앞에 일이 하나 벌어졌다. 중국에서 회신문이 왔다는 사실을 알게 된 『경향신문』 기자가 단독 기사를 내겠다고 했다. 변호인단은 급히 회의를 해 특정 언론사의 단독 보도가 아니라 긴급 기자회견을 통해 전체 언론사가 다룰 수 있게 해야 한다고 결정했다. 그래서 긴급 기자회견을 하기로 했고, 장소는 법원 기자실로 정했다. 사실 그동안은 민변 회의실이나 법원 앞 삼거리 등에서 기자회견을 했지 법원 기자실에 찾아가서 한 적은 없었다. 법원 기자실로 잡은 이유는 그날이 금요일 오후인 데다 밸런타인데이였기 때문에 민변으로 기자들이 거의 오지 않을 것 같아서 그냥 기자들이 있는 곳으로 직접 찾아가기로 한 것이다. 당시 이런 조언을 해 준 기자에게 두고두고 감사의 인사를 했다.

위　2014년 2월 14일, 서울 서초구 서울중앙지법 기자실에서 긴급 기자회견을
　　열고 유우성 재판 항소심 과정에서 검찰이 재판부에 제출한 증거 자료가 위
　　조된 것임을 주장하고 있다. 사진 왼쪽부터 김용민 변호사, 유우성 씨, 양승
　　봉 변호사 (사진제공: 연합뉴스)

아래　2014년 2월 16일, 김용민 변호사가 민변 사무실에서 기자들에게 검찰 증거
　　가 조작된 것임을 설명하고 있다. (사진제공: 뉴스1)

나는 기자실에 취재 요청서를 보내고 기자회견문을 급히 작성해 유우성, 양승봉 변호사와 함께 부랴부랴 법원 기자실로 찾아갔다. 처음에는 법원 출입기자들의 원성이 자자했다. 출입기자들 대부분이 연차가 낮은 젊은 기자들인데, 금요일 저녁 약속까지 마다하고 온 듯했다. 하지만 곧 긴장된 우리의 표정을 보고 기자들도 심상치 않은 분위기를 감지한 듯, 우리의 목소리에 귀를 기울였다.

법원 기자실은 도서관처럼 책상들이 다닥다닥 붙어 있어 기자회견을 하기에는 적절한 장소가 아니었다. 그럼에도 불구하고 우리가 중요한 긴급 기자회견이라고 하며 법원 기자실까지 찾아가니 방송기자들이 카메라와 마이크 등을 미리 준비했고, 발언할 장소도 마련해 주었다. 긴장된 순간이었다. 나는 폭탄 발언을 할 것이고, 그 발언의 파장이 어디까지 미칠지 알 수 없었다. 유가려가 고문을 폭로한 기자회견보다 훨씬 긴장했다. 나는 중국 정부의 사실조회 회신을 그대로 공개했다. 검사들이 제출한 세 가지 문건 모두 위조된 것이고, 중국 정부는 문서를 위조한 사람들을 처벌해 달라는 당부까지 했다. 우리의 완벽한 승리를 알리는 순간이었고, 국정원과 검찰의 범죄를 폭로하는 기자회견이었다. 죄인이 바뀌는 순간이었다. 역대 수많은 간첩 조작 사건 중에서 재판 도중에 조작이 공식적으로 적발되고 확인된 첫 사례였다. 완벽한 승리를 공표하는 기자회견이었지만 마냥 기쁘지만은 않았다. 한편으론 대한민국 정부의 국제 망신이 확인된 순간이기도 했기 때문이다.

대한민국 검찰이 위조된 중국 공문서를 증거로 제출했다는 황당한 얘기에 처음에는 기자들도 반신반의하는 분위기였다. 하지만 중국 정부의 회신이 명확했기 때문에 문건을 직접 확인하고 나서는 기자들도 너무 큰 사건이 벌어졌다는 것을 직감하고 신속하게 기사를 쓰기 시작했다.

기자들은 주말 내내 검찰에 해명을 요구했지만 검찰은 이렇다 할 답변을 내놓지 못하고, 일요일에서야 위조의 의미가 불분명하다는 취지로 변명하기 시작했다. 당시 윤웅걸 서울중앙지검 2차장검사는 브리핑을 통해 간첩 증거는 외교 경로로 받은 문서라고 또다시 허위 주장을 이어 갔다. 게다가 위조라는 중국의 입장에 대해서도 중국에 확인할 필요가 있다고 하면서, 중국 대사관도 위조라고 판단한 근거에 대해서는 설명하지 않았다고 반박했다. 결국 위조문서라는 것 자체를 인정하지 않았다. 이 정도 사안이면 깔끔하게 인정할 줄 알았는데, 나도 대한민국 검찰을 한참 몰랐다.

그 이후 이시원 검사는 법정에서 검찰도 대한민국 국가기관인데 중국 정부의 말만 믿지 말고 검찰의 말을 믿으라고 황당한 주장을 하기 시작했다. 뻔뻔해도 너무 뻔뻔한 주장이며 검찰 스스로가 국가임을 천명하는 검찰 지상주의의 위험한 발상이었다. 이시원 검사의 발언은 내가 곧 국가이니 대한민국 법정이라면 내 말을 믿어야 하고, 외국에 불과한 중국 정부의 말을 함부로 믿지 말라는 것이었다. 게다가 이시원, 이 문성 검사는 위조문서 입수 과정에 대해 합법적이었다고 여섯 번의 거짓말로 재판부를 속여 왔다. 중국의 회신이 오기 전에는 거짓말로 재판부를 속이더니 중국의 공식 입장이 나오자 이제는 대한민국 정부인 검찰을 믿으라고 겁박했다. 이에 질세라 나는 법정에서 검찰이 그동안 재판부를 속여 온 것에 대해 해명하라고 요구했다. 그러나 검찰은 수사 결과가 나온 다음에 말하겠다며 어물쩍 넘어갔다.

이후 증거 조작 논란은 엄청난 후폭풍을 불러왔다. 중국 공문서를 위조했기 때문에 외교적으로도 문제가 되었고, 국정원의 중국 정보원들 사회가 발칵 뒤집혔다고도 들었다. 중국 정부가 자국 내 대한민국의 국정원 요원들과 정보원들을 색출한다는 이야기도 들려왔다. 하지만 가장 심각한 것은 대한민국의 법치가 완전히 무너졌다는 사실이다. 범인을 만들기 위해 증거를 조작했다는 것을 누구도 쉽게 받아들일 수 없었고 그것도 수사기관과 검사들이 관여되어 있다는 것이 너무나 큰 충격이었다. 이 사건은 형사소송법 교과서에 기록을 해 학생들에게 두고두고 교훈으로 가르쳐야 할 정도의 사건이다.

그러나 검찰은 곧바로 치졸한 반격을 시작했다. 유우성을 중국 이름인 리우찌아강이라고 부르기 시작했고, 법원에 제출하는 문서 일체에도 그렇게 변경했다. 기소 당시부터 화교임을 알고 있고 그게 전제가 된 기소였는데, 뒤늦게 변경하는 그 치졸함이란 차마 국가기관이라고 부르기 민망했다.

언론에서는 연일 증거 조작을 주요 뉴스로 다루고 사태는 걷잡을 수 없이 커져 갔다. 그렇지만 검찰은 소극적인 방어만 할 뿐 사태를 해결할 움직임을 보이지 않았다. 분명 중국 정부는 위조범을 처벌해 달라고 요청했고, 그에 앞서 변호인단이 고발을 해 둔 상태라 수사를 해도 이상하지 않을 일이었는데, 수사가 시작되지 않았다. 정치권에서는 특검을 해야 한다는 주장이 나오기도 했다. 유우성 사건을 처음 민변에 소개한 천주교인권위원회는 증거를 조작한 자들에 대해 유우성의 고소와는 별도로 고발했다.

수사에 대한 요구가 곳곳에서 이어지자 검찰은 마지못해 진상조사팀을 구성했다. 팀장은 대검 공안부장인 윤갑근 검사*가 맡았다. 한편 그사이에 재판부가 변경되었고 새 재판부가 검사들과 변호인단을 판사실로 불러 향후 재판 진행에 대해 상의하는 시간을 갖자고 했다. 흔치 않은 일이지만 증거 조작이 밝혀진 상황이라 재판부도 바로 공개재판에서 검사들과 변호인단을 마주하는 것보다 미리 만나서 절차적인 부분

■　윤갑근 검사는 제21대 총선에서 청주시 상당구에 미래통합당(현 국민의힘) 후보로 출마했다 낙선했고, 그 이후 라임사건으로 구속기소되기도 했다. 김학의 사건 관련해 나에게 손해배상을 청구해 재판 중이기도 하고, 최근에는 대장동 사건에서 녹취록에 이름이 등장하는 등 주요 사건에 이름이 오르내리는 인물이다.

　　　　　　　　　　　　　　　4장 반성하지 않는 그들

중 필요한 정리를 하고자 했던 것 같다. 그 자리에 이시원·이문성 검사가 참석했는데, 이들은 재판부에게 변호인단의 언론 인터뷰, 보도 자료 배포 등을 문제 삼았다. 나는 증거 조작에 가담했거나 적어도 조작한 증거라는 사실을 알면서도 제출한 검사들이 할 소리는 아니라며 따져 물었다. 당시 진상조사팀에 합류한 서울중앙지검 노정환 외사부장도 함께 자리를 했는데, 자기가 보기에도 부끄러웠는지 이시원·이문성 검사도 조사 대상이라고 못 박았다. 그렇지만 듣기 좋은 소리에 불과했지 실제로 제대로 수사하지 않은 것은 잘 알려진 바다.

검찰은 증거 조작을 내사 사건으로 분류만 하고 본격적인 수사에 착수하지 않았다. 변호인단은 수사를 촉구하는 목소리를 지속적으로 냈으나 검찰은 요지부동이었다. 참다못해 변호인단이 윤갑근 팀장을 면담하기 위해 서울고검에 마련된 사무실로 방문했으나 문전 박대당했다. 만나 주지도 않았다. 변호인단이 문제를 제기하고, 언론도 지적했지만 검찰은 계속 내사한다고만 하지 수사로 전환하지 않았다.

그러다가 증거를 조작한 국정원의 협력자가 영등포에 있는 한 모텔에서 자살을 시도하다 병원으로 이송된 사건이 발생했다. 국정원 협력자는 김원하라는 사람인데, 국정원이 자신을 보호하지 않는다는 이유로 모텔 벽에 피로 '국조원'('국가조작원'의 줄임말. 주로 인터넷상에서 국정원을 비하하며 사용되는 표현)이라고 쓰고 자살을 시도했다가 발견된 것이다. 언론에 이 일이 대대적으로 보도되자 검찰은 더 이상 버티지 못하고 수사로 전환했다. 김원하가 이런 극단적인 선택을 한 것은 국정원 직원으로부터 조작이 적발되어도 처벌받지 않는다고 듣고 협조를 한 것인데, 검찰이 자신을 소환하는 등 수사를 진행하자 국정원의 책임을 알리기 위해서였다.

등 떠밀려 시작한 수사여서 그랬는지 검찰은 중국 공문서 위조 사건을 수사하면서 세 가지의 커다란 문제점을 노출했다.

첫째, 이시원 검사가 제출한 증거의 위조뿐 아니라 유우성이 제출한 증거도 위조되었다는 취지로 수사를 했다. 유우성은 피해자이므로 참고인 조사를 받으며 피해를 진술하면 되는데, 검찰은 유우성도 위조범으로 몰아간 것이다. 이는 결국 진짜 위조범에 대한 수사를 하는 것이 아니라 유우성이 간첩이라 자신의 기록을 위조했다고 몰아서 여론을 반전시키려 한 것이다. 도저히 용납할 수 없는 수사 방향이었다. 유우성은 검찰 조사를 거부하고 나왔다.

둘째, 검사에 대한 수사를 사실상 포기했다. 그 흔한 압수수색도 제대로 하지 않고 관련 검사들 모두를 불기소 처분했다. 검사들이 무능해서 국정원에 속았다는 결론을 내렸다. 동기 검사들 중 가장 잘나가던 이시원, 이문성 검사는 범죄자가 되기보다 스스로 바보가 되기를 자처한 것이다." 처음부터 수사를 하지 않으려 하더니 결국 검사들만 봐준 꼴이다.

셋째, 증거 조작에 대한 법 적용을 축소해 결과를 왜곡했

2014년 3월, 유우성 사건의 항소심 결심 공판을 앞두고 사건을 맡은 이시원 부장검사와 이현철 서울중앙지검 공안1부장, 최행관 검사, 이문성 검사(왼쪽부터)가 법원으로 들어서고 있다. (사진제공: 시사IN)

다. 증거 조작은 국가보안법 제12조에서 무고, 날조라는 범죄로 가중처벌을 하는데, 검찰은 이 규정을 적용하지 않고 일반 형법상 모해위조를 적용했다. 참고로 검찰이 국가보안법 사건의 대가라고 칭하던 선배 검사 황교안은 국가보안법 해설서에서 증거를 위조하면 국가보안법상 날조죄를 적용해야 한다고 입법 목적과 취지까지 친절하게 설명을 해 두었다. 황교안은 당시 법무부장관이었다. 나는 황교안의 책을 복사해 참고

■   그러나 윤석열 정부는 2022년 5월 무능력자 이시원을 대통령실 공직기강비서관에 임명했다.

자료로 제출하면서 수사 지휘권자인 법무부장관의 책에 나온 내용이라고 강조했다. 그러나 검찰은 해괴한 논리로 끝까지 일반 형법을 적용했다. 검찰은 수사기관이 간첩이라고 생각하고 부족한 증거를 위조했다면 국가보안법상 날조죄가 성립하지 않고, 간첩이 아니라는 걸 알면서 증거를 위조한 경우에만 국가보안법상 날조죄가 성립한다는 해괴한 논리를 댔다. 결국 간첩인 줄 알았다고 주장만 하면 더 가볍게 처벌해야 한다는 판단을 한 것이다. 하지만 적어도 이시원 검사는 유우성이 간첩이 아니라는 것을 유가려에게 이미 듣지 않았는가. 어떤 법을 적용하는지가 왜 문제가 되냐면, 법정형에 큰 차이가 있기 때문이다. 국가보안법상 날조죄로 처벌하면 유우성의 간첩 혐의와 동일한 법정형으로 처벌받게 되어 사형, 무기 또는 7년 이상의 징역형을 선고할 수 있는데, 일반 형법을 적용하면 10년 이하의 징역형으로 대폭 낮아진다. 집행유예가 불가능한 범죄에서 집행유예가 가능한 범죄로 봐준 것이다. 게다가 국가보안법 위반이라는 무시무시한 죄명도 피하게 해 준 것이다.

결국 검찰은 억지로 수사를 개시해 검사들은 모두 불기소처분하고 국정원 직원 일부에 대해서만 법정형이 낮은 범죄로 기소했다. 무고한 피해자를 간첩으로 만들어 온 나라를 떠들썩하게 하고, 외교 문제로까지 비화된 범죄치고는 매우 초라한 수사 결과였다. 이러고도 검찰이 수사를 잘한다고 평가한다면 그것은 검찰권에 기생하는 사람들의 아첨에 불과하다. 검찰은 원하는 수사 결과를 얼마든지 견제받지 않고 만들어 낼 수 있다. 수사를 평가하는 기소권을 독점적으로 가지고 있기 때문이다.

한편, 2014년 3월 28일은 유우성 간첩 사건 재판을 종결하는 결심공판이 예정되었는데 검찰이 갑자기 사기 사건을 추가하는 공소장 변경을 신청했다. 유우성은 국가보안법 사건 이외에도 여권법 등 위반 사건이 같이 기소되었는데, 증거 조작을 들키자 사기죄를 추가한 것은 일종의 보복 행위였다. 증거 조작이 밝혀진 뒤 검찰은 총력을 다했다. 공안1부장검사를 포함하여 6명의 검사가 공판에 출석했다. 이미 부장검사로 승진해 영월지청장으로 근무하면서 공판을 이끌어 가던 이시원 부장검사, 이문성 부장검사 이외에도 서울중앙지검 공안1부 이현철 부장검사, 공안1부 소속 박현준, 최행관, 이찬규 검사가 추가로 합류했다. 이때부터 검사가 변호사보다 많았다.

먼지처럼 사라진
유죄의 증거들

나는 증거 조작이 확인된 이후 검사가 제출한 모든 증거들을 원점에서 재검토했다. 일말의 신뢰를 가지고 용인했던 증거들 모두를 의심해 보았다. 그 결과 가장 중요한 증거인 유가려의 진술과 노트북을 중국으로 보냈다는 우편 기록을 증거로 쓸 수 없게 만들었다.

우선 유가려의 진술이 고문에 의한 것이니 증거로 인정해서는 안 된다는 주장에 집중했다. 여동생의 진술은 크게 세 종류의 증거로 나뉜다. 국정원에서 한 진술, 검찰에서 한 진술, 마지막으로 증거보전 재판에서 한 진술이다. 형사소송법상 국정원에서 한 진술은 공범 관계인 유우성이 내용을 인정하지 않으면 증거로 쓸 수 없고, 판사에게 증거로 제출할 수 없다. 그러나 검찰에서 한 진술은 내용을 인정하지 않더라도 증거로 쓸 수 있다. 검사가 인권 보호 기능을 한다는 이유로 검찰 조서를 특별하게 대우해 주었다.[■] 법원에서 한 진술은 증거로 쓰는 데 제약이 거의 없는 가장 강력한 증거이다. 국정원에서의 유가려 진술은 내용을 부인했기 때문에 증거로 쓰지 못하는데, 검찰에서의 진술과 증거보전 재판에서의 진술은 여전히 증거로 쓸 수 있는 상태였다. 검찰에서의 진술을 증거로 쓰지 못하게 하려면 국정원에서의 고문 등 불법 수사

■ 검사가 작성한 조서를 특별하게 대우할 이유가 없다는 지적과 과거 검찰이 허위자백을 유도해 온 사례들에 비춰 2020년 형사소송법이 개정되었다. 2020년 개정 형사소송법 제312조에 의하면, 현재는 검사가 작성한 피의자 신문조서도 피고인이 내용을 부인하면 증거로 쓸 수 없다.

가 인정되어야 하고, 그 상태가 검찰에서도 유지되었다는 것이 확인되어야 한다. 그래서 여동생 진술이 국정원의 불법 구금, 폭행, 망신 주기, 회유, 협박 등으로 만들어진 진술이고 그 상태가 검찰에서도 유지된다는 점을 주장하고 입증하는 노력을 했다. 그 노력의 결과로 2심 재판부는 판결 선고하며 변호인의 주장을 받아들여 증거능력이 없다는 판단을 했다. 1심 판단을 뒤집은 것이다.

그런데 여동생의 진술 중 가장 강력하게 남아 있는 증거가 증거보전 재판에서의 진술이었다. 이렇게 보면 재판이라는 것이 한심해 보일 수 있다. 여동생이 이미 기존 진술이 거짓이라고 폭로하고 1심 법원에서 증언까지 했는데, 왜 기존의 허위진술에서 헤어 나오지 못할까. 두 개의 서로 모순된 진술이 있을 때 어느 진술을 믿을지는 전적으로 판사의 재량이다. 판사가 자유심증에 따라서 한 판단에 대해서는 다툴 방법이 거의 없다. 법치주의가 강조될수록 판검사의 재량이 더욱 커지는 역설적인 상황이다. 그래서 변호인은 끝까지 조마조마한 것이고, 검찰은 이런 점을 악용해 증거보전이라는 신속한 절차를 마쳐 둔 것이다. 어쨌든 나는 남은 증거인 증거보전에 대해 꼼꼼히 검토하고 연구하던 중 중요한 사실을 발견했다. 우연히 발견한 것이지만 아주 결정적인 발견이었다. 증거보전 재판의 조서에는 '비공개'라고 적혀 있는데, 비공개 결정을 한 기억이 없어서 조서를 뒤지기 시작했고 역시 비공개 결정이

수원지방법원 안산지원
조 서

제 1 회

사 건	2013초기170 증거보전			
판 사	김 한 성	기 일	2013. 3. 4. 10:00	
		장 소	법정 401호	
법원주사보	신 영 춘	공개여부	비공개	
		고지된 다음기일	2013. 3. 4. 10:00	
피고인	유 우 성			출석
검 사	이시원, 한정화			출석
변호인	1. 법무법인 예율 변호사 김남국			출석
	2. 법무법인 율 변호사 양승봉			출석
	3. 법무법인 상록 변호사 장경욱, 천낙봉			출석
	4. 법무법인 소우 변호사 김진형			출석
증 인	유 가 려(대동)			출석

변호인(3)

1. 2013. 3. 4.자 변호인 의견서와 같은 사유로 증거보전 신청의 기각을 구한다고 진술
2. 2013. 3. 4.자 변호인 의견서와 같은 사유로 관할이전신청을 구한다고 진술

검사

1. 증인 유가려의 국적이 중국이라는 것이 확인 된다면 중국으로서는 자국민 보호를 위하여 보호 신청을 할 수 있고, 증인이 보호신청을 한다면 언제든지 출국할 수 있는 상황이다.
2. 증인은 불법 구금 된 것이 아니라 북한이탈주민의 보호 및 정착지원에 관한법률에 의한 적법한 것이다.
3. 형사소송규칙에 증거... 산지원에 관할이 있다...
4. 증인이 불안한 심리...

【A】

서울중앙지방법원
공 판 조 서

제 3 회

사 건	2013고합186 국가보안법위반(간첩)등			
재판장 판사	이 현 균	기 일	2013. 5. 20. 10:00	
판 사	이 보 형	장 소	서관502호법정	
판 사	오 대 석	공개여부	비공개	
법원주사	권 순 갑	고지된 다음기일	2013. 5. 24. 14:00	
피고인	유 우 성			출석
검 사	이 시 원, 이 문 성			각 출석
변호인	변호사 김진형			
	법무법인 상록 담당변호사 장경욱, 천낙봉			
	법무법인 율 담당변호사 양승봉			
	법무법인(유한)주원 담당변호사 김용민			
	법무법인(유한)경정 담당변호사 김유정			각 출석
증 인	유 가 려			출석

재판장

국가의 안녕질서를 위하여, 법원조직법 제57조에 따라 이 공판절차의 공개를 정지한다는 결정 선고

피고인 및 변호인들

【B】

증거보전 재판의 공판조서(A). 상단 우측에 "공개여부 비공개"가 기재되어 있으나 하단에 비공개 결정을 고지한 내용이 없다. 참고로 1심 공판 기록(B)에는 상단 우측에 "공개여부 비공개", 하단에 "재판장: 국가의 안녕질서를 위하여~"라는 비공개 사유가 기재되어 있다. (자료제공: 김용민)

없음을 발견했다.* 이게 무슨 의미일까? 별것 아닌 것 같지만 형사재판에서는 엄청난 일이 벌어진 것이다.

모든 재판은 공개재판이 원칙이다. 공개재판을 받을 권리는 헌법상의 권리이다. 국가 안보 등 특별한 경우에만 비공개 재판을 할 수 있다. 법원이 비공개재판을 하는 경우 기본권을 제한하는 것이기 때문에 반드시 비공개 사유를 명시해 비공개한다는 결정을 해야 한다. 이를 위반하면 위법한 재판이 되고 증인신문도 효력을 잃는다. 대법원 판례도 확고하다. 대법원은 "공개 금지 사유가 없음에도 불구하고 재판의 심리에 관한 공개를 금지하기로 결정하였다면 그러한 공개 금지 결정은 피고인의 공개재판을 받을 권리를 침해한 것으로서 그 절차에 의하여 이루어진 증인의 증언은 증거능력이 없고 (중략) 이러한 법리는 공개 금지 결정의 선고가 없는 등으로 공개 금지 결정의 사유를 알 수 없는 경우에도 마찬가지이다"라고 하고 있다. 다시 말해 비공개재판을 하면서 판사가 "(어떤 사유로) 비공개재판을 한다"라고 알려 주지 않으면 그때 한 증인의 증언은 증거로 쓸 수 없다는 것이다.

나는 증거보전 재판에서 비공개 절차 위반을 발견하고

■ 증인의 진술을 기재한 증인신문조서를 읽을 때, 변호사들이 보통 진술 내용을 중심으로 읽지 그 앞부분에 누가 출석했고, 언제 재판을 했다는 내용을 적은 형식적인 기재 사항을 들여다보지는 않는다. 그러나 나는 모든 증거를 원점에서 검토하기로 마음먹고 조서도 분해하듯이 읽다가 형식적인 기재 사항 부분까지 확인하고 검증했다.

떨 듯이 기뻤다. 드디어 검찰의 가장 강력한 증거가 먼지가 되어 날아가는 순간이었다. 아무리 증거 조작까지 밝혀졌다고 하더라도 증거로 쓸 수 있는 여동생의 허위진술이 남아 있다는 것은 매우 불안한 상황이기 때문이다. 나는 법정에서 이러한 법률 의견을 개선장군처럼 당당하게 펼쳤다.

검찰은 충격에 빠졌다. 출입경기록이 위조되었다는 회신을 받은 것보다 검찰로서는 더 치명적이다. 유죄의 증거가 모두 흔적도 없이 사라지는 처참한 결과이기 때문이다. 이시원 검사는 사색이 되어 다퉜다. 복잡한 법적 주장부터, 그날 실제로는 비공개재판이 아니지 않았냐는 등의 주장을 했다. 그러나 공판조서 또는 이에 준하는 조서에는 절대적 증명력이 부여된다. 다시 말해 그 조서에 기재된 대로 인정해야 한다. 별도로 이의신청을 통해 조서를 수정하지 않는 한 그 조서에 기재된 것을 그대로 받아들여야 한다. 증거보전 재판의 조서에는 비공개라고 명확하게 기재되어 있으니 비공개재판을 했다는 사실을 뒤집을 수가 없었고 증거보전 재판이 끝났기 때문에 조서에 대한 이의를 신청할 수도 없었다. 증거보전 재판으로 빨리 끝내려고 했던 이시원 검사는 자기 꾀에 자기가 넘어가 버렸다. 한편 비공개재판 절차를 위반하면 증거로 쓸 수 없다는 대법원 판례가 명백하게 존재하고 있기 때문에 법원을 설득할 수도 없었다. 항소심 재판부는 검사의 이의 제기를 모두 기각하고 비공개재판 절차를 위반했다는 이유로 유가려의 증거보전 재판에서의 증언은 증거로 쓸 수 없다고 판단했다. 앓던 이가 시원하게 빠진 듯했다. 검찰 편만 들었던 증거보전 재판의 김한성 판사에게도 제대로 복수를 한 셈이다.

여동생의 진술 증거는 모두 사라졌다. 이제 남은 것은 유우성이 노트북을 북한 반탐부 부장에게 뇌물로 보냈다는 혐의에 대한 증거이다. 검찰은 유우성이 2006년도에 14인치 도시바 노트북을 구입해 해외 우편으로 중국으로 보냈고 중국에 있던 친척이 이를 북한으로 반입했다고 하며 그 증거로 해외 우편물 대장을 제출했다. 우편물 대장에는 우편물의 무게가 2.169kg이라고 기재되어 있어 얼핏 검찰의 주장이 맞는 듯했다. 검찰의 모든 것을 의심하며 원점 재검토라는 방침을 세운 나는 이 부분도 그냥 넘어가지 않았다. 이에 대한 검증을 하기 위해 변호인단이 모여 회의를 하고 다양한 아이디어를 냈는데, 갑자기 유우성이 저울을 법정에 직접 들고 가서 무게를 달아 보자고 했다. 법정에서 검증을 하자는 것이다. 변호인단 모두 이 의견에 동의했다. 유우성은 우선 가장 유사한 14인치 도시바 중고 노트북을 구입하고, 어댑터, 마우스, 노트북 가방까지 모두 구해 저울과 함께 법정으로 가져갔다. 검찰이 노트북 본체와 어댑터, 마우스, 가방까지 모두 박스에 넣어 보냈다고 기소했기 때문이다. 우리는 법정에서 저울을 놓고 그 위에 노트북 본체부터 하나씩 올렸다. 노트북 본체와 어댑터, 마우스까지 올려놓으니 이미 무게가 2.312kg이 나왔다. 방청석이 웅성거렸다. 검찰의 주장이 허구라는 사실이 실시간으로 입증되는 순간이었다. 이런 방식의 재판은 영화나 드라마에서나 존재한다고 생각했는데, 눈앞에서 펼쳐졌다. 노트북 가방을 추가하고 포장 박스에 담으니 무게가 3,590kg에 달했다. 검찰이 주장하는 무게 2.169kg으로는 불가능함이 밝혀졌다. 방청석에서 박수와 웃음이 들려왔다. 검찰이 유일하게 객관적인 증거라고 제출한 것 역시 허구임이 밝혀진 셈이다. 여섯 명의 검사들은 제대로 반박조차 못했다. 이시원, 이문성 검사는 얼굴을 들지 못할 것이라 생각했는데, 그냥 무덤덤하게 앉아 있었다. 역시 검사는 아무나 하는 게 아닌가 보다.

사필귀정(事必歸正)

2014년 4월 11일, 결심공판을 했다. 하루 종일 재판을 했고 마지막으로 검사의 의견 진술과 변호인의 최후변론이 남았다. 이미 시간은 저녁을 훌쩍 넘어 한밤이었다. 모두 혼신의 힘을 다했다. 이시원 검사도 만만치 않았다. 재판 결과에 온전히 책임을 져야 해서 그런지, 이미 무너진 증거들을 붙들고 말도 안 되는 주장을 두 시간가량 정말 진지하게 했다. 무고한 사람을 간첩으로 몰아가기 위해 입에 거품이 일 정도로 검사의 직분을 다했다.

변호인의 최후변론은 나와 김유정 변호사가 준비했으나 김유정 변호사가 다른 재판으로 출석하지 못해 결국 내가 하게 되었다. 지루하지 않게 최후변론하기 위해 많은 준비를 했다. 일반적인 파워포인트가 아니라 프레지(Prezi)라는 프로그램을 이용해서 준비했고, 중간에 삽화도 첨부했다. 한 시간 정도 최후변론을 했고, 다른 변호사들도 최후변론으로 한마디씩 했다. 마지막 재판이기 때문에 남은 힘을 다 쏟아 내기로 한 것이다. 나는 공소 사실 하나하나를 모두 반박했고, 검사가 제출한 증거 전체를 모두 재검증했다.

그리고 마지막으로 수사권과 기소권은 권리가 아니라 권한이라는 점을 강조했다. 권리는 법적 이익이 본인에게 귀속되고, 권한은 법적 이익이 제3자에게 귀속된다. 따라서 모든 국가기관의 행정행위는 국가기관이 아닌 국민에게 그 법적 이익이 귀속되는 것이므로 권한이라고 해야 한다. 수사권과 기소권은 검사를 위한 권리가 아니라 국민을 위한 권한이다. 그런데 검사가 자신들의 간첩 조작 행위를 감추기 위해 수사권과 기소권, 공소유지권을 검찰을 위한 권리로 착각하고 행사하고 있음을 지적했다. 검찰이 권한을 권리로 착각하면, 그 피해자는 법원과 유우성이며 최종적으로는 국민이 될 것이므로 법원이 이에 대해 단호하게 제재해야 한다고 강조했다.

한편 양승봉 변호사도 최후변론을 했는데, 훗날 기자들에게 전해 들은 바로는 양승봉 변호사의 최후변론이 재판부의 마음에 와닿았다고 한다.

재판장님, 많이 피곤하시겠지만 저희도 1년 3개월 동안 이 재판을 해서 많은 소회가 있습니다. 그래서 지루하고 피곤하시겠지만 마지막 소회를 좀 들어주시기 바랍니다. 저는 2013년 8월 21일, 선고를 하루 앞둔 전날 잠을 잘 자지 못했습니다. 8월 22일 선고를 앞두고 잠을 잘 자지 못한 이유는, 만약에 아홉 개의 국가보안법 중에 하나라도 유죄가 난다면 제 삶이 좀 달라지겠다는 생각 때문이었습니다. 제 개인적인 주관을 말씀드리면, 이 아홉 개의 공소사실 중에 하나라도 유죄가 인정된다는 것은 판사님이 정신이 없거나 아니면 대한민국 사법 구조가 그런 판단을 할 수밖에 없는 구조라고 생각을 했습니다. 그런데 판사님은 굉장히 영민하시고 냉정하시고 차분하셨기 때문에 그건 아니었습니다. 그렇다면 대한민국 사법 구조가 문제가 있다는 결론밖에 나오지 않습니다. 거기서 밥을 빌어먹고 사는 저는 만약 하나라도 유죄가 난다면 도저히 이 체제 안에서 제정신으로 변호사를 할 수 없겠다고 생각했습니다. 그래서 잠이 안 왔습니다. 다행히 1심에서 무죄가 났습니다. (중략) 저는 1심과 2심에 걸쳐서 약 40회가 넘는 의견서를 썼는데 13회, 14회를 지나니

　　　　　　　　　　　　4장 반성하지 않는 그들

까 도저히 유우성을 피고인이라고 부를 수가 없었습니다. 그래서 제 의견서에는 첫 제목 외에는 전부 다 유우성이라고 되어 있습니다. 27~28회를 계속 피고인이라는 용어를 쓰지 않았습니다. 피고인이라고 부를 수가 없었습니다. 제 돈을 써 가면서 일을 했습니다. 그리고 제 시간을 써 가면서 일을 했습니다. 그런데 계속 미안했습니다. 제 시간과 제 돈을 써서 일을 했는데도 미안했습니다. 그 미안함에 왜 미안하지, 내가 왜 내 돈을 들여 가면서 내 시간을 들여 가면서 일을 했는데 왜 미안할까. 굉장히 민망하지만 저는 그것을 애국심이라고 결론 내렸습니다. 대한민국의 국가기관이 자행한 너무나 가혹한 행위에 대해서 대한민국 국민의 한 사람으로서, 변호인이 아닌 국민의 한 사람으로서 미안함을 느낍니다. 이게 저는 애국심이라고 생각했습니다. 국가기관에 대한 애정과 신뢰가 있었기 때문에 실망감이 너무나 컸습니다. (후략)

양승봉 변호사가 언급한 애국심이라는 말에 법정이 숙연해졌다. 그래서였는지 몰라도 재판부의 판결문에는 애국심이라는 단어가 등장했다. 양승봉 변호사가 전한 애국심은 재판부를 거쳐 유우성에게 한국에서 살아가는 지침이 되었다. 변호인단 최고참인 천낙붕 변호사도 구술로 최후변론을 했다.

한 편의 드라마가 종결되는 시점입니다. 피고인과 변호인단은 지난해 1월부터 1년 4개월에 걸쳐서 마라톤을 해 오고 있습니다. 양승봉 변호사님이 먼저 이 건에서 무료 변론을 하면서도 피고인에게 미안한 마음을 금할 수 없다고 하였는데 저도 또한 변호인단의 최고참 변호사로서 이 건의 변호인단 6명 모두가 지난 1년 동안 재정 적자라는 사실을 알고 있어 더욱 느낌이 남다릅니다. 그래도 모두 묵묵히 견디고 있으면서 또한 모두 양 변호사님과 같은 심정입니다. (중략) 제가 이 사건을 처음 접하면서 주변의 법조인들에게 여러 번 물어본 적이 있습니다. 세계에서 사람을 6개월 정도 구금하면서 자백을 받는 곳이 있는데 어느 나라인지 아는가 하구요. 대개 북한이라고 말하거나 아프리카의 어느 나라일 기라고 하였습니다. 한국에서 그것도 2013년도에 이러한 일이 벌어지고 있다고 알려 주자 모두 믿지 않았습니다. 그러한 합신센터가 한국에 있다는 사실 자체를 말입니다. (중략) 결론적으로 피고인에게 전부 무죄를 선고하여 대한민국에서 최소한의 기본권도 보장받지 못하는 탈북자들이 국가 안보라는 미명하에 인간 이하의 취급을 받는 현실에서 나와서 적어도 신체적인 자유만은 보장받을 수 있겠다는 자그만 희망이라도 불어넣어 주었으면 좋겠습니다.

213

사실 재판을 하는 동안 내심 검사들이 부러울 때가 있었다. 그들은 사건 조작에만 몰두해도 꼬박꼬박 월급이 나오는데 변호인단은 적자를 감수해야 했기 때문이다. 간첩 변호사로 알려지는 바람에 있던 의뢰인마저 떠났다.

　피고인 유우성도 최후진술을 했다.

　공소사실대로라면 저는 2006년 북한 보위부에 포섭되어 2013년까지 7년 동안 공작하면서 북한 이탈주민 신원을 74명밖에 모집을 못 했습니다. 그렇다면 게을러도 너무나 게으른 공작원입니다. (중략) 저는 북한에서 태어나 자랐지만 재북 화교입니다. 북한에서 태어나고 싶어서 태어난 것도 아니고 재북 화교 집안 자식이 되고 싶어서 된 것도 아닙니다. 어릴 때부터 북한에서 성장하고 남들과 똑같이 된장국, 김치찌개 먹으면서 자랐고 한글을 쓰면서 성장한 저는 중국에서 살아 본 적이 없습니다. 음식과 생활, 문화 모든 것이 북한에서 태어나고 자랐기에 남들과 똑같습니다. 그런데 얼굴 한 번 본 적 없고 이름조차 잘 모르는 조상님 덕분에 저는 저의 모든 것을 잃고 사기꾼이 되어 버렸습니다. 저는 여기 앉아 계시는 모든 분들이 부럽습니다. 선생님들은 좋은 나라 한국에서 태어나 그런 걱정을 해 본 적이 없겠지만, 저로서는 제 운명은 왜 이렇게도 험난하고 힘든지 괴롭습니다. 평범한 다른 사람들처럼 사는 것이 저의 소박한 소원인데, 저에게는 히말라야 산보다 더 높고 험난하여 이루지 못하고 있습니다. (하략)

재판부도 유우성의 최후진술을 조용히 경청했다. 누가 유우성에게 돌을 던질 것인가.

재판장이 선고 기일을 2014년 4월 25일로 공지하고 마치자 검사들이 변호인들에게 와서 인사를 했다. 그들도 이기기 어렵다는 것을 알고 있는 것 같았다. 검사들 중 최선임인 이현철 부장검사는 내게 다가와 "듣던 대로 정말 잘하신다"라고 칭찬을 하고 갔다. 유우성을 다 죽여 놓고 갑자기 변호사에게 칭찬을 하는 것을 어떻게 받아들여야 할지 헷갈렸으나 멋쩍게 웃고 말았다.

재판을 마치고 나오니 후련했다. 대법원은 법률심이기 때문에 이제 출석하는 재판은 없을 거라 생각했다. 그런데 우리는 그 당시 두 가지 사실을 몰랐다. 일단 마지막 재판이 아니었다. 검찰이 그 이후 보복 기소를 단행했다. 다른 하나는 그무렵 유우성과 민변 변호사 사이에 풋풋한 연애 감정이 생기기 시작했다. 12시가 넘어서 재판이 끝났고, 우리는 가볍게 맥주 한잔을 마시고 귀가했다.

결심공판을 마치고 4일 뒤인 2014년 4월 15일, 남재준 국정원장은 국정원 직원의 구속기소에 대해 대국민 사과를 했

2014년 4월 15일, 남재준 국가정보원장이 서울 내곡동 국가정보원에서 국정원 직원 구속기소에 대해 대국민 사과를 한 뒤 고개 숙여 인사하고 있다. (사진제공: 연합뉴스)

다. 법조 기자들을 불러 국정원에서 사과를 했는데, 3분 동안 일방적으로 준비된 원고를 읽고 질문도 받지 않았다. 진정성이 없었다. 게다가 피해자인 유우성에게는 사과하지 않았다. 같은 날 박근혜 대통령도 국무회의에서 국민에게 사과했으나 유우성에게는 사과하지 않았다. 그리고 당연히 경질될 것이라는 언론의 예상과 달리 남재준 원장에게 기회를 한 번 더 주었다.

2014년 4월 25일, 항소심에서 국가보안법 혐의에 대해 모두 무죄가 선고되었다. 항소법원은 1심에 비해 진일보한 판결을 내렸다. 유가려에 대한 진술조서 등의 증거능력을 인정하지 않았는데, 중앙합동신문센터에서의 수사가 위법했다는 판단을 한 것으로 매우 의미 있는 판결이다. 재판부는 유가려가 부당하게 장기간 구금 상태에 있었음에도 변호인의 조력을 받을 권리도 보장받지 못한 채 심리적 불안감과 위축 속에서 '자백하면 오빠와 같이 한국에서 살게 해 주겠다'는 수사관의 회유에 넘어가 진술한 것이라 증거능력이 없는 진술이라고 판단했다. 특히 국정원 수사관이 유가려에게 '회령 화교 유가리'라고 적힌 표찰을 몸에 붙이고 합동신문센터에 세워 두고 망신 주기를 한 것의 위법성을 인정했다. 유가려와 변호인단이 강력하게 주장했던 사실들이 받아들여진 것이다. 1심과 달리 유가려가 거짓말쟁이가 아니라 진실을 폭로한 사람임을 항소심 법원이 인정해 준 것이다. 이 판결을 계기로 국정원이 관리하던 중앙합동신문센터는 북한이탈주민보호센터로 이름을 바꾸고 인권보호관 등을 두는 제도 개선을 했으나 실효성에 대해시는 여전히 의문이 제기되고 있다.

나라를 떠들썩하게 했던 조작 사건이었던 만큼 언론과 시민의 관심도 많은 사건이었다. 누군가 항소심 선고에 대한 기사 댓글 중 재밌는 댓글을 발견해 보내 주었고, 이 글을 읽은 변호사들은 한참을 웃었다. "유우성 씨 잠바 하나 사 주시면 안 될까요?" 아마도, 재판 때마다 늘 단벌 신사로 나온 유우성을 눈여겨본 시민인 듯했다.

항소심 선고 뒤, 검사는 즉각 대법원에 상고했다. 물론 유우성도 유죄로 인정된 여권법 위반 등에 대해 상고했다. 대

2015년 10월 29일, 서울 서초구 대법원에서 간첩 혐의에 대해 최종 무죄 판결을 받은 뒤 함께 찍은 기념 사진. 왼쪽부터 김진형 변호사, 김용민 변호사, 천낙붕 변호사, 유우성 씨, 김자연 변호사, 김유정 변호사, 양승봉 변호사 (사진제공: 오마이뉴스)

법원은 약 1년 6개월이 지난 2015년 10월 29일 최종 선고를 했다. 검사가 상고한 국가보안법 위반 혐의 모두에 대해 2심의 판단이 맞는다고 판결했다. 드디어 유우성이 간첩 혐의를 완전히 벗는 순간이었다. 그렇지만 유우성은 그 이후 수많은 소송에 시달렸다. 보복 기소로 다시 형사재판을 받았고, 언론사의 허위 보도로 피해를 입어 민사소송을 하고 있었다.

후일담이긴 하나 내가 제21대 총선에서 국회의원이 되고 법제사법위원회 위원으로 활동하면서 국정감사에서 항소심 재판부 김흥준 부장판사를 만났다. 피감기관인 인천지방법원장으로서 국감장에 출석한 것이다. 무척 반가웠으나 개인적인 감정이 중요한 자리가 아니었다. 나는 김흥준 법원장에게 공개재판의 중요성을 질의했고, 역시 김흥준 법원장은 공개재판이 얼마나 중요한지 잘 알고 있었다. 나아가 국민의 헌법상 기본권이기 때문에 이를 너 보장하기 위해 법원이 많은 노력을 하겠다고 약속했다. 유가려 증거보전 재판에서 공개재판의 중요성을 서로 실감했던 터라 쉽게 공감대가 형성된 듯했다.

5장

보복 기소

검찰, 불기소 사건을
다시 꺼내 들다

검찰과 국정원은 유우성과 변호인단에게 아주 크게 한 방 먹었다. 정신을 차릴 수 없을 정도로 자존심에 상처를 입었다. 이를 부득부득 갈고 있는 게 눈에 선했다. 단순히 증거 조작이 적발되어 창피를 당하거나 유우성이 무죄를 받은 것 때문이 아니었다. 검사들은 수사를 받아야 했고, 국정원은 압수수색을 당하고 직원들이 구속되거나 자살 시도를 하는 등 처음 겪어 보는 일들이었다. 물론 검사들은 모든 책임을 국정원과 협력자에게 떠넘기고 아무도 기소되지 않았다. 이시원, 이문성 검사는 정직 1개월, 지휘 라인의 최성남 부장검사는 감봉 1개월 징계를 받았다. 게다가 관련 검사들은 범죄자 대신 무능함을 선택했으니, 검찰 역사에서 가장 무능한 검사들로 기록될 것이다. 결국 자존심이 상한 검찰은 설마설마하던 일을 또 저질렀다. 간첩 사건 2심 재판이 무죄로 선고되고 2주 뒤인 2014년 5월 9일, 유우성에게 보복 기소를 단행했다.

2014년 3월 20일과 21일, 북한민주화청년학생포럼 박광일이 업무방해죄와 외국환거래법 위반으로 유우성을 고발했는데, 고발장에 첨부된 증거는 『세계일보』와 『조선일보』 기사가 전부였다.[•] 유우성이 탈북자의 돈을 받아 북한에 있는 가족에게 전달하는 일을 했다는 취지였는데, 해당 기사는 검찰의 입장을 받아쓰기한 것에 불과했다. 결국 검찰이 언론에 내용을 흘리고, 이를 언론이 보도하고, 탈북자 단체가 기사를 받아 증거로 첨부해 고발하고, 고발장을 받은 검찰은 마치 새로운 사실이 있는 양 바로 수사에 착수했다. 표적 수사를 위한 네트워크의 가동이다. 검찰에 의한 '고발 사주' 혹은 '청부 고발' 의혹이 매우 짙은 사건이다. 변론 과정에서 내가 이런 문제 제기를 했다가 박광일에게 고발당하기도 했다.

■ 2014년 3월 17일 『조선일보』(프리미엄 조선)는 「北에 26억 송금(2년 6개월 동안), 中 고급 아파트 소유… 유우성은 對北송금 브로커?」라는 기사를 냈다. "유우성(34) 씨와 그의 가족들이 국내 탈북자에게 돈을 받아 북한의 탈북자 가족에게 돈을 전달해 주는 '대북 송금 브로커'를 하면서 거액을 벌었다는 의혹이 제기되고 있다. 유 씨는 과거 다른 사건으로 수사를 받는 과정에서, 2년 반 동안 26억 원을 북한에 송금하고 4억 원을 벌었으며 중국에 고급 아파트를 구입한 사실이 포착됐다. 검찰은 중국과 북한 국경을 수시로 출입해야 하는 송금 브로커 사업이 북한 보위부의 비호 없이는 불가능하다는 입장이다. (하략)"

한편, 박광일이 고발한 사건은 이미 검찰이 2010년에 수사를 했는데, 탈북자들이 북한에 있는 가족에게 돈을 보낼 방법이 없다는 점과 유우성이 초범이고 중요한 역할을 한 것이 아니기 때문에 처벌하지 않겠다고 기소유예 처분을 했던 사건이다. 검사들의 사건 처리 기준이 되는 '검찰사건사무규칙'에서는 불기소한 사건에 대해 새로운 고발이 있을 경우 아예 사건을 수사하지 않고 종결하는 '각하' 처분을 하라고 규정하고 있다. 그렇기 때문에 박광일의 고발은 '각하' 처분으로 종결해야지 재수사할 사건이 아니었다. 다만 예외적으로 새로운 중요한 증거가 발견되었을 경우 다시 사건을 수사할 수 있는데, 박광일의 고발은 검찰발 기사를 증거 자료로 제출한 것 이외에 아무런 증거가 없었고, 실제 박광일이 검찰 조사 당시 제출할 새로운 증거가 없다고 진술하기도 했다. 따라서 예외적으로 수사를 할 수 있는 사건도 아니었다. 이미 불기소된 사건을 다시 고소, 고발해 본 사람은 이해할 수 있을 것이다. 검찰이 이런 사건은 결코 수사를 시작해 주지 않는다. 유우성 사건만 아주 이례적으로 전광석화처럼 수사를 시작했다.

결국, 서울중앙지검은 2010년 3월 29일에 서울동부지검에서 불기소한 사건을 4년 만에 다시 수사했다. 서울중앙지검의 담당 검사들은 이미 불기소했던 서울동부지검에 사건을 이첩하라고 통보하고 사건을 넘겨받았다. 수사는 정해진 목적지를 향해 달려가는 고속열차였다. 그들은 간첩 조작의 피해자에게 일말의 미안함도 없었다.

잠시 유우성과 수사기관의 악연의 시작으로 거슬러 가보자. 국정원은 유우성에 대해서 2006년 6월경부터 중국에서 북한으로 밀입북한 혐의가 있다고 내사를 시작했고, 검찰은 2010년 외국환거래법에 대해 불기소인 기소유예 처분을 했다. 그래서 서울중앙지검에서 2013년 2월 26일 간첩 사건으로 구속기소할 때 공소장에 "유우성이 외당숙인 국상걸과 북한에 있는 아버지와 연계하여 국내 탈북자들의 부탁을 받고 그 재북 가족에게 금품을 전달하고 중개수수료를 받는 등 불법 대북 송금 브로커로 활동"한 사실이 있다고 기재했다. 간첩 사건이 1심에서 무죄가 선고되고 항소심에서 증거 조작이 적발되었다. 증거 조작 적발로 국정원 직원들은 2014년 3월 31일 모해증거위조죄로 구속기소되었고, 국가보안법 위반 혐의로 고소된 이시원·이문성 검사는 수사를 받았으며, 보복 기소 직전인 2014년 5월 1일에 정직 1개월의 징계를 받았다. 그 직후인 5월 9일, 검찰은 유우성을 기소한 것이다.

변호인단은 다시 뭉쳤다. 이번에는 새로운 변호사가 합류했다. 민변의 신입 변호사이자 선배들의 기대를 모으며 모든 일에 열정적이었던 김자연 변호사였다. 김자연 변호사의 등장은 사건을 넘어 유우성 인생에 아주 중요한 의미를 갖게 되었다.

223

외국환거래법 위반 수사는 국정원과 검찰의 증거 조작 사건, 즉 국가보안법상 날조죄의 수사와 사실상 혼재되었다. 유우성은 증거 조작 사건에서는 피해자이다. 그런데 증거 조작 사건의 피해자로 검찰에 진술을 하러 간 자리에서 검찰은 유우성을 범죄자 대하듯이 수사했다. 그리고 외국환거래법 위반으로 다시 피의자 조사를 했다. 결국 유우성은 분노와 허탈감이 극에 달해 조사를 받다가 탈진하기도 했다. 나는 급히 유우성을 병원으로 데려가 치료를 받게 했다. 모두 유우성을 걱정하는 한편 검찰의 행태에 분노했다. 그러면서 검찰이 유우성을 어떻게든 기소할 것이라 예상하고 단단히 준비하기로 했다.

검사동일체 원리라는 것이 있다. 전국의 모든 검사들이 검찰총장을 정점으로 상명하복 체계를 갖춰 한 몸처럼 유기적으로 움직인다는 조직 원리이다. 군대보다 더 강력한 조직 유지 원리인데, 각 검사가 단독 관청으로 자신의 양심에 따라 기소 여부를 판단하는 법률가라는 지위에 정면으로 반하는 조직 원리라 2003년 검찰청법 개정으로 폐지했다. 따라서 검사들은 조직 논리가 아니라 법원의 판사처럼 하나의 독립 관청으로서 법과 양심에 따라 판단하라는 국민의 요구에 부응해야 한다. 그러나 검사동일체 조직 문화는 그대로 남아 있다.

실제로 유우성을 대하는 검찰은 그냥 한 몸이었다. 이시원, 이문성 검사의 위법한 행위를 반성하는 검사는 찾아볼

2014년 4월 30일, 탈북자들의 돈을 북한에 불법 송금한 혐의 등으로 유우성이 서울중앙지검에 소환되었다. 사진 왼쪽부터 김용민 변호사, 유우성 씨, 양승봉 변호사 (사진 제공: 연합뉴스)

수 없었고, 검찰 조직 전체가 거대한 포식자처럼 유우성을 향해 입을 벌리고 돌진했다. 변호인들이 돌팔매질을 해 봤자 그 발걸음을 멈출 수 없었다. 결국 검사들은 동일체 원리에 따라 자신들을 해친 유우성에게 복수했다. 외국환거래법 위반 사건을 수사한 안동완 검사도 검사동일체라는 거대한 틀 안에서 명령에 충실한 부품이었다. 다만 자아가 있는 독특한 부품이다.

225

간첩 사건 무죄판결로 한시름을 놓고 있던 변호인단과 유우성은 다시 재판을 준비해야 했다. 그래도 유우성이 불구속 상태이기 때문에 처음부터 함께 재판을 준비할 수 있었다. 유우성에게 적용된 혐의는 두 가지이다. 하나는 외국환거래법 위반이고, 다른 하나는 공무집행방해이다.

외국환거래법 위반 혐의는 유우성이 탈북자들에게 의뢰를 받고 중국에 있는 외당숙과 함께 중국을 통해 북한에 거주하는 가족들에게 돈을 보내 주었다는 것이다. 한국에 정착한 탈북자들은 북에 남겨진 가족들에게 돈을 보내고 싶어 한다. 그러나 합법적으로 보낼 방법이 없다. 그래서 탈북자가 중국으로 돈을 보내면 중국에서 북한의 가족에게 돈을 보내거나 거래 관계에 있는 사람들끼리 주고받을 돈을 서로 상계 처리하는 방식 등으로 북한의 가족에게 돈을 보낸다. 불법이지만 탈북자들이 북한의 가족에게 돈을 보내는 사실상 유일한 방법이라 암묵적으로 용인되고 있기도 하다. 그렇기 때문에 유우성은 2010년 당시 초범에 범행을 자백까지 해서 기소유예라는 선처를 받은 것이다.

공무집행방해 혐의는 탈북자만 서울시 공무원에 임용될 수 있는데 유우성이 중국 화교라는 사실을 숨기고 탈북자로 위장해 서울시 공무원에 임용되었다는 것이다. 유우성은 북한에서 나고 자랐고 북한 공민들이 다니는 학교를 함께 다녔기 때문에 정체성이 북한 주민이었다. 한편 외할아버지가 중국인이기는 했으나 독립운동을 도운 공로로 북한 국적을 취득했고, 유우성도 초등학교 시절까지는 북한 국적이었다. 그렇다면 비록 화교이기는 하나 법률상 국적은 북한 국적을 취득한 적이 있기 때문에 북한이탈주민보호법상 탈북자에 해당하여 서울시 공무원으로 임용된 것은 공무집행방해죄가 성립하지 않는다.

우리는 회의를 거듭한 끝에 국민참여재판을 신청하기로 했다. 사건의 가장 중요한 다툼은 검찰의 보복 기소 여부였다. 법률적으로는 공소권 남용을 주장하는 것이다. 공소권 남용이란, 검사가 기소한 것이 형식적으로는 적법한 듯하지만 실제로는 재량권을 넘어 기소한 것으로 위법한 공소 제기이다. 대표적으로 검찰의 보복 기소가 그 예이다. 공소권 남용이 인정되면 유무죄를 판단하지 않고 검사의 공소를 기각하는 결정을 해야 한다. 공소권 남용은 학자들 사이에서는 인정되고 있으나 실제 재판에서 인정된 적이 한 번도 없는 이론에 불과했다. 왜냐하면 공소권 남용을 인정하게 되면 검사가 나쁜 의도로 위법한 기소를 했다는 것이므로 해당 검사에게 불이익이 발생할 수 있기 때문이다. 차라리 법원이 무죄를 선고하면 검사의 입증 부족이기 때문에 징계까지 받을 일은 아니나 공소권 남용이 인정되면 위법 행위를 인정하는 것이라 징계 혹은 경우에 따라서는 처벌까지 받을 수 있다. 그래서 판사들이 같은 사법연수원을 수료한 동료 법조인에게 불이익한 판단을 하기 어려운 것이 현실이다. 변호인단이 국민참여재판을 선택한 이유가 바로 여기에 있다. 직업 법관들은 공소권 남용을 인정하기 어려우니 그런 부담이 없는 국민에게 판단을 받아보자는 것이었다. 유우성은 다시 국민참여재판을 신청했다.

검사는 서울시 공무원 간첩조작 사건 때처럼 또다시 국민참여재판을 반대했다. 기소를 담당한 안동완 검사는 반대 의견서를 제출했다. 주변 정황이나 여러 사정을 고려할 때 공정성과 객관성에 의문이 제기될 수 있다는 의견서를 제출했다. 그리고 유우성의 간첩 사건 1, 2심이 무죄로 선고되어 배심원들이 선입견을 가질 수 있다고 주장했다. 또한 변호인들이 언론 인터뷰를 통해 검찰이 유우성을 괴롭히기 위해 기소한 것이라는 주장을 했기 때문에 배심원들이 선입견을 가질 수 있다고 했다. 특히 유우성의 간첩 재판에 출석해 비공개 증언을 했던 탈북자가 증언 내용이 유출돼 언론에 보도하는 바람에 북한에 남은 가족과 연락이 두절되었다며 고소한 사건을 거론했다. 그는 유출자로 변호인이나 유우성을 의심했다. 그러나 비공개 증언을 유출한 이는 국정원 직원이었음이 뒤에 밝혀졌다.

나는 안동완 검사가 주장하는 반대 이유들이 모두 부적절하다고 반박했다. 특히 배심원들에 대한 선입견 주장은 국

2014년 4월 7일, 유우성 사건 비공개재판에 증인으로 출석했던 탈북자가 피고인 유우성의 간첩 혐의에 대한 자신의 증언 사실이 북한에 유출됐다며 검찰에 수사를 요청, 증언 유출자를 처벌해 달라는 내용의 고소장을 서울중앙지검에 접수했다. (사진 제공: 연합뉴스)

민을 매우 단순한 존재로 인식하는 부적절한 이유였다. 실제 국민참여재판을 해 보면 배심원들은 아주 진지하게 증거 관계를 따지고, 누구보다 큰 책임감을 갖고 선입견 없이 백지상태에서 사건을 판단한다. 특히 보복 기소인지 여부는 보통 사람의 합리적인 법 감정으로 판단을 해야 하고, 이미 증거 조작을 한 검찰로부터 형사재판의 공정성과 적법성이 지켜지기 위해서라도 반드시 국민참여재판이 필요하다고 강변했다. 혹여나 비공개재판으로 절차가 왜곡될 것이 우려되었다. 결국 법원은 국민참여재판으로 진행하기로 결정했다.

형식이 실질을 지배하는 경우가 가끔 있다. 형사재판이

그러하다. 형사재판은 다른 어떤 절차보다 형식이 중요하다. 공개재판과 재판 과정에서 이의 제기, 녹음 신청 등 하나하나가 모두 변호인이 다투어야 할 절차들이다. 그에 따라서 증거의 증거능력이나 신빙성에 영향을 미치고 결과적으로 재판의 결과에도 영향을 미치기 때문이다. 유가려의 증거보전 재판이 절차 위반으로 유가려의 증언을 증거로 아예 쓰지 못했던 사례가 그러하다.

판사가 진행하는 형사재판은 보통 1개월에 한 번 재판이 열리고, 짧게는 3~4개월이 걸리며 무죄를 다투는 사건은 1~2년이 걸리기도 한다. 그러나 국민참여재판은 생업이 있는 일반 국민들이 배심원이 되어 재판을 하기 때문에 1~2일 정도 집중적으로 재판해야 한다. 그래서 본재판을 진행하기 위한 준비 절차인 공판준비기일이라는 것을 충분히 진행한다. 본재판 기간을 며칠로 할지, 배심원을 몇 명으로 할지, 배심원 선정 방식을 어떻게 할지를 미리 정하고, 증인으로 누구를 부를 것인지, 어떤 증거를 제출하고 증거조사는 어떻게 할 것인지, 공공기관 등에게 사실조회를 신청할지 여부 등을 공판준비기일에 미리 결정한다. 그리고 배심원들이 출석하는 본재판 기일을 정한다.

유우성 사건은 총 14회의 공판준비기일을 진행하고 본재판인 국민참여재판 기일은 약 1년 뒤인 2015년 7월 13일부터 15일까지 3일간 진행했다. 공판준비기일은 서울중앙지방법원

서관 423호에서 진행했다. 14회의 공판준비기일은 상당히 오랜 기간 많은 횟수를 진행한 편이다. 그만큼 다툼이 치열한 사건이라는 뜻이다.

재판을 준비하는 기간이 길고 지난했지만 변호인단은 형사재판에서 새로운 역사를 쓴다는 각오로 준비했다. 외국환거래법 위반 혐의는 이미 자백을 했던 사건이라 공소권 남용으로 다투는 것이 주요 변론 방향이었고, 공무집행방해의 경우 무죄를 다투되 유우성이 북한 국적을 취득했다는 것을 입증하는 게 현실적으로 어렵기 때문에 유죄가 인정되더라도 벌금형이 선고되도록 양형 주장도 병행하는 것으로 방향을 잡았다.

14회의 공판준비기일을 거치는 동안 재판부도 변경되었다. 국민참여재판이 3일 동안 진행되고 모든 증인들을 3일 동안 신문해야 하며, 최후변론까지 준비해야 하기 때문에 본재판을 준비하는 과정은 변호인들에게도 매우 힘들다. 우리는 역할 분담을 했다. 증인별로 담당 변호사를 정해 질문지를 미리 작성하기로 했고, 최후변론을 위한 프레젠테이션도 준비하기로 했다. 최후변론은 김유정, 이재정 변호사가 맡았다. 물론 다른 변호사들도 간첩 사건처럼 구술로 최후변론을 준비했다. 이번 사건은 언론의 관심도 컸지만 형사법 학계에서도 중요한 의미를 갖는 재판이었고, 국민참여재판 경험이 있는 변호사가 더 필요해 이재정 변호사도 합류했다. 나와 이재정 변호사는 박근혜 대통령 5촌 살인 사건을 보도한 김어준, 주진 우에 대한 재판에서 국민참여재판을 함께했던 경험이 있고, 나는 이와 별도로 국민참여재판을 수회 진행했다. 나중의 일 이지만 이재정 변호사가 국회의원이 된 뒤에 공직선거법 위 반으로 기소되었는데, 이때에도 국민참여재판을 했다. 어쨌든 국민참여재판은 그만큼 집중적으로 재판을 해야 하기 때문 에 변호사가 많을수록 수월했다. 이미 간첩 사건에서부터 도 움을 주었던 이재정 변호사가 다시 합류해 모두 반갑고 고마 워했다.

국민참여재판을 집중적으로 준비하기 위해 우리는 합숙 을 하며 변론을 준비했다. 서울에 숙소를 잡아 놓고 모두 모 여서 그동안 준비한 증인신문 사항을 검토하고, 증거 관계를 토론하며 변론을 준비했다. 최후변론을 맡은 변호사들은 프 레젠테이션 준비에 열을 올렸다. 당시 아이가 어렸던 이재정 변호사는 같은 숙소에 방을 따로 잡아 두고 오가며 헌신적으 로 재판을 준비했다. 재판 준비를 하는 과정에서 이상한 일이 있었다. 내 노트북이 자동으로 영상 녹화를 하고 있었다. 당 시 나는 애플의 맥북 에어를 사용하고 있었는데, 준비 회의를 시작하자 모니터 상단에 있는 카메라 옆에 불이 들어왔다. 맥 북 에어에 익숙지 않았던 나는 처음 있는 일이어서 무엇인지 모른 채 유우성에게 이거 이상하다고 말하며 그냥 회의를 진 행했다. 나중에 알고 보니 카메라가 켜질 경우에 불이 들어오는 것이었다. 회의를 하는 내내 카메라가 켜져 있었던 것인데, 카메라 앱을 실행하지 않으면 켜질 이유가 없었고 나는 앱을 실행한 사실이 없었다. 그날 처음이자 마지막으로 있었던 일이다. 이상한 일은 여기에서 그치지 않았다. 유우성의 휴대폰에 있던 데이터들이 갑자기 자동으로 삭제되었다. 아직도 그 원인은 모르겠다. 그러나 그 이후 박근혜 정부에서 국정원이 해킹 프로그램을 구입해 사용했다는 뉴스를 접하고, 유우성의 휴대폰 이상에 대해서는 언론에 제보해 보도가 이루어지기도 했다. 찝찝한 기분으로 재판 준비를 마쳤지만 그래도 내용에 있어서는 만족스러웠다. 다들 열성적으로 준비했고, 배심원들을 설득해 역사상 처음으로 재판에서 보복 기소를 인정받겠다고 각오를 다졌다.

검찰의 오만한 소를
기각하여 주십시오

2015년 7월 13일, 드디어 국민참여재판이 시작되었다. 나는 공판준비기일을 진행한 법정이 아닌 서울중앙지방법원 서관 417호 대법정으로 향했다. 공판에는 기소를 한 안동완 검사 이외에 한종무, 심형석, 이호석 검사가 합류했다. 국민참여재판은 재판 당일 출석한 배심원 후보자들 중에서 배심원을 확정하는 선정 절차를 먼저 진행한다. 배심원은 총 7명을 선정하되 배심원의 갑작스러운 질병 등 혹시 모를 사정에 대비해 예비 배심원 2명을 선정하기로 했다. 먼저 재판부가 추첨을 통해 배심원 후보 9명을 선정하면 검사와 변호사가 후보자들에게 질문을 통해 특정 후보를 배제하는 의견을 제시하고, 다시 배제된 수만큼의 후보자를 추첨하는 절차를 반복한다. 그렇게 수회 반복하다가 더 배제할 후보자 없이 배심원이 9명이 되면 배심원 선정 절차를 마친다.

한편 특정 후보를 배제하는 방법은 법에서 정한 합당한 이유를 제시하고 배제 요구를 하는 방법과 아무런 이유를 제시하지 않고 배제시키는 무이유부 기피신청 방법이 있다. 검사는 배심원 후보들에게 어디 사는지, 집회에 참석한 경험이 있는지 등을 물었고, 잘사는 동네에 사는 사람들을 남기려고 했다. 매우 황당한 방식이었다. 변호인단의 배심원 선정 절차는 나와 이재정 변호사가 담당했다. 우리는 형사재판에서 무죄 추정의 원칙에 대해 어떤 입장을 가지고 있는지, 공소권 남용에 대해 알고 있는지, 검사의 공소장은 검찰의 의견에 불과하다는 것을 알고 있는지 등 일반적인 질문과 교육형 질문, 그리고 약속을 받는 질문 등을 했다. 예를 들어 본인 빼고 모든 배심원이 유죄라고 주장할 때 무죄라는 판단을 유지할 것인지 그냥 다수의 의견을 따라갈 것인지를 물었고, 모든 배심원 후보들이 무죄를 끝까지 유지하겠다는 답변을 했다. 실제로 배심원들이 평의를 할 때 발생할 수 있는 상황에 대해 사전에 약속을 받아 둔 것이다.

9명의 배심원 중에서 재판부가 다시 예비 배심원 2명을 추첨해 최종적으로 7명의 배심원과 2명의 예비 배심원이 선정되었다. 다만 예비 배심원이 누구인지는 재판부만 알고 아무도 모른 채 진행한다. 그래야 예비 배심원도 재판에 성실하게 임하기 때문이다. 7월 13일 오전 재판은 이렇게 배심원 선정 절차로 마무리되었다.

오후 1시 30분부터 본격적인 재판이 시작되었다.

검사가 공소사실을 설명하고, 내가 공소사실에 대한 유우성의 입장을 배심원들에게 설명했다. 그 이후 검사와 변호인은 재판에서 어떻게 주장 사실을 입증할 것인지 입증 계획을 설명했다. 국민참여재판은 형사소송법상 절차를 거의 그대로 적용하기 때문에 세세한 재판 준비가 필요하다. 일반 재판과 달리 마치 영화나 드라마에서 보는 것 같은 재판이 이루어지는 것이다. 입증 계획은 초반에 배심원들에게 사건의 방향과 어떤 증거들이 있는지를 설명하면서 사건에 대한 입체적인 그림을 그릴 수 있도록 하는 절차라 매우 중요하다. 검찰은 안동완·심형석 검사가 프레젠테이션을 진행했고, 변호인단은 내가 프레젠테이션을 진행했다. 그리고 곧이어 유우성이 사건에 대한 자신의 입장과 심경을 배심원들에게 상세하게 설명했다.

235

이제 본격적으로 증인신문 및 증거에 대한 설명이 시작되었다. 탈북자와 서울시 공무원 등 9명에 대한 증인신문을 했고, 검사 측의 제출 증거를 검사가 배심원들에게 설명했다. 진술조서의 경우 핵심 내용을 설명하고, 기타 물증의 경우 배심원들에게 보여 주며 그 의미를 설명했다. 변호인 역시 증거에 대한 설명을 했는데, 검사가 제출한 증거는 유죄의 증거가 될 수 없다는 주장을 하고, 변호인이 제출하는 증거는 알리바이를 입증하거나 검사의 주장을 반박하는 것이라 설명했다. 특히 검사가 증거 조작이 적발된 이후 유우성을 괴롭히기 위해 보복 기소한 것이라는 점을 지속적으로 주장했고, 그 과정을 자세히 설명하는 데 많은 시간을 할애했다. 배심원들은 긴 시간 재판이 이어지고 자칫 지루할 수 있는 법리 논쟁이 있었음에도 매우 진지하게 경청하고 메모하며 필요한 질문도 이어 갔다.

재판은 총 3일을 진행해 7월 15일까지 이어졌다. 마지막 날까지 유우성과 변호인단은 혼신의 힘을 다했다. 배심원들도 3일 동안 생업을 중단하고 재판에 참석했지만, 변호인단 역시 모든 사건을 뒤로하고 재판에 임했다. 무엇보다 유우성 본인은 간첩 사건에서 간신히 억울함을 덜었는데 다시 재판을 받게 되었고, 자칫 다시 구속이 될 수도 있다는 불안감에 무척 힘들어했다. 중국에서 사건의 결과를 기다리던 유우성의 아버지와 유가려도 두려운 시간이긴 매한가지였다. 유우성은 긴 터널 속에 갇혀 헤어 나오지 못하고 있었다. 최후변론은 김유정 변호사와 이재정 변호사가 호소력 있는 어조와 근거들로 배심원들을 설득했다. 김자연 변호사 역시 이제는 남편이 된 유우성을 위해 최후변론을 했다. 최대한 감정을 자제하며 변론을 했으나 진심 어린 걱정이 배어 나왔다. 김자연 변호사의 최후변론을 들어 보자.

피고인이 한국에 온 지 올해 12년째가 됩니다. 대부분의 시간을 피의자 또는 피고인으로 살아왔습니다. 심지어 국정원과 검찰에 의해 간첩으로 조작되어 8개월간 서울구치소 독방에 구속되기도 하였습니다. 무죄를 받고 나왔지만 여전히 그에게는 창살 없는 감옥입니다. 남들에게는 참 쉬운 일도 그에게는 참 어렵습니다. 왜 이렇게 고통을 받아야 하는 걸까요. 여기 계신 검사님들은 왜 규칙을 어겨 가면서까지 수사를 하시는 것일까요. 작년 4월 25일에 무죄 선고를 받고 그 이후로 언론에서는 추가 기소를 할 것이다, 보복 기소를 할 것이다 이런 보도들이 나오기도 했습니다. 그런데 저희는 설마 기소할까 그렇게 얘기했는데 보름 만에 기소하였습니다. 간첩이 안 되면 최소한 이상한 사람, 나쁜 사람이라도 만들어야겠다는 권력의 오만함 앞에서 정말 높은 벽을 실감했습니다. 그런데 제가 알기로는 피고인은 이상한 사람도 아니고 나쁜 사람도 아닙니다. 오히려 강자 앞에서 강하고 약자 앞에서 약한 가장 마음이 따뜻한 사람입니다. 사실 그래서 저는 피고인을 정말 많이 좋아합니다. 배심원 여러분 한 가지만 부탁드리겠습니다. 저희가 설명드렸던 이 사건의 경위와 저희가 제출했던 증거를 신중하게 살펴봐 주십시오. 헌법과 검찰청법 4조[*]를 수호해야겠다는 국민과 사법부의 높은 의지를 보여 주십시오. 그래서 반성 없는 검찰의 오만한 소를 기각하여 주시기를 간절히 바랍니다.

김자연 변호사의 최후변론을 듣던 방청석의 가족, 친구, 지인들은 눈물을 흘렸고, 옆에 있던 유우성도 눈물을 훔쳤다.

변호인의 최후변론에 이어 유우성의 최후진술까지 마치고 우리는 이제 배심원들의 판단을 기다려야 했다. 재판은 늦은 밤에 끝났고, 우리는 배심원들이 평의를 마칠 때까지 법원 계단에 앉아서 기다렸다. 카페나 식당도 다 문을 닫는 시간이라 달리 갈 곳도 없던 우리는 계단에 앉아 시원한 바람을 맞으며 좋은 결과를 기대했다.

■ "검사는 그 직무를 수행할 때 국민 전체에 대한 봉사자로서 헌법과 법률에 따라 국민의 인권을 보장하고 적법절차를 준수하며, 정치적 중립을 지켜야 하고 주어진 권한을 남용하여서는 아니 된다." – 검찰청법 4조(검사의 직무) 중에서

238

국민참여재판이 끝나고 판결을 기다리는 동안 법원 계단에서 (사진제공: 김용민)

배심원의 평의가 언제 끝날지 모르기 때문에 우리는 무작정 기다려야 했다. 밤 12시 무렵 재판부에서 연락이 왔다. 2015년 7월 16일 0시 30분에 판결 선고를 한다고 했다. 순간 긴장감이 감돌았다. 우리는 서로를 격려하며 417호 대법정으로 향했다. 법정에는 우리와 검사들이 먼저 앉아 있었고, 잠시 뒤 배심원단과 재판부가 입장했다. 나는 평결을 예측하기 위해 배심원들의 얼굴을 살펴보았지만 모두 무표정이었다. 긴장감이 커졌다. 유남근 부장판사가 배심원 평결을 설명했다. 7명의 배심원 중 4명이 공소권 남용을 인정했다. 우리는 내심 쾌재를 외쳤다. 역시 배심원단의 상식을 믿기를 잘했다고 생각했다. 그제야 배심원단도 미소를 지었다. 그러나 그 뒤 재판부의 입장을 설명하는 대목에서 모든 게 뒤집혔다. 재판부는 배심원단의 평결과 달리 검사의 보복 기소가 아니라고 판단했다. 그리고 모두 유죄를 인정한 뒤 벌금 1천만 원을 선고했다. 매우 당혹스러운 상황이었다. 배심원들도 황당하다는 표정이었다. 3일 밤낮을 고생하며 재판에 임한 배심원들이 낸 결론이 순식간에 휴지 조각이 되었기 때문이다. 국민참여재판의 취지가 국민의 눈높이에서 판결을 하자는 것이므로 보통은 배심원단의 평결을 존중해 재판부가 그대로 판결을 하는 경우가 대부분이다. 그런데 유남근 부장판사와 최유신, 이지웅 판사는 합리적인 이유 없이 국민의 상식을 뒤집어 버렸다. 게다가 재판부가 판단하기 곤란한 검찰의 위법 행위에 대해 배심원들이 용기를 내어 판단을 했는데 그걸 뒤집어 버린 것이다. 배심원단의 평결을 뒤집어 버렸던 영화 〈소수의견〉의 현실판이었다. 국민참여재판을 하지 않았다면 처음부터 정해진 틀 안에서 헛수고를 할 뻔했다고 생각했다. 나는 매우 화가 났고 유우성과 상의해 즉시 항소를 하기로 결정했다.

공소권 남용을 인정한
역사적 판결

유우성과 검찰이 모두 항소를 해 2심 재판이 시작되었다. 2015년 10월 26일 항소심 첫 공판기일이 열렸다. 다행히 2심 재판부는, 앞선 간첩 사건을 기소할 당시 유우성이 화교이고 외당숙의 불법 대북 송금을 도왔다는 것을 검찰이 다 알고 있으면서, 그때는 기소하지 않다가 왜 지금에 와서야 기소를 한 것이냐는 근본적인 의문을 제기했다. 도대체 달라진 게 뭐가 있냐고 했다. 안동완 검사는 달라진 게 있다고 주장했지만 오히려 외국환거래법을 위반했다고 한 금액 등이 줄어들었다. 그렇다면 더더욱 기소하면 안 되는 사건이었다.

항소심에서 여섯 번의 재판을 하고 2016년 9월 1일 판결을 선고했다. 선고 결과는 1심을 완전히 뒤집었다. 윤준 부장판사와 이현석, 이규영 판사는 검사의 보복 기소가 공소권 남용이 맞다고 판결했다. 실로 역사적인 판결이었다. 재판부가 공소권 남용을 인정한 이유는 다음과 같다.

① 종전 사건에 대한 기소유예 처분이 있었던 2010. 3. 29.으로부터 만 4년이나 지난 2014. 5. 9. 현재 사건이 기소된 점, ② 그사이에 국가정보원 직원들이 조작한 증거가 2013. 9. 공판 관여 검사들에 의하여 국가보안법 위반 등 사건의 항소심 법원에 제출되었고, 이에 피고인이 2014. 1.경 서울중앙지방검찰청에 '국정원 직원들과 수사검사, 수사관들이 공모하여 국가보안법 위반 등 사건의 항소심 재판부에 허위로 날조된 피고인에 대한 출입경기록 등을 증거로 제출하였다'는 이유로 국가보안법위반(무고·날조)죄로 이들을 고소하였으며, 2014. 2. 위 증거 위조가 밝혀지고, 그로 인해 위 직원들이 2014. 3. 31. 모해증거위조 등으로 구속되었으며, 그 후 국가보안법 위반 등 사건의 항소심 법원이 2014. 4. 25. 국가보안법 위반 관련 혐의를 모두 무죄로 판단하였고, 위 사건의 공판 관여 검사들이 2014. 5. 1.경 위 증거 위조와 관련하여 징계를 받는 일련의 사건들이 발생하였는바, 현재 사건이 그 직후인 2014. 5. 9. 기소된 점, ③ 종전 사건의 피의사실과 현재 사건의 공소사실 사이에 기소유예 처분을 번복하고 공소 제

기해야 할 만한 의미 있는 사정 변경은 없는 점, ④ 재수사의 단서가 된 박광일의 고발은 검찰사건사무규칙에 따라 각하되었어야 할 것인 점, ⑤ 현재 사건에 대한 공소 제기를 적정한 소추재량권 행사로 평가할 수 있는 사정이 존재한다면 국가보안법 위반 등 사건의 공소 제기 당시 함께 기소하였을 것으로 보이는 점 등 앞서 인정한 사정들을 모두 종합해 보면, 검사가 현재 사건을 기소한 것은 통상적이거나 적정한 소추재량권 행사라고 보기 어려운바, 어떠한 의도가 있다고 보여지므로, 공소권을 자의적으로 행사한 것으로 위법하다고 평가함이 상당하다. 또한 이로 인하여 피고인이 실질적인 불이익을 받았음이 명백하므로 현재 사건에 대한 기소는 소추재량권을 현저히 일탈한 경우에 해당한다고 인정된다. 따라서 이 사건 공소사실 중 외국환거래법 위반의 점에 대한 공소는 그 공소 제기의 절차가 법률의 규정에 위반하여 무효인 때에 해당한다.

항소심 선고를 듣는 내내 유우성과 나는 감탄했다. 배심원단의 상식적인 판단에 더해 유우성과 변호인들이 그렇게 호소했던 주장들이 거의 다 받아들여졌다. 우리 형사재판 역사상 처음으로 보복 기소를 인정한 순간이었다. 이 사건은 형사소송법 교과서에도 실린 사건이 되었다. 사건의 실체를 용기 있게 판단한 재판부의 결단으로 유우성의 억울함이 풀리는 순간이었다. 다만 재판부는 공무집행방해죄에 대해서는 유죄를 인정하고 벌금 700만 원을 선고했다. 유우성 입장에서는 이 부분이 다소 아쉽지만 유우성의 북한 국적 취득 사실을 입증하기 어려운 현실적인 한계 때문이라 생각했다. 가장 중요했던 보복 기소가 법원에서 인정되었기 때문에 우리는 그것만으로도 만족했다.

항소심 판결이 선고되자 일본의 한 법학교수로부터 민변을 통해 내게 연락이 왔다. 일본에서는 아직 공소권 남용을 인정한 판결이 없는데 아주 중요한 판결이 선고되었다며 판결문을 보내 달라고 했다. 나는 흔쾌히 판결문을 보내 주었다. 우리나라에서도 중요한 판결이지만 이웃 나라 일본에서도 학자들이 관심을 가질 매우 중요한 판결인 것이다.

공소권 남용 판단은 법원 입장에서 매우 쉽지 않은 결정이다. 무죄를 선고하는 것보다 더 어렵다. 무죄 판단이 검사가 무능했다고 판결하는 것이라면 공소권 남용은 검사가 나쁜 짓을 했다고 판결하는 것이기 때문이다. 징계 사유나 직권남용 범죄도 될 수 있다. 그렇기 때문에 법원도 공소권 남용을 인정하기에 매우 조심스러웠다. 대법원도 다를 바 없다. 그래서인지 대법원은 판단을 미뤘다. 그사이에 유우성 사건에 대해 검찰과거사위원회의 조사가 있었고, 문무일 검찰총장이 대국민 사과까지 했다. 물론 피해자 유우성에 대한 사과가 아니라 국민에 대한 사과였다. 그렇지만 대법원이 보복 기소를 인정할 수 있는 여건이 더 마련되었다. 결국 대법원은 상고심 재판이 시작된 지 5년 만인 2021년 10월 14일 선고를 했다. 세 장짜리 판결문이었지만 결과는 유우성의 대승리였다. 박정화, 김선수, 노태악, 오경미 대법관은 공소권 남용을 인정하는 확정판결을 선고하였다.

> 원심은 그 판시와 같은 이유로, 이 사건 공소사실 중 외국환거래법 위반 부분에 대한 공소 제기는 검사가 공소권을 자의적으로 행사한 것으로서, 이로 인하여 피고인이 실질적인 불이익을 받았음이 명백하므로 소추재량권을 현저히 일탈할 경우에 해당한다고 보아, 유죄로 판단한 제1심 판결을 파기하고 형사소송법 제327조 제2호에 따라 이 부분 공소를 기각하였다. 관련 법리와 기록에 따라 살펴보면, 원심의 판단에 상고 이유 주장과 같이 필요한 심리를 다하지 않은 채 논리와 경험의 법칙을 위반하여 자유심증주의의 한계를 벗어나거나 공소권 남용에 관한 법리를 오해한 잘못이 없다.

2심 선고의 역사적 의미를 넘어 이제는 되돌릴 수 없도록 판결을 확정한 것이 대법원 선고의 의미이다. 공소권 남용은 이론상으로만 존재하는 사건이라고 공부했는데, 이제 대법원 판결로 현실에도 존재하는 것으로 변경되었고, 확정되었다. 또다시 검찰이 완패한 순간이다. 이는 공식적으로 검찰의 최대 흑역사가 되었다. 대한민국 모든 교과서에 실릴 사건이고, 외국의 교과서에도 실리게 될 형사소송법적으로 매우 중요한 판결이다. 물론 유우성 개인에게는 그런 게 아무런 의미가 없다. 자신이 그동안 고통받았고 이제 재판에서 벗어나나 했더니 다시 불이익을 주는 보복 기소를 당해 무려 7년이나 고생을 한 것이다. 유우성은 무사히 재판에서 벗어난 것에 감사할 따름이었다.

대법원이 공소권 남용을 최종적으로 인정한 날은 2021년 10월 14일이었고, 당시 나는 국회 법사위원으로 국정감사를 진행하고 있었다. 그 무렵 국감장에 이두봉 검사가 기관증인으로 출석했다. 이두봉 검사는 안동완 검사가 보복 기소를 할 당시 결재를 한 부장검사였다. 통상 중요 사건의 경우 담당 검사가 직접 사건의 기소 여부를 결정할 수 없다. 모든 과정을 부장검사와 차장검사, 검사장에게 승인받고 처리한다. 심지어는 대검에 보고하고 승인을 얻어야 진행할 수 있는 경우도 부지기수다. 어쨌든 이두봉 검사는 보복 기소에 직접 결재를 한 책임이 있는 사람이다. 나와 최강욱 의원은 보복 기소에 대해 사과할 의향이 있느냐고 따져 물었지만 끝까지 사과하지 않았다. 너무나 뻔뻔한 모습이었다. 대법원의 확정판결조차 인정하지 않는 모습에서 검찰의 오만함을 분명하게 읽을 수 있었다. 그 뒤 이두봉 검사는 윤석열 정부 들어 첫 검찰총장 후보로 올랐으나 최종 단계에서는 임명되지 못했다. 나는 국회의원으로서 이두봉 검사에 대한 탄핵을 준비하고 있었으나 검찰총장에 임명되지 못하고 검찰을 떠난 바람에 실행에 옮기지는 못했다. 검찰이 스스로 책임을 지지 못한다면 국민의 대표 기관이 나서서 책임을 물어야 한다. 다만 검사 한 명을 탄핵하는 데에도 100명의 의원이 동의해야 발의할 수 있어서 법적인 그리고 현실적인 장벽이 너무 높다.

진실을 드러내는 자와 감추는 자

초라한 수사와 기소

법치주의 국가에서 국가기관이 사건을 조작하다 실패하니 증거를 조작했다. 과거 중앙정보부, 안기부 등이 저지른 수많은 조작 사건이 뒤늦게 과거사 조사나 재심으로 밝혀지고 있지만, 조작이 재판 과정에서 공식적으로 확인된 것은 이번이 첫 사례이다. 그동안은 조작을 해도 걸리지 않았으니, 국정원도 검찰도 제 입맛대로 조작하고 묵인할 수 있었다. 한편 이 증거 조작은 법치주의 훼손의 문제를 넘어 외교 문제로까지 비화되었다. 대한민국은 아시아에서 가장 성공적인 민주화를 이룬 나라에서 외국 공문을 위조하는 나라로 전락했다. 중국 정부는 공문서 위조와 관련해서 "중국 정부는 이미 한 달 이상 조사해 위조 사실을 확인했다"고 밝히며 위조범 처벌을 위해 한국 정부에 범죄 피의자 명단 통고를 요청했다.[■] 과거 박정희 대통령 시절 중앙정보부가 독일, 프랑스 등 유럽에 거주한 유학생, 예술인 등을 강제로 납치해 외교 문제로 크게 번진 동백림 사건 이후 또다시 대공수사기관에 의한 외교 문제가 발생한 것이다. 동백림 사건으로 우리나라는 국제사회에서 망신을 당하고 국격도 바닥으로 떨어졌다. 게다가 정보기관의 활동 영역도 대폭 축소되어 국가적 손실이 매우 큰 사건이었다. 그런데 21세기 대한민국에 다시 조작의 망령이 등장했다. 믿을 수 없는 일이고, 국민들은 큰 충격을 받았다. 하지만 이런 거대한 사회적 충격에도 불구하고 검찰의 수사 결과는 초라하기 그지없었다. 간첩 조작 사건을 증거 조작 사건으로 축소했고, 수사의 대상과 적용 법도 모두 축소했다. 매우 의도적이다.

유우성 사건은 간첩 조작 사건이다. 처음부터 간첩이 아닌 사람을 간첩으로 만든 사건이다. 그러나 검찰과 국정원은 증거 조작 사건이라고 한다. 유우성이 간첩은 맞는데, 간첩이 맞는다는 확실한 증거가 없어 조작을 했을 뿐이라는 것이다. 그러나 왜 간첩이 맞는지 증거를 제시하라고 하면 제시하지

■ 2014년 2월 21일의 일이다. 중국 정부의 이러한 강경한 입장은 한국 정부가 중국 정부의 위조 판정에도 불구하고 위조가 아닐 수도 있다는 모호한 입장을 취한 것에서 기인하는 것으로 보인다. 당시 중국 정부는 중국 법에 따라 위조범을 직접 처벌하겠다며 사실상 한국 정부에 범죄 피의자 인도를 요구해 큰 파장이 일었다.

못한다. 수사기관이 증거도 없이 심증만으로 죄인이라고 판단하는 것은 우리 헌법 체계상 용납할 수 없다. 따라서 증거 조작 사건은 처음부터 간첩 조작 사건으로 수사가 진행되어야 했다.

2014년 2월 13일 중국 측의 사실조회 회신을 계기로, 유우성 출입경기록을 위조하고 이를 감추기 위해 관련 서류를 위조하거나 허위 공문서를 작성한 혐의로 수사가 시작되었고, 검찰은 마지못해 수사에 착수했다. 당시 유우성에 대한 간첩 사건이 재판 중이었기 때문에 수사 결과가 유우성에게 유리하게 작용하는 것을 참기 어려웠을 것이다. 하지만 진실은 하나이고, 분명하게 드러난 상태였다.

이 사건에 가담한 검사는 모두 불기소로 처분됐다. 국정원 직원들도 지휘와 결재 라인에 있는 상급자는 모두 제외하고 실무자만 기소됐다. 국정원의 권세영 과장은 발견되기 쉬운 장소에서 남의 차를 빌려 타고 번개탄 자살을 시도하다 바로 구출되었는데, 특이하게 유우성 사건만 부분기억상실증에 걸렸다. 믿기 어렵겠지만 재판에서까지 저 주장을 계속했다. 코미디였다.

칼자루를 쥔 검찰은 이 사건이 확대되는 것을 극도로 꺼렸다. 그들은 범죄 혐의에 대한 법률 적용을 왜곡했다. 국가보안법에는 조작 사건이 난무했던 과거를 반성하기 위해 사건 조작을 처벌하는 '날조죄'를 규정하고 있다. 따라서 적어도 증거 조작 사건은 국가보안법상 날조죄로 처벌해야 한다. 날조죄가 적용되면 날조한 혐의인 간첩죄의 법정형에 따라 처벌할 수 있다. 따라서 사형, 무기징역 또는 7년 이상의 징역형으로 처벌해야 한다. 그러나 검찰은 집행유예가 가능한 모해증거위조죄를 적용해 수사하고 기소했다. 이는 검사들에 대한 봐주기 수사와 국정원을 달래서 검사들에 대한 수사로 확대되는 것을 차단하기 위한 것이라 추정할 수 있다. 국정원에서는 검사들도 위조에 가담했거나 적어도 알고 있었다고 주장하면서 검찰을 공격할 수 있었는데 국정원 실무자들만 기소하는 선에서 정리가 되고 법정형도 낮은 범죄로 기소하는 것으로 타협했을 가능성이 높다. 실제 재판 과정에서 국정원 수사관들은 검사들도 위조를 알았다는 취지로 항변했지만, 법원은 이 주장을 받아들이지 않았다. 설령 받아들인다 해도 법원이 기소할 수 없으니 검사를 처벌할 수는 없지만, 국정원 수사관들의 양형에 유리하게 작용될 가능성은 있었다. 하지만 별다른 반향은 없었다. 특히 비공개재판을 진행해서 언론에서 알 수도 없었다.

수사 결과, 검찰은 2014년 3월 31일 실제 문서 위조를 지시하고 진행한 김보현 과장과 조선족 협조자 김원하를 구속기소했고, 그 뒤 2014년 4월 14일 국정원 이재윤 처장, 주심양 총영사관에 파견된 국정원 직원 이인철 영사를 불구속기소했다. 국정원 권세영 과장에 대해서는 자살 시도로 입원 치료

중이라 치료가 끝날 때까지 기다렸다가 2014년 7월 1일 불구속기소를 했고, 또 다른 조선족 협조자 김명석(쩐밍시)에 대해서는 2014년 8월 14일 구속기소했다. 그러나 검찰은 이시원, 이문성 검사에 대해서는 제대로 된 수사 없이 2014년 4월 14일 모해증거위조 등에 대해 불기소처분을 했고, 여론이 잠잠해진 2015년 6월 30일 유우성이 고소한 국가보안법위반(무고·날조)죄를 기소하지 않고 종결했다. 검찰이 절대로 이런 사건에서 검사를 처벌하지 않는다는 것을 분명하게 보여 준 아주 나쁜 선례가 되었다.

"공판 담당 검사의 범죄 혐의에 대하여는 기소하지 아니한 채 피고인 이재윤, 권세영을 기소한 것은 공소권 남용이다." 이것은 내가 주장한 것이 아니라 재판에서 국정원의 이재윤 처장, 권세영 과장과 그 변호인이 주장한 것이다.■

권력이 집중된 기관은 결코 스스로 잘못을 개선하는 법이 없다. 검찰은 과거에도 그랬지만 향후에도 이런 비슷한 일이 발생할 때 결코 새로운 모습을 보이지 않을 것이다. 특히 윤석열 대통령은 검찰총장 시절 감찰은 조직을 깨는 게 아니

■ 권세영 과장은 더 강하게 주장했다. "증거 제출 권한이 있는 공판 담당 검사가 '일사적답복' 및 '거보재료'에 대하여 확인서 작성을 결정하고, 국정원 직원인 김○○ 등에게 그 작성을 지시하였으며, 위 확인서가 허위임을 알면서 이를 사용하였다. 그럼에도, 검사는 공판 담당 검사를 기소하지 아니하고, 범행 과정에 관여 부분이 적은 권세영만을 기소한 것은 공판 담당 검사와 권세영을 불평등하게 대우한 것으로 소추재량권을 현저히 일탈한 공소권 남용이다."

라 지키는 것이라고 언급할 정도로 내부 잘못을 덮는 데 익숙했다. 채널A 사건의 감찰과 수사를 방해한 사유로 윤석열 검찰총장이 징계를 받고, 1심 법원에서 징계가 정당하다는 판결이 나온 것은 결코 우연이 아니다. 윤석열 검찰총장이 과한 측면도 있었지만 다른 누가 그 자리에 가더라도 검사의 책임은 무조건 덮고 보는 것이 현재 검찰의 큰 문제이다.

국정원의 증거 조작[*]

비록 꼬리 자르기와 범행 축소이긴 하나 국정원 직원들이 증거 조작으로 기소된 것은 유래가 없었다. 기소된 국정원 직원들과 조선족 협력자들은 유우성의 출입경기록, 화룡시 공안국의 회신 공문, 삼합변방검문소의 '일사적답복'(一事的答復), '거보재료'(擧報材料) 문건, 출입경기록에 대한 공증을 위조하고, 영사확인서를 허위로 작성한 혐의 등으로 기소되었다. 국정원이 어떻게 증거를 조작했는지, 검사들이 왜 국정원 직원들만 기소했는지 확인하기 위해 1심에서 인정된 범죄 사실을 중심으로 사실관계를 살펴보자. 참고로 법원에서 인정한 범

▲ 이 글에 등장하는 범죄 행위 중 일부는 법리적인 이유로 무죄가 선고되기도 했으나 적어도 사실관계는 증거와 법원의 판단에 의해 인정된 것이다.

죄 사실은 검사가 공소를 제기한 범위 내에서만 판단할 뿐 이를 넘어서는 검사의 잘못을 곧바로 인정할 수는 없다.

이재윤은 대공수사국 처장인데 수사팀을 지휘하고 공판 준비를 총괄하던 직원이고, 김보현은 유우성 사건을 담당하던 대공수사팀 기획 담당 과장으로 중국 관련 증거 수집과 공판 지원 업무를 담당했다. 권세영도 대공수사팀 과장으로 유우성 사건의 수사 및 공판에 관여하면서 소속 수사관들을 지휘하거나 증거 수집에 참여했는데 2014년 2월 주심양총영사관 영사로 파견 예정이었다가 변호인단이 증거 조작을 입증하는 동영상을 제출한 뒤 다시 수사팀으로 복귀했다. 이인철은 대공수사국에서 수사 업무를 담당하다가 주심양총영사관에 파견되어 영사로 근무하고 있었다. 조선족 협조자 김원하는 방문취업비자 등으로 한국과 중국을 오가며 일을 하다 범행 무렵에는 인천에 있는 ○○공업의 직원으로 근무했다. 다른 조선족 협조자 김명석은 김보현 과장과 2005년경부터 중국 단동시에서 지인의 소개를 받아 알고 지냈고, 2009년경까지 심양시에 있는 무역회사에서 함께 근무했다. 국정원 직원들은 신분을 감추기 위해 무역회사 직원으로 위장을 하곤 한다. 이들이 똘똘 뭉쳐서 유우성 간첩 만들기에 사활을 걸었다.

— 증거 조작 1 : 법원에 제출하지 못한 출입경기록에 대한 영사확인서

유우성에 대한 수사의 초기부터 국정원 수사관들은 유우성과 유가려에게 출력물 형태의 출입경기록을 제시하면서 수사를 진행했다. 그러나 정작 재판이 시작되자 검찰과 국정원은 이 출입경기록의 존재를 부인했다. 하지만 증거 조작이 들통나자 이시원 검사가 재판에서 얼결에 인정했던 바로 그 출입경기록이다. 증거 조작 수사를 한 검찰은 이 출입경기록을 확인했고, 국정원이 증거로 제출하기 위해 허위의 영사확인서를 만들었다는 것까지 확인했다.

2013년 6월 20일경, 대검찰청이 주심양총영사관을 통해 길림성 공안청을 상대로 유우성의 출입경기록을 요청했는데 거절당해 정상적인 방법으로는 출입경기록을 입수할 수 없는 상황이었다. 김보현 과장이 1천만 원을 쓰면 중국 내 협조자를 통해서 정식 관인이 있는 출입경기록을 구할 수 있다고 제안했지만 이태희 대공수사국장은 이미 권세영이 구한 출입경기록이 있는데 왜 돈을 들여서 구하냐고 말해 권세영 과장이 수사 초기인 2012년 11월경 중국 내 협조자를 통해 이미 입수한 전산 출력물인 출입경기록을 법원에 증거로 제출하기로 했다. 이재윤 처장과 권세영 과장 등은 주심양총영사관 영사로 재직 중인 이인철에게 전문으로 다음과 같이 지시했다.

화교 유우성 간첩 사건 관련 정보관은 첨부물을 참조

하여 영사사실확인서를 작성하여 보고하라. 철저 보안 유지하고, 지휘부 관심 사항으로 2013년 10월 2일 유우성 항소심 첫 공판이 예정되어 있으므로 반드시 기한 엄수하여 보고하라.

한편 해당 전문에 "회장님(남재준 국정원장을 지칭)이 연일 아침 하문하실 정도로 관심도 높고 걱정하신다"고 기재하기도 했고, 협조자가 제공해 준 것처럼 보이도록 중국 서민이 사용하는 질 낮은 용지를 사용하는 것이 좋다는 조언까지 했다. 이런 지시를 받은 이인철 영사는 2013년 9월 27일경 마치 자신이 전산 출력한 출입경기록을 입수한 것처럼 가장해서 해당 내용을 기재한 확인서를 작성하고 공증 담당 영사의 사서 증서 인증도 받았다. 이인철 영사는 이 허위의 확인서를 국정원 수사팀에 보냈고, 수사팀은 그 무렵 공판검사에게 증거로 제출했다.▪

▪ 법무부 검찰과거사위원회는 검사들이 수사팀으로부터 받은 이인철의 확인서가 허위라는 것을 알고 있었다고 판단했다. 검찰과거사위원회는 2019년 2월 8일자 보도자료에서 "이에 대해 검사들은 위 영사확인서의 내용대로 영사가 직접 중국 공안으로부터 건네받은 자료로만 알았다고 진술하고 있으나, 검사들은 수사 초기에 국정원 수사팀이 제공한 출입경 조회 전산 화면 출력물을 이미 확인하였던 것으로 파악됨. 따라서 검사들은 위 전산 화면 출력물이 국정원 정보망을 통해 비공식적으로 입수한 자료임을 이미 알고 있었기에 뒤늦게 이인철이 직접 입수한 것처럼 작성한 영사확인서가 허위 내용임을 알고 있었다고 보는 것이 자연스러움"이라고 기재했다.

김보현 과장이 2013년 9월 초순경 중국 단동에 있던 조선족 협조자 김명석에게 전화를 걸어 유우성의 출입경기록을 구해 달라고 부탁했다. 김명석이 그럴 능력이 없다고 거절하자 돈을 줄 테니 구해 달라고 계속 부탁했고, 왕○○에게 부탁해 보라고 해 결국 김명석이 승낙을 했다. 김명석은 위조 대가로 국정원으로부터 최소 2,200만 원을 받았다.▲ 김명석은 왕○○과 같이 화룡시 공안국 명의의 유우성 출입경기록 2부를 가짜로 만들고 위조한 관인을 찍었다. 그중 1부는 화룡시 공증처 관인까지 찍어 위조했다. 그 후 2013년 10월 15일경 김명석은 중국 단동시에 있는 중련호텔에서 김보현 과장에게 위조한 출입경기록 2부를 넘겼고, 김보현 과장은 그다음 날 주심양총영사관에 찾아가 이인철 영사에게 이를 전달하면서 외교행낭으로 수사팀에 보내라고 했다. 국내에서 국정원 수사관은 이 위조문서를 받아서 공판검사에게 증거로 제출했다. 이 위조문서가 바로 2013년 11월 1일 재판에서 검사들이 법원에 용감하게 제출한 문서이다.●

▲ 김명석이 2,200만 원을 받은 것은 판결문에 기재된 내용이다. 이와 별도로 국 조원이라고 쓰고 자살시도를 했던 김원하는 유서에 아들에게 이런 글을 남겼다. "대한민국 국정원에서 받아야 할 금액이 있다. 2개월 봉급 300×2=600만 원, 가짜 서류 제작비 1,000만 원, 그리고 수고비? 이 돈은 받아서 니가 쓰면 안 돼. 깨끗하게 번 돈이 아니야. 그래도 주겠다고 약속을 했던 것이니 받아서 한국 시장에 앉아서 채소 파는 할머님들께 드려."

● 검사가 법원에 문서를 증거로 제출할 때에는 문서를 바로 제출하는 것이 아니

그러나 공판검사가 출입경기록이 실제 화룽시 공안국에서 발급된 것인지 확인이 필요하다고 해 2013년 10월 24일경 대검을 경유해 외교부를 통해 주심양총영사관에 출입경기록 발급 사실을 확인해 달라는 공문을 보냈다. 김보현 과장은 비정상적인 방법으로 입수한 것이 드러날까 봐 2013년 11월경 내부 회의를 거쳐 이인철 영사를 통해 화룽시 공안국에 팩스를 발송하되 사전에 협조자에게 그 시각을 알려 주어 화룽시 공안국 책임자가 그 공문을 받아 보지 못하게 한 다음 화룽시 회신 공문을 위조하기로 했다. 2013년 11월 11일경 국정원에서 이인철 영사에게 확인 요청 공문을 발송하라고 지시하자 사전 모의에 따라 이인철 영사는 공문을 발송했고, 김보현 과장은 협조자에게 연락해 회신 공문을 위조하게 했다. 김보현 과장은 2013년 11월 26일 성남에 있는 자신의 집에서 아내 명의로 가입해 둔 웹팩스 업체인 '엔팩스' 홈페이지에 접속해 받아 둔 화룽시 공안국 위조 회신 공문을 마치 중국 화룽시 공안국에서 팩스를 보내는 것처럼 위장해 발송 번

라 증거신청서를 먼저 제출하고 변호인이 그 증거를 동의하는 경우에 제출할 수 있다. 문서에 누군가의 진술이 기재되어 있다면 진술한 사람이 증인으로 나와 자신이 기재했거나 진술한 것이라는 점을 증언해야 증거로 제출할 수 있다. 그런데 검찰은 이 과정을 모두 생략하고 의견서에 첨부하는 방식으로 위조문서를 제출했다. 나는 이런 증거 제출 방식에 대해서 강하게 문제 제기를 했으나 검찰은 변하지 않고 계속 문서를 법원에 바로 제출했다.

호를 "96802000"으로 하고 심양에 있는 이인철 영사에게 팩스로 송부했다. 이인철은 위조된 화룡시 공안국 명의의 회신 공문을 팩스로 받은 후 '대검의 수사 협조 요청 관련 회시'라는 제목의 문건을 작성했고, "화룡시 공안국에서 확인한 결과 유가강에 대한 출입경기록을 발급한 사실이 있음"이라는 취지로 기재해 외교 전문으로 대검찰청에 회신했다. 그 후 김보현 과장 등은 이인철 영사에게 전문을 통해 대검 송부 팩스 자료가 법정 제출용으로 부적합하다고 판단되므로 발송 팩스 번호가 "34223692"로 기재된 10시 40분 수신 팩스를 대검에 재송부하라고 지시했고, 이인철 영사가 이 지시에 따라 2013년 12월 2일경 다시 대검에 공문을 보냈다. 이를 전달받은 공판검사가 2013년 12월 5일과 2013년 12월 13일에 서로 다른 2건의 팩스가 첨부된 공문을 법원에 두 번 제출했다.

— **증거 조작 4 : 삼합변방검문소의 '일사적답복', '거보재료' 문건**

내가 2013년 12월 6일경 법원에 삼합변방검문소 명의로 작성된 '정황설명'이라는 문건을 제출했는데, 거기에는 2006년 5월 27일과 2006년 6월 10일의 입국 기록은 컴퓨터 프로그램 오류라는 내용이 기재되어 있었다. 김보현 과장은 이를 반박할 증거 자료를 물색하다가 성남 분당에서 조선족 협조자 김원하를 만나 변호인이 제출한 '정황설명' 문건의 내용이 사실과 다르다는 삼합변방검문소 명의의 확인서를 마련해 달라고 부탁했다. 김원하가 "군부인 삼합변방검문소로부터 그러한 확인서를 받을 수 없으므로 가짜로 만들어 오는 방법밖에는 없다"고 말하자 김보현 과장이 "중국에서 문제될 리가 없으니 걱정 말라"고 하면서 확인서 위조를 부탁했다. 김원하는 중국의 다른 변방검문소에서 근무한 경력이 있는 리○○에게 관련 경위를 설명하고 서류 위조를 부탁해 승낙을 받았다. 김원하는 김보현 과장에게 '정황설명' 사본과 확인서에 포함될 내용으로 유유성의 출입경기록에 발견된 착오는 '출'을 '입'으로 잘못 입력한 것이라는 취지가 기재된 서면을 받아 2013년 12월 10일경 중국 청도시로 출국했다. 김원하는 평소 알고 지내던 리○○을 만나 이를 설명했고 위조업자를 알아봐 달라고 부탁했다. 2013년 12월 14일경 리○○이 적당한 위조업자를 물색했다고 하자 김원하는 타자소에 가서 김보현 과장에게 받은 문서 내용을 토대로 '일사적답복' 문건을 작성했다. 김원하는 리○○과 함께 위조업자를 찾아가 삼합변방검문소 명의의 관인 제작을 의뢰했다. 리○○은 수수료로 4만 위안(한화 약 740만 원)을 요구했고, 김원하는 김보현 과장에게 전화해 지급 가능한지를 물었다. 김보현 과장은 승낙하면서 "그대로 진행하라"고 지시했다. 김원하는 '일사적답복' 위조에 그치지 않고, 유우성이 '정황설명'을 위법하게 발급했으니 발급을 취소해 달라는 취지의 범죄 신고서인 '거보재료' 1부를 작성해 이용걸, 박성민 명의를 기재하고 이름 옆에 김원하 자신의 지장을 찍었다. 그리고 위조업자를 찾아가 삼합변방검문소 명의의 관인이 날인된 '일사적답복'을 받았다. 김원하는 2013년 12월 15일경 귀국해 과천에 있는 한 식당에서 김보현 과장을 만났다. 김원하는 '거보재료'는 가짜 이름으로 만들었다고 설명하면서 위조한 '일사적답복'과 '거보재료'를 넘겨주었고, 김보현 과장은 이를 공판검사에게 증거로 제출했다. 이를 넘겨받은 이문성 검사는 2013년 12월 18일 '일사적답복'을 법원에 제출했다.

— **증거 조작 5 : 삼합변방검문소 문건에 대한 이인철 명의의 영사확인서**

김보현 과장은 위조한 삼합변방검문소 명의의 '일사적답복'과 '거보재료'가 위조문서가 아닌 것처럼 꾸미기 위해 주심양 총영사관 영사인 이인철 명의의 허위 확인서를 작성해 공증담당 영사의 공증을 받아 증거로 제출하기로 했다. 수사를 통해 알려졌기 때문에 이인철이 국정원 직원인 줄 알았지 사실 재판을 진행하는 단계에서는 법원이나 변호인 입장에서 이인철이 국정원 직원이거나 위조를 공모한 사람이라는 것을 알 수 없기 때문에 국정원은 영사확인서를 활용하기로 한 것이다. 참고로 과거 간첩 조작 사건에서도 국정원 직원이 영사 증명서를 허위로 작성한 사례는 다수 존재했다. 국정원은 주장하고 싶은 내용을 영사 증명서로 작성해 스스로 입증하는 방식을 취해 왔던 것이다. 이재윤 처장, 김보현 과장, 권세영 과장은 2013년 12월 16일경 국정원 수사팀 사무실에서 이인철 영사에게 전문을 보내 '일사적답복'과 '거보재료'에 대해 첨부하는 확인서를 작성해 외교행낭으로 송부하라고 지시했다. 지시를 받은 이인철은 2013년 12월 17일경 주심양총영사관 사무실에서, 삼합변방검문소에 문의를 했는데 변호인이 제출한 '정황설명' 문건에 대한 신고가 있어 조사를 진행 중이라는 답변서(일사적답복)를 받았다는 취지의 허위 영사확인서를 작성했다. 그리고 주심양총영사관 공증 담당 영사의 사서증서 인증까지 받아 외교행낭을 통해 국정원 수사팀에 송부했다. 수사팀은 공판검사에게 증거로 제출했고, 이문성 검사는 2014년 1월 3일 이 확인서를 법원에 제출했다.

— **증거 조작 6 : 출입경기록 추가 위조**

김보현 과장은 중국에서 위조 확인 회신이 오기 직전인 2014년 2월 초, 송파구 풍납동에서 김원하를 만나 "유우성이 2006년 5월 27일경 중국에서 북한으로 출경하고 2006년 6월 10일경 북한에서 중국으로 입경한 사실을 보다 확실하게 뒷받침할 자료가 필요하다. 관련 출입경기록과 공증서를 위조하여 달라"고 부탁하고 김원하가 위조하기로 승낙했다. 김원하는 변호인단이 제출한 유우성의 정식 출입경기록 사본을 김보현 과장에게 넘겨받아 2014년 2월 6일경 중국 청도시로 출국해 타자소에서 김보현 과장이 부탁하는 취지의 내용을 허위로 기재하는 방식으로 문서를 작성했다. 그리고 앞선 위조업자에게 다시 연변조선족자치주 공안국 출입경관리국 명의의 관인 위조를 의뢰해 2014년 2월 9일경 출입경기록에 위조 관인을 날인했다. 그 후 김원하는 위조한 출입경기록을 보강하기 위해 길림성 장춘시 신유공증처 및 공증원 ○○○ 명의의 공증서를 추가로 작성했고, 위조업자에게 다시 의뢰하여 인장을 위조한 후 날인했다. 내가 유우성의 출입경기록을 발급할 권한은 화룡시 공안국에 없고 연변조선족자치주 공안국에 있다는 주장을 했기 때문에 연변조선족자치주 공안국 명의로 추가 위조를 한 것이다. 다행히 위조한 이 문서는 법정에 제출하지 못했다. 왜냐하면 위조 직후인 2014년 2월 13일경 중국에서 검사가 제출한 모든 문서가 위조라는 회신을 했기 때문이다. 만약 중국의 회신이 없었다면 국정원과 검찰은 위조된 문서를 또 법원에 제출했을 것이다.

위조 과정을 접한 변호인단은 말이 나오지 않았다. 국가기관이 이렇게 처참하게 망가져 있다니, 충격을 넘어 공포스러웠다. 국정원은 정보기관이 아니라 범죄 조직이었다. 유우성을 간첩으로 만들기 위해 출입경기록을 두 번이나 위조하고, 허위 확인서를 작성해 목을 조여 왔던 것이다. 게다가 국민의 세금으로 경악할 일들을 저지르고 있었다. 정보기관, 수사기관의 특활비가 이렇게 범죄에 쓰이고 있었다.

한편 검사들 역시 책임에서 자유로울 수 없다. 중국에서 회신 공문이 온 직후 검찰도 내부 대책 회의를 했는데 서로 다른 내용의 출입경기록이 존재함을 알고 있었으니, 위조를 알고 있었거나 적어도 묵인, 방조했던 것으로 보인다. 게다가 언론 보도에 의하면 이문성 검사가 이재윤 처장과 통화하면서 "비용이 5천만 원이 들더라도 출입경기록 입수를 추진해야 한다"고 말했다는 국정원 직원의 증언이 있었다고 한다.■ 하지만 검사들은 처벌받지도 책임지지도 않았다. 검찰 수사의 방향은 이시원, 이문성 검사가 무능한 쪽으로 정해졌고, 명가의 보도처럼 휘두르는 그 흔한 압수수색도 없고 강제수사조차 하지 않았다.

아무도
사과하지 않았다

증거 조작 재판이 진행되는 동안 검사와 국정원 수사관들은 아무도 피해자 유우성에게 사과하지 않았다. 그리고 판결이 선고되었다. 1심에서 김보현 과장은 징역 2년 6월, 이재윤 처

■ 2014년 7월 17일에 뉴스타파에서 보도한 「국정원 증인 "검사가 오천만 원 들더라도 유우성 기록 입수 추진 지시" 진술」 기사 참조.

장은 징역 1년 6월, 기억상실증에 걸렸다고 주장한 권세영 과장은 징역 1년 6월에 집행유예 2년, 이인철 영사는 징역 1년에 집행유예 2년, 조선족 협조자 김원하는 징역 1년 2월, 김명석은 징역 8월이 선고되었다. 국가보안법상 날조죄로 기소되었다면 최소 3년 6월의 실형이 선고되고 집행유예가 불가능했을 텐데, 형법을 적용해 기소해서 경미한 처벌을 받았다.

2심 재판은 서울고등법원 김상준 부장판사와 민소영, 이춘근 판사가 담당했다. 2심 재판부는 1심과 달리 일부 혐의에 대해 무죄를 선고하기도 했지만 주요 범죄는 대부분 유죄를 인정했다. 그러나 선고한 형량은 이해하기 어렵게 형평성을 잃었다. 일단 김보현 과장은 징역 4년, 김원하는 징역 2년, 김명석은 징역 1년 6월로 가중되었다. 그러나 이재윤 처장에 대해서는 벌금 1천만 원으로 대폭 감형했고, 권세영 과장과 이인철 영사에 대해서는 선고유예를 했다. 증거를 직접 위조한 사람들에게는 가중처벌을 한 것으로 보이나 실제로 지휘 체계에 있던 상급자 이재윤 처장을 벌금형으로 감형해 국정원 직원 신분을 유지하게 해 주었고, 권세영 과장과 이인철 영사역시 선고유예로 국정원 직원 신분을 유지하게 해 주었다. 김보현 과장을 가중처벌하는 것으로 할 일을 다했다는 듯, 2심 재판부는 공무원으로서는 있을 수 없는 범죄를 저지른 자들을 다시 국정원에서 근무하게 해 준 것이다.

이 선고를 두고 변호인단과 유우성은 즉각 반발했다. 특히 조선족 협조자 김원하의 경우 관련자들 중 유일하게 피해자 유우성에게 사과를 한 사람이고, 그래서 유우성도 선처 의사를 표시했으나 오히려 가중처벌했다. 반면 피해자 유우성이 강력한 처벌을 원했던 국정원 직원들은 김보현 과장을 빼고 모두 통 크게 봐주기 판결을 하였다. 처벌을 함에 있어 가장 중요한 피해자의 의사가 묵살되었다. 2심 재판부는 양형 이유를 설명하면서 한 번 더 피해자와 국민을 우롱했다. 이재윤 처장, 권세영 과장, 이인철 영사가 저지른 범죄는 반드시 시정되어야 할 잘못된 관행인데, 그 시정을 위해서는 엄중한 책임을 묻는 길밖에는 없다고 하면서 강력하게 처벌할 것처럼 했다. 그러나 곧이어 이들이 오랜 기간 국정원 직원으로 근무하면서 대한민국 안보 수호에 일익을 담당해 온 점과 국정원의 관행을 만연히 따르다가 영사확인서를 허위로 작성한 점을 고려해야 하고, 권세영 과장의 경우 수사 도중에 자살을 기도하였다가 다행히 의식을 회복하였으나 뇌 부위를 광범위하게 다쳤고 우울증을 앓고 있는 점 등을 고려해 선처한다고 했다. 권세영 과장은 매형에게 빌린 차를 중학교 앞에 주차하고 번개탄을 피워 자살 시도를 했는데, 수사를 피하기 위해 발견되기 쉬운 방법으로 '자살 시위'를 했다는 지적이 있었음에도 이를 유리한 양형으로 삼은 것은 이해하기 어렵다. 어디에도 유우성의 고통에 대한 진심 어린 위로가 없었다. 국정원 직원 단 한 명도 피해자 유우성에게 사과하지 않았고 유우성은 여전히 보복 기소로 재판을 받고 있는데, 법원마저도 유우성의 고통을 외면했다.

검찰과 법원 그리고 국정원은 증거 조작 사건에서 유우성을 지웠다. 그들만의 이해관계로만 수사를 하고 재판을 했다. 형사사건은 법원이 중심을 잡고 사건의 본질을 파악해 판결을 해야 정의가 바로 세워지고 피해자가 구제를 받는다. 증거 조작 사건은 검찰에 의해 축소 수사와 기소가 이루어졌고 법원마저 이를 검찰의 의도대로 판결한 것 같아 매우 아쉽다.

국정원 직원들은 2015년 10월 29일 대법원의 상고기각으로 유죄와 형이 확정되었다.

진상조사

문책을 피한 것처럼 보였던 남재준 국정원장은 2014년 5월 22일 유우성 사건에 대한 증거 조작으로 사실상 경질되었다. 그렇지만 법적인 책임은 전혀 지지 않았다. 문재인 정부 들어 국정원은 개혁위원회를 구성하고 유우성 사건에 대해 진상을 조사했다. 그러나 외부 위원들이 국정원 내부 자료를 제대로 볼 수 없는 상태에서 한 조사였고, 사건 규정도 '간첩 사건 조작'이 아니라 '증거 조작'으로 한정함으로써 처음부터 한계를 드러냈다. 유우성과 변호인단은 조사에 협조는 하지만 기대는 거의 하지 않았다.

국정원 개혁위원회는 2017년 11월 8일에 조사 결과를 발표했다. 역시 조사 결과는 기대에 한참 못 미치는 수준이었다. 유가려에 대한 가혹 행위에 대해 고성이 있었고 페트병이 바닥에 떨어져 있었다는 목격자가 있다는 점은 확인했지만 직접증거가 발견되지 않아 진상규명이 어렵다고 결론지었다. 이미 유우성 재판에서 법원도 불법 구금과 가혹 행위 등을 인정했는데, 판결문보다 후퇴한 결론을 낸 것이다.

다만 새로운 사실을 확인해 준 것도 있다. 2012년 12월 13일경 수사국 담당 수사관이 유우성 남매를 한국에서 살게 해 주되 북한 연계 책임은 유우성이 지게 한다는 회유책을 세워 수사국장에게 행정우편을 발송했고, 승인을 받았다는 점을 확인해 회유 사실은 인정했다. 나아가 2012년 12월 6일 중앙합동신문센터에서 유가려에 대한 거짓말탐지기 조사 결과 허위로 나타난 것을 확인하고 수사국장에게 유우성에 대한 압수 및 체포영장 신청 보류를 건의했고, 수사국 실무진도 결정적인 물증이 없는 한편 유가려의 진술이 계속 번복되고 있어 강제수사를 반대하는 의견을 냈으나 수사국장이 이를 무시하고 수사를 진행시켰다고 했다.

하지만 국정원 개혁위원회는 처음부터 증거 조작으로 사건의 성격을 한정했고 국정원의 조직적인 증거 조작도 진상규명에 한계가 있었다면서 결론을 내지 못했다. 국정원 직원들

위   2017년 12월 7일, 민변 사무실에서 열린 '국정원, 서울시 공무원 간첩조작
           사건 수사방해 고발 기자회견'에서 김용민 변호사가 사건 관련 제보 편지를
           들어 보이고 있다. (사진제공: 연합뉴스)

아래   김용민 변호사가 받은 제보 편지 (자료제공: 김용민)

이 대거 유죄 확정판결을 받았음에도 불구하고 결론을 내지 못했다.

국정원 개혁위원회의 조사 결과 발표 이후 새로운 변수가 발생했다. 나는 2017년 12월경 국정원 직원 조일수(가명)로부터 제보 편지 한 통을 받았는데 그 내용이 매우 놀라웠다. 국정원이 위장 사무실을 만들어 검찰 수사를 피했다는 것이다. 실제 국정원은 2013년 댓글 사건으로 수사를 받을 당시 위장 사무실을 만들고 허위 서류를 제출했다. 그러나 제보 편지는 위장 사무실이 댓글 사건뿐만 아니라 유우성 사건 수사에서도 만들어졌다고 했다. 2014년 3월 10일 검찰에서 증거 조작 사건으로 국정원 대공수사국 수사3처 해당 팀 사무실을 압수수색했는데, 위장 사무실을 만들어 허위 서류를 제출했다는 것이다. 당시 유우성 담당 팀인 이재윤 처장(3급)이 위장 사무실을 기획하고 상부 결재를 받아 시설을 설치한 후 검찰 압수수색팀을 그리로 안내했고, 자축연* 순으로 끝났다고 했다. 직속 간부인 2급 최현도 단장, 1급 이태희 국장도 수시로 현안 회의를 열어 압수수색에 대비했다고 폭로했다. 특히 검찰 조사 당시 번개탄으로 자살 시도를 하고 유우성 사건만 기억상실증에 걸렸다고 했던 권세영 과장에 대해서도 언급했다. 권세영 과장이 자살 시도를 했다가 살아나자 남재

■ '자축연'은 제보 편지의 표현을 그대로 쓴 것이다.

준 원장이 국정원 직원을 대표하는 의로운 사람인 것처럼 영웅시했는데, 막상 주위 동료나 선배들에게는 조직에서 자신을 해임시키면 여러 불법 사항을 폭로하여 동반 자폭하겠다는 말을 입에 달고 살아서 제주도로 전출 갔다고 했다. 실제로 권세영 과장은 증거 조작 재판에서 당연히 실형이 선고될 거라는 예상을 깨고 벌금형 선고유예를 받아 공직을 유지했는데 보이지 않는 손이 작동한 것은 아닌지 의심스럽다. 2급 최현도 단장도 검찰에서 압수수색 들어온다고 하니까 행정팀으로 허둥지둥 내려가서 자신이 예산 결재한 서류를 몽땅 없애라고 소리를 지르다가 비웃음을 사기도 했다고 했다. 국정원의 민낯을 적나라하게 폭로한 것이다. 이런 조직과 조직원들을 믿고 과연 국민들이 안심할 수 있을까. 국정원이 허접한 조직이라는 것이 폭로될까 두려워 모든 재판에서 그토록 비공개를 외쳤던 것은 아닐까.

한편, 국정원 개혁위원회의 조사와는 별도로 문재인 정부 초대 법무부장관인 박상기 장관 시절 법무부에 검찰과거사위원회가 설치되어 검찰의 과오를 재조사했다. 나는 검찰과거사위원회 위원으로 위촉되었다. 하지만 과거사위원회는 처음부터 대검의 반대로 조사권이 없었고, 조사는 대검에 조사단을 별도로 설치해 조사하도록 했다. 위원회가 강력하게 항의했으나 받아들여지지 않았다. 출발부터 삐걱댔다. 그래도 사건을 잘 선정해 조사단이 조사를 잘할 수 있도록 위원회가

6장 진실을 드러내는 자와 감추는 자

맡은 바 역할을 하기로 다짐했다. 사건을 선정함에 있어 유우성 사건은 모든 위원들이 당연히 선정해서 재조사를 해야 한다고 의견 일치가 있었다. 물론 나는 내가 변호한 사건이기 때문에 공정성 시비 논란을 피하기 위해 모든 논의 과정에서 빠졌다. 논의를 할 때면 회의실 밖에 나가서 대기했고, 위원들에게도 회의 전후로 사건을 전혀 언급하지 않았다. 그러다 보니 검찰과거사위원회도 역시 사건을 '증거 조작'으로 규정하고 조사를 시작했다. 아쉽지만 아무 의견도 낼 수 없었다. 위원회를 지원하는 인력들이 모두 검사들이기 때문에 언제든지 공정성 시비를 걸 수 있는 구조였다.

검찰과거사위원회는 2019년 2월 8일 조사 결과를 발표했다. 위원회는 국정원 합동신문센터에서 유가려에게 가혹 행위를 했다고 판단했고, 국정원 수사관들이 법정에서 이를 왜곡하는 위증을 했다고도 판단했다. 그리고 국정원과 수사검사가 유가려에 대한 변호인 조력을 받을 권리를 침해했다고 인정했다. 북한에서 찍었다고 증거로 제출한 사진 역시 위치 정보를 의도적으로 은폐했고, 검사도 이 사실을 확인할 수 있음에도 확인하지 않은 수사 미진의 잘못이 있다고 했으며, 유우성에게 유리한 증거인 휴대전화 통화 내역, 유가려의 초기 진술서 등을 국정원에서 의도적으로 숨겼는데 검사도 이를 알았거나 확인할 수 있었다고 지적했다. 위조된 출입경기록 등에 대해서는 검사가 이미 내용이 서로 다른 출입경기록이 존재한다는 것을 알고 있었는데 검증을 제대로 하지 않았을 뿐만 아니라 법원에 제출하면서 여러 정황에 대해 재판부를 속였다고 볼 수 있다고 했다." 더 나아가 국정원 직원인 심양총영사관 이인철 영사의 영사확인서가 허위라는 사실을 검사도 알았을 가능성이 높다고 하면서 결과적으로 증거 조작을 검사가 알면서 묵인했을 가능성이 있다고까지 판단했다. 사정이 이러하니 증거 조작을 수사한 검사들이 국정원 직원에 대해서 형법이 아니라 국가보안법상 날조죄를 적용했어야 한다고까지 지적했다. 위원회는 사건의 실체를 상당히 드러냈고, 판단 영역에 있어서도 정의에 부합하는 모습을 보였다.

검찰과거사위원회는 이런 조사 결과를 발표하면서 검찰총장의 진정성 있는 사과를 권고했고, 대공수사에 있어 인권침해 방지 방안을 마련하라고 권고했다. 이에 따라 문무일 검찰총장은 2019년 6월 25일 대국민 사과를 했다. 그러나 피해자 유우성에 대한 사과는 아니었다. 한편 검찰과거사위원회의 권고에서 아쉬운 점은 수사권고까지 나아갔어야 한다는

■ 법무부 검찰과거사위원회가 조사한 바에 따르면, 증거 조작 의혹이 언론에 제기된 후 대검 공안부에서 자체 내부 조사를 했는데 검사들이 사건을 은폐하려는 적극적인 시도가 확인된 것이 있다. 당시 조사를 받았던 검찰수사관은 서울중앙지검 공안1부가 대검 국제협력단에 화룡시 공안국 명의의 출입경기록에 대한 발급 사실 확인을 요청하는 공문을 시행해 달라고 요청한 것과 별개로 해당 출입경기록을 대검 국제협력단이 공문을 통해 회신받아 입수한 문서인 것처럼 서울중앙지검 공안1부로 보내 줄 것을 부탁하였으나 대검 국제협력단이 거절한 사실이 있다고 진술했다. 이를 보면 검사들은 공범이 맞는 것 같다.

것이다. 검사들의 잘못에 대해 사실상 인정을 했기 때문에 김학의, 장자연 사건처럼 수사권고를 통해 검사를 수사할 수 있게 했어야 하는데 그러지 못해 매우 아쉬웠다.

추가 수사와 기소

부족한 결과이긴 하지만 국정원 개혁위원회의 진상조사가 있었고, 국정원 직원의 위장 사무실 폭로가 이어졌으며, 검찰과 거사위원회의 진상조사로 진실이 더 드러났다. 이를 토대로 변호인단과 유우성은 멈추지 않고 관련자들의 형사책임을 계속 물었다. 그 노력의 결과 국정원 직원들이 추가로 기소되어 재판을 받았거나 현재도 받고 있다. 그리고 2021년 국정원법 개정으로 국정원의 대공수사권이 폐지되었다. 간첩 조작의 역사에서 대단한 반전이 이루어진 것이다. 그래서인지 전하는 바에 따르면, 유우성과 변호인단에 대한 국정원 직원들의 분노가 매우 크다고 한다. 실제로 나는 2017년에 사망한 국정원 직원 정치호 변호사 사건을 담당한 적이 있다. 국정원의 공식 입장은 자살이라고 하지만 타살 의혹이 큰 사건이었다. 이 사건을 담당하면서 정치호 변호사의 장례식장에 조문을 갔다. 그 자리에 많은 국정원 동료 직원들이 앉아 있었는데, 내가 들어가자 시끄럽던 장례식장이 한순간에 찬물을 끼

없은 것처럼 조용해졌고 한쪽에 앉아 있던 무리들은 적개심 어린 눈빛을 보내기까지 했다. 불편했지만 조용히 앉아서 가족들과 대화를 나눴다. 알고 보니 대공수사국 수사관들이 조문을 와 앉아 있었다. 어쨌든 유우성 사건을 조작한 대가로 국정원의 많은 직원들이 수사를 받았고 처벌받거나 기소되었다. 하지만 여전히 검사는 아무도 처벌받지 않고 있다.

증거 조작 이후 추가로 기소된 국정원 직원들은 국정원 2차장 서천호를 비롯해 지휘 라인에 있던 대공수사국장, 안보수사국장 등이며, 범죄 혐의도 증거 조작 사건 이외에 다른 범죄로 기소되었다. 그리고 결정적으로 대머리 수사관과 아줌마 수사관도 기소되어 재판을 받고 있다. 총 네 건의 재판이 진행되었는데 이들이 어떤 짓을 저질렀고 어떤 처벌을 받았는지 반드시 기록되어야 한다.

봐주기 수사의 연속에서 그래도 사건 조작에 가장 직접적인 역할을 한 대머리 수사관과 아줌마 수사관이 기소된 것은 참으로 다행한 일이다. 공소장을 통해 이들의 이름이 확인되었는데, 대머리 수사관은 유병화, 아줌마 수사관은 박영남이다. 검찰은 유병화, 박영남이 유가려를 폭행하고 전기고문 협박을 했으며 망신 주기 등을 했고 이를 통해 유가려에게 진술을 강요해 직권을 남용했다고 기소했다. 더 나아가 이들이 유우성에 대한 간첩 사건 1심에 증인으로 출석해 유가려에게 폭행 등을 하지 않았다고 증언한 것이 위증이라고 판단

6장 진실을 드러내는 자와 감추는 자

해 위증죄로도 기소했다. 검사의 공소장은 유가려가 오빠의 1심 재판에서 자신이 당했던 폭행 등에 대해 진술한 것을 거의 그대로 사실이라고 판단해 기재했다. 결국 검찰도 유가려의 증언을 믿는 입장을 취할 수밖에 없었던 것이다.

그렇다면 유가려가 허위진술을 했다고 털어놓으니 도와주지 못한다고 협박한 이시원 검사에 대해서도 기소를 해야 논리적으로 타당한데, 검사는 절대 처벌받지 않는다는 명제를 다시 확인시켜 주었다. 나아가 구시대의 유물인 줄 알았던 국정원의 고문 망령을 되살린 유병화, 박영남은 국가보안법상 날조죄로 기소했어야 하지만, 검찰은 국가정보원법위반 직권남용죄로 기소했다. 직권남용죄는 7년 이하의 징역으로 집행유예가 가능한 범죄이다. 그리고 검사의 공소사실대로라면 유병화와 박영남이 수사 초기부터 유가려에게 고문을 통해 허위진술을 받아 낸 것이므로 그 자체로 사건 조작이다. 하지만 검찰은 사건 조작으로 결론을 내지 않고 단순히 직권남용으로만 판단했다. 검찰도 어쩔 수 없이 국정원 직원들에 대한 수사와 기소를 이어 가고는 있지만 이를 최소화하고 싶은 마음을 간접적으로 드러내고 있다고 볼 대목이다. 그래서 큰삼촌 등 다른 수사관들도 모두 처벌을 면했다.

서천호 국정원 2차장과 이태희 대공수사국장(1급), 하경준 국정원장 대변인도 기소되었다. 이들은 유우성 간첩 사건 2심 재판 당시 법정에서 비공개로 증언한 한 탈북자의 증언 내용과 탄원서 등을 언론에 유출시킨 혐의로 재판을 받았다. 이들이 이런 범죄를 저지른 이유는 매우 악의적이었다. 이들이 그린 그림은, 비공개재판에서 탈북자가 증언한 내용이 유출되어 북한으로 알려지고 이 때문에 북에 남아 있던 가족이 피해를 보게 된다면, 이를 이용해 유우성이 간첩이기 때문에 증언 내용을 유출했다는 의심과 공포심을 만드는 것이었다. 또한 이를 통해 이들은 증거 조작 비난 여론을 불식시키고 국정원에 우호 여론을 형성하려고 했다. 실제로 증언 내용 유출이 보도된 직후 검찰과 국정원, 보수 언론은 유우성이 여전히 북한과 소통하고 있다는 취지의 주장을 펼쳤다. 국민과 법원을 겁박하는 태도였다. 그런데 수사를 해 보니 이런 여론을 만들기 위해 국정원 서천호 2차장의 지휘 아래 범죄를 저지른 것이었다. 국정원의 집착이 병적 증세를 넘어 범죄로 이어지고 있는 것인지, 아니면 처음부터 범죄를 숨기기 위해 계속 범행을 저지르는 것인지 헷갈릴 정도이다. 2020년 9월 10일에 선고된 1심에서 서천호 2차장은 징역 1년 실형이, 이태희 국장과 하경준 대변인은 징역 10월에 집행유예 2년이 선고되었다. 그런데 2심에서는 국정원이 정보를 유출한 사실은 인정했으나 국정원직원법상 비밀이 아니라는 이유로 무죄를 선고했다. 참으로 황당했다. 반인권적, 반인도적 국가 범죄와 종북몰이 여론 조작에 대해 법원은 법적책임을 물어야 할 의무를 저버린 것이다. 특히 해당 탈북자가 증언을 할 당시 국정원과 검찰은 국가 안보를 위협할 우려가 있다고 주장하면서 비공개를 요청했고 법원이 이를 받아들여 비공개재판을 했는데, 이제 와서 비밀이 아니라고 판단한 것은 납득하기 어렵다. 그렇다면 앞선 법원의 비공개 결정이 잘못되었다는 것인지 되묻지 않을 수 없다. 결국 국정원이나 검찰이 비공개를 요청한 까닭이 그들의 이익을 위해서였다는 것을 다시금 확인하였다.

이태희 대공수사국장(1급)과 최현도 대공수사국 부국장(2단장)도 증거 조작 혐의로 재판을 받았다. 이들은 앞선 이재윤 처장, 김보현 과장, 권세영 과장, 이인철 영사와 함께 재판을 받았어야 할 공범인데 검찰의 부실 수사 혹은 봐주기 수사로 뒤늦게 기소되었다. 검찰의 공소사실은 2013년 9월 27일자 이인철 영사의 확인서(영사사실확인서)와 2013년 12월 17일자 이인철 영사의 확인서(일사적답복, 거보재료 관련)를 허위로 작성하는 데 지시 내지 관여했다는 것이다. 나아가 이태희 국장은 2014년 3월 29일경 검찰이 수사를 하자 자신의 죄를 숨기기 위해 2013년 10월 10일에 작성된 수사비 신청서(문건명은 내·수사비 신청서)에 '국장님께 소요 예산 기보고'라고 기재된 문구를 처음부터 없었던 것처럼 가장하도록 지시하여 공문서 변조 혐의가 추가되었다. 제보 편지에서 언급한 내용이 수사를 통해 어느 정도 사실로 밝혀진 것이다. 나아가 증거 조작에 대한 검찰 수사가 시작되자 이들은 김보현 과장에게 김원하를 상대로 내부 조사를 하고 내용을 녹음하도록 지시했는데, 김원하가 증거를 조작했다는 것을 인정하는 내용으로 발언하자 해당 녹음 자료를 숨겨 증거를 은닉했다는 혐의도 받았다. 사건을 조작하고, 숨기기 위해 증거를 은닉하고 김원하의 2차 진술을 유도해 다시 조작하는 방법까지 동원했다. 이러한 공소사실에 대해 1심 법원은 2019년 1월 18일 이태희에 대해 징역 1년 6월의 실형을, 최현도에 대해 징역 1년에 집행유예 2년을 선고했다. 한편 김원하의 녹음 자료를 숨긴 혐의에 대해서는 사실관계를 인정하면서도 죄가 되지 않는다고 판단해 무죄를 선고했다. 그러나 2019년 7월 11일 선고된 2심에서는 이태희에 대해 징역 1년에 집행유예 2년, 최현도에 대해서는 무죄를 선고했다. 다시 국정원 직원들이 선처를 받거나 무죄를 받는 일이 반복된 것이다.

이태희 국장과 최현도 부국장의 이런 공소사실과 증거를 없애려는 시도를 보면 결국 이들도 처음부터 간첩 사건 조작을 알고 있거나 지시 내지 묵인했을 가능성이 높다. 이에 대한 수사가 진행되지 않은 점, 그리고 기소된 범죄조차 법원에서 선처하거나 무죄를 선고한 점은 오점으로 남는다. 그러나 역사의 법정은 현실의 법원과는 다른 판단을 할 것이다.

권영철 안보수사국장도 재판을 받았다. 권영철 국장은 유가려가 조사를 받은 중앙합동신문센터의 업무를 총괄하던 사람이다. 권영철 국장은 변호인단이 유가려에 대해 변호인 접견을 신청한 것을 모두 막도록 지시한 혐의로 재판을 받았다. 권영철 국장의 이런 행위는 국정원법상 직권남용 행위이다. 1심 재판은 2018년 12월 7일 권영철에 대해 징역 8월의 실형을 선고했고, 그 후 2심, 3심에서도 모두 실형이 유지되었다.

한편, 이러한 권영철의 범행에 이시원, 이문성 검사도 공범이라는 검찰과거사위원회의 조사 결과가 있다. 검찰과거사위원회가 확인한 세 가지 문건이 증거로 존재한다. 먼저 2013년 2월 12일자 서울중앙지검 공안1부가 작성한 '탈북자 출신 서울시청 공무원 간첩 사건, 수사 진행 상황 및 증거보전 청구 검토' 문건에 의하면 수사검사는 기소 후 유가려의 진술 번복을 사전에 차단할 필요성이 있는데, 유가려의 접견을 요구하고 있는 변호인과 유가려가 접촉할 경우 진술 번복의 가능성이 크다고 판단하고 있었고, 국정원의 변호인 접견 불허 처분에 관한 구체적인 상황을 보고받고 유가려에 대한 수사를 개시할 경우 변호인이 유가려에 대한 변호인 접견을 신청하면 이를 거부할 근거가 없다는 점을 유가려에 대한 불입건 결정 사유로 고려했다. 즉 변호인이 유가려를 만나지 못하게 하기 위해 입건하지 않겠다고 한 것이다. 다음으로, 국정원 내부 보고 문건인 '2013년 4월 9일자 유가려 신병 관리 절차 및 방안'에서는 민변의 집요한 접견 요청 차단을 위해 재판 종료 시까지 유가려의 참고인 신분을 유지하는 데 검찰과의 협의를 거쳤다는 내용이 있고, 국정원 직원 A는 검찰과거사위원회 조사단 면담에서 검사가 '유가려는 참고인 신분으로 유지하다가 유우성에 대한 법원의 판결 이후 유가려를 입건하여 수사함이 합리적이라는 의견'을 제시했다고 진술했다. 마지막으로, '2013년 5월 13일자 서울중앙지검 공안1부 보고서'에서는 2013년 3월 4일 진행된 증거보전 절차에서 변호인의 질문에 대한 답변을 통해 유가려의 변호인 접견 의사가 확인되었음에도 검사의 불입건 결정 방침은 유가려가 중앙합동신문센터에 수용되어 있던 기간 동안 계속되었으며, 1심 공판에서 유가려가 종전의 진술을 번복하자 유가려를 입건하여 처벌하는 것보다 출국 조치하여 재판에 미칠 불리한 영향을 차단하려 했다는 내용이 있었다. 결국 국정원 안보수사국장 권영철은 유가려가 변호사를 만나지 못하게 차단해 실형을 선고받았는데, 이를 보고받고 상의해 온 또 다른 주체인 이시원, 이문성 검사는 명백한 증거들이 있음에도 기소조차 되지 않았다.

범죄 행위임에도 불구하고 검사들이 이렇게 변호인을 만나는 것을 차단했고, 유가려가 허위자백을 시인해도 다시 협박을 했던 점을 고려하면 검사들 역시 직권남용을 넘어 사건 조작의 공범이다. 나는 검사들이 잘 쓰는 말로 검사들에게 되돌려주고 싶다. "간첩 사건 조작의 공범이 아니라는 증거를 대 보시라!"

국정원 직원들과 달리 검찰은 이시원·이문성 검사에 대해서 두 번이나 불기소처분을 했다. 변호인단은 검찰과거사위원회의 조사 결과를 바탕으로 공수처에 이시원·이문성 검

6장 진실을 드러내는 자와 감추는 자

사 등을 국가보안법 위반, 날조 혐의 등으로 고발했다. 공수처가 아직 제 역할을 못 한다는 평가가 지배적이지만 이미 관련된 수많은 사건과 조사에서 검사들의 관여가 드러나고 있기 때문에 제대로 수사와 기소를 하기를 바랄 뿐이다.

유우성은 보복 기소를 단행한 책임자 이두봉, 안동완 검사 등에 대해 공수처에 직권남용 등의 혐의로 고소했다. 그러나 공수처는 2022년 11월 29일 공소시효 7년이 지났다는 이유로 불기소처분을 했다. 하지만 이들의 직권남용 행위는 대법원 확정판결에 의해서도 인정되는 보복 기소였고, 법리상으로도 공소시효가 지났다는 논리가 옳지 않다. 왜냐하면 보복 기소를 했을 당시에 직권남용 행위가 종료된 것이 아니라 재판을 하는 동안 유우성에게 의무 없는 재판을 받게 해 범죄가 진행 중이었으며, 항소·상고를 할 때마다 별도로 유우성을 괴롭히는 행위가 있었다. 그렇기 때문에 공소시효가 완성된 것이 아니라 여전히 진행 중이라고 판단해 기소를 했어야 한다.▪

▪ 나는 2023년 1월 27일 검찰권 남용 사건에 대한 특검법을 대표발의했고, 보복 기소를 한 검사들 역시 수사 대상에 포함시켰다. 법사위원장을 쥐고 법안 상정을 거부하는 '국민의힘'당이 전향적으로 특검을 수용해 하루빨리 진실을 확인하고 정의를 바로 세우기를 강권한다.

마치며

과거사가 현재에 건네는 숙제

우리는 한 사회에서 벌어지는 다양한 사건들을 통해 그 사회의 모순과 부조리를 알 수 있다. 하지만 때로는 하나의 사건에서 그 시대를 관통하는 모든 문제를 간취하기도 한다. 유우성 사건은 이 시대의 모순과 부조리를 모두 담고 있다고 해도 과언이 아니다. 법과 정의를 무기로 삼아야 할 검찰과 국정원이 거꾸로 불의를 저지르는 모순과 범죄자가 무고한 시민을 죄인으로 만드는 부조리, 그 과정에서 보통의 시민이 어떻게 인간의 존엄성을 잃어 가는지가 이 사건 하나에 고스란히 담겼다. 나아가 권력이 집중된 국가기관이 어떤 식으로 한 사람에게 국가 폭력을 행사하는지 적나라하게 보여 준다.

"대한민국의 주권은 국민에게 있고, 모든 권력은 국민으로부터 나온다."

대한민국 헌법 제1조 제2항이다. 사법권도, 행정권의 일

283

마치며

부인 검찰권도, 국정원의 권력도 모두 국민으로부터 나오고 국민에게 위임받은 권력이다. 그렇다면 국민을 위해서 행사되어야 한다. 만약 위임의 범위를 넘어 조직의 이익을 위해 악용된다면 과감하게 국민이 벌을 주어야 하고 도가 지나치면 그 위임을 철회할 수도 있어야 한다.[*] 그럼에도 불구하고 대한민국에서는 누구도 검찰의 철옹성을 두드리지 못한다. 그 결과 권력의 시녀로 불리던 검찰이 이제는 대한민국 제1권력이 되었다. 입법, 사법, 행정을 검사 혹은 검찰 출신들이 독점해 가고 있다. 지금의 시대는 검찰 독재의 시대이다. 이들은 잘못을 해도 처벌받지 않는다. 게다가 이익을 취하는 데는 천부적 재질이 있다. 현직에 있을 때는 부패해서 이익을 취하고, 퇴직하고는 전관예우, 전관비리로 이익을 취한다. 처벌할 권한이 자신에게 있으니 겁이 없다. 헌법에서 금하는 새로운 특권계급이 등장했다는 평가가 기우이기를 바란다.

삼권분립, 권력분립은 민주주의의 절대 원칙이다. 권한

■ 내가 2020년 12월에 대표발의한 검찰청법 폐지법안과 공소청법 제정법안은 이런 의미를 갖는다. 권한남용이 극에 달해 고쳐 쓰는 수준을 넘었다면 검찰 조직을 폐지하고 새로 써야 한다. 국민이 검찰에게 준 권력을 거두어들이고 새로운 위임 관계를 만들어야 하기 때문에 발의한 것이다. 이 법안들은 검찰정상화 논의를 촉발시켰고, 2022년 4월 검찰정상화법 개정 당시 대안으로 반영되었으나 여전히 미완의 개혁이다.
2023년 3월 23일 헌법재판소는 법무부장관이 제기한 권한쟁의 심판(2022헌라4)에서 수사권과 소추권(기소권)은 헌법 사항이 아닌 입법 사항이므로 헌법이 수사권, 소추권을 검찰에게 독점적·배타적으로 부여한 것이 아니라고 판단했다. 이 결정은 내가 발의한 검찰청법 폐지안과 공소청법 제정안에 결과적으로 큰 힘을 실어 주었다.

2020년 12월 29일, 김용민 의원의 대표발의로 공소청법 제정법안, 검찰청법 폐지법안을 발의하고 기자회견을 가졌다. (사진제공: 연합뉴스)

을 한 곳에 집중하면 반드시 부패한다는 것에서 출발하고, 권력을 사람의 선한 의지로 극복할 수 없기 때문에 제도적으로 견제해야 한다는 의미를 갖는다. 권한을 집중시키면 어떤 문제가 발생하는가. 이미 주요 선진국 대비 유례없이 많은 권한을 부여받은 대한민국 검찰이 그 예시가 되고 있다. 수사권과 기소권을 집중시켜 줬더니 보복 수사를 하고, 이것이 걸러지지 못한 채 기소를 했다. 만약 수사권과 기소권이 분리되어 있었다면 유우성에 대한 검찰의 보복 기소는 제도적으로 막혔을 것이다. 망신을 당한 검찰에게 수사권이 없었다면 유우성을 수사할 방법이 없기 때문이다. 수사권을 가진 경찰이 검찰을 위해 보복 수사를 해 줄 이유가 없다.* 만약 다른 사안에서 경찰이 보복 수사를 단행한다고 하더라도 이해관계가

마치며

없는 검사가 기소를 하지 않을 것이다. 정치적 사건 역시 수사권과 기소권을 독점한 검찰이 수사와 기소를 통해 정치를 하고 있다. 수사 대상을 고를 재량, 수사의 범위와 정도를 선택할 재량, 수사 결과를 판단할 재량을 모두 가지고 있고 사실상 독점하고 있기 때문에 정치 현안에 끼어들어 수사로 정치를 한다. 대표적인 사례가 조국 전 장관 사건이다. 이는 검찰이 명백히 대통령의 인사권에 개입하고 국회의 인사청문회 기능을 마비시킨 사건으로, 검찰총장이던 윤석열이 정치를 한 것이고 그 정치를 통해 보수 진영의 새로운 대선 주자로 등극한 것이다. 국민을 위해 사용해야 할 국가권력이 검사의 정치적 이익에 활용된 아주 나쁜 선례이다.

한편 피해자가 유우성만 있었던 것은 아니다. 유우성 사건은 공안 사건의 특수성 때문에 국정원이 수사를 주도하고 검찰이 그 이후의 보완 수사와 공소유지를 담당했지만, 검찰 특수부의 사건은 검찰이 모든 수사를 독점하고 있기 때문에 문제가 더 집약되어 드러난다. 조작의 오랜 역사를 가진 국정원으로부터 검찰이 충실하게 배워 진화하고 변주하여 독자적 꽃을 피우게 된 영역이 바로 특수수사이다. 한명숙 전 총리 사건의 경우 첫 사건에서 무죄가 선고되자 곧바로 다음

▲   국정원은 국가보안법 위반 사건만 수사권이 있기 때문에 외국환거래법 위반 등에는 수사권이 없다.

사건을 수사해 기소했고, 그 과정에서 구속된 참고인들을 불러 증언 연습을 시켰다는 보도가 나왔다. 기소 내용을 정해 두고 수사를 하기 때문에 가능한 일인데, 기소를 다른 기관이 한다면 불가능한 구조이다. 주요 선진국에서 정치 검찰이 문제되지 않는 이유가 이런 것이다. 김맹곤 전 김해시장 사건의 경우 공소사실을 미리 정해 두고 참고인 진술을 맞춰 간 증거가 발견되었다. 한명숙 전 총리 사건을 수사했던 담당자와 동일한 검사가 수사를 지휘했는데, 우연이 아닐 것이다. 유독 대한민국 언론에 검사들의 이름이 수시로 보도되고 있고, 주요 선진국들과 달리 우리 국민만 그들의 이름을 외우게 되는 것은 당연한 일이 아니다. 자기 지역구 국회의원이 누군지는 몰라도 서울중앙지검장이 누구인지, 특수부장이 누구인지를 알고 있는 것은 이상한 일이다.

권한을 집중시켜 놓고 그 기관에게 남용하지 말라고 하는 것은 처음부터 지키지 못할 것을 명령하는 것이다. 이것은 주인이 자신의 강아지에게 먹을 것을 앞에 두고 "기다려!"라고 명령하는 것과 같다. 시간차는 있겠지만, 결코 지킬 수 없는 명령이다. 그러므로 반드시 권한을 분리시켜 견제하게 해야 한다. 강아지와 먹이 사이에 넘을 수 없는 차단막을 설치하거나 먹을 것을 처음부터 치워 두는 방법을 강구해야 한다. 권력기관의 권한 집중은 권한을 분산시키고 권력기관끼리 서로 견제하게 만드는 방법으로 해결해야 한다. 그 외의 다른 방법은 근본적인 해결책이 아니다. 그래서 검찰 개혁에 있어 수사권 조정은 문제의 해결책이 아니라 해결을 위한 하나의 과정에 불과하다. 최종적으로는 수사권과 기소권을 분리시켜야 한다. 국정원의 대공수사권 폐지는 그런 의미에서 반드시 필요한 개혁이었다.[■]

정의와 민주주의가 밥을 먹여 주는 것도 아니고, 검찰 개혁이 나와 무슨 상관인가, 이렇게 생각하는 사람도 있다. 검찰 개혁은 우리나라의 특수한 상황이 반영된 개혁 과제이며, 평범한 시민의 온전하고 실질적인 자유를 지키기 위한 필수 과정이다. 지금의 대한민국 검찰은 기득권 세력이 되었고, 자신의 이익을 지키기 위해 국민으로부터 위임받은 권한을 남용하고 있다. 검사들은 부패해도 처벌받지 않고, 성범죄를 저질러도 무혐의, 교통사고를 내도 무혐의다. 게다가 검사 가족은 수사 프리패스권을 획득했다. 그러다 보니 일반 시민이 자신의 이익을 지키기 위해서 검사가 나서 줄 것이라 믿지 않는다. 먼저 '검사빽'부터 찾고, 안 되면 검사 출신 변호사라도 선임해야 마음이 놓인다. 내가 억울한 일을 당하지 않을 것이라는 확신이 있다면, 혹은 죄를 짓지 않을 자신이 있다면 다행이지만, 죄가 없어도 검찰의 필요에 따라 얼마든지 죄인이

■ 그러나 국정원은 윤석열 정부 들어 대공수사권 부활을 시도하려는 듯 갑자기 동시다발의 대공수사를 공개적으로 진행하고 있어 우려스럽다.

되는 경우를 목도하지 않았는가. 법치주의를 강조할수록 법을 해석할 권한과 재량이 있는 검찰, 법원의 힘이 막강해진다. 그러면 권한을 남용해 국민의 기본권을 침해하는 역설적인 상황이 발생할 수 있다. 국민의 기본권을 보호할 수 있는 실질적인 법치주의는 민주적인 통제를 통해서만 실현 가능하다. 국가의 연쇄 범죄로부터 스스로를 보호하기 위해서 검찰 개혁을 시작해야 하는 것이다.

검찰총장 출신 윤석열 대통령은 취임 직후 대통령실 조직을 개편해 민정수석을 없앴다. 그리고 공직기강비서관에 유우성 사건의 핵심 인물인 이시원 검사를 임명했다. 유우성과 변호인단, 정치권과 언론, 시민사회가 일제히 비판했지만 임명을 강행했다. 특히 민정수석이 없는 상황에서 공직기강비서관의 역할과 권한은 더욱 중요하다. 공직자 인사 검증과 공직사회 전체의 기강을 책임져야 할 이시원은 유우성 사건을 조작하고 날조하는 데 중요한 역할을 한 책임자이다. 이런 사람임을 알면서도 임명한 윤석열 대통령에게 잘못이 있지만, 자신의 과오를 반성하지 않고 그 자리에 찾아간 이시원도 평범한 인간은 아니다. 결국 법기술을 동원해 자녀의 학폭 사건을 무마한 정순신을 제대로 걸러 내지 못한 참사를 초래했다.

유우성을 간첩으로 몰고 간 그 순간, 대한민국 국민의 사고는 정지되었다. 서울시에 간첩이 침투했다니! 그러나 그 실상은 얼마나 한심한가. 우리는 알게 모르게 국가보안법에 종속되어 있다. 단순히 법의 적용을 받는 수준이 아니라 우리 의식의 흐름 속에 두려움을 심어 두었고, 북한으로 연결되는 모든 통로를 스스로 차단하고 합리적인 생각을 막고 있다. 탈북자가 북한의 가족에게 돈을 보내는 일이 국가보안법 위반이 될 수 있고, 증거를 찾기 위해 북한에 다녀올 수 있다는 아주 단순한 상식도 감히 생각하지 못하고, 입 밖에 꺼내지도 못한다. 그러다 보니 국가보안법 위반 혐의로 수사를 하면 그 사건의 정당성을 공격할 수 없다. 수사가 조작이라거나 잘못되었다고 주장하면 같이 빨갱이가 된다. 법원도 유독 국가보안법 사건은 비공개로 재판을 한다. 국가보안법의 최전선에 있는 국정원 직원들은 범법 행위로 재판을 받아도 비공개재판을 받는 게 당연하다. 그래서 그들이 어떤 잘못을 했는지 드러나지 않게 막아 주고, 결국 경미한 처벌을 해도 비난하기 어렵다. 한편 수사기관에까지 지급되는 국가보안법상 포상금 제도 역시 조작의 유혹을 키운다. 간첩 조작이 들통나도 포상금 회수는 이루어지지 않는다.

국가보안법의 폐해가 크고 과거 간첩 조작 사건이 많았던 점을 반성하며 사건을 조작하는 수사기관을 동일하게 처벌하는 '날조죄'를 규정해 두어도 검찰은 이 법을 적용하지 않는다. 국가보안법은 힘없는 사람에게만 휘두르는 가혹한 칼이다. 유우성 사건을 계기로 국가보안법을 폐지하고 일반 형법으로 돌아가야 한다. 국가보안법 폐지 이유를 보여 주는 사건과 사례는 유우성 사건 말고도 무수히 쌓여 있다. 수많은 희생자의 피와 고통의 결과로 제21대 국회에서 국가보안법 전면 폐지 법안이 발의되어 있으나 아직 논의조차 못 하고 있어 반성하는 마음과 안타까움이 크다.

  우리는 지나간 일을 계속 파헤치고 문제 삼는 행위에 대해 못마땅한 시선을 갖는 경향이 있다. 그러나 뒤틀린 과거가 우리의 현재 모습에 투영되고, 미래를 결정하는 중요한 요소가 된다는 사실을 알아야 한다. 한편 위헌적인 상태, 위법한 상태, 정의롭지 못한 상태가 지속되면 사회는 통합되기 어렵다. 친일파를 청산하지 못한 역사가 끊임없이 우리 사회의 갈등 원인이 되고, 5·18광주의 책임자를 제대로 처벌하지 않아 새로운 갈등을 조장하는 사람들이 나온다. 동백림 사건이 해결되지 않아 세계적인 작곡가 윤이상의 이름과 그의 음악을 여전히 우리만 외면하고 있다. 과거사가 현재와 미래에 영향을 주고 있고 우리는 자유롭지 못하다. 유우성 사건을 잊어서는 안 된다. 책임자를 끝까지 처벌해야 하며, 권력기관은 계속 감시를 받아야 한다.